庫 40

太宰治
檀一雄

新学社

装幀　友成　修

カバー画
パウル・クレー『破壊の町』一九二〇年
財団法人　長島美術館蔵
協力　日本パウル・クレー協会

河井寛次郎　作画

目次

太宰 治

檀　一雄

太宰　治

思ひ出

一章

黄昏《たそがれ》のころ私は叔母と並んで門口に立つてゐた。叔母は誰かをおんぶしてゐるらしく、ねんねこを着て居た。その時の、ほのぐらい街路の静けさを私は忘れずにゐる。叔母は、てんしさまがお隠れになつたのだ、と私に教へて、生《い》き神様《がみさま》、と言ひ添へた。いきがみさま、と私も興深げに呟いたやうな気がする。それから、私は何か不敬なことを言つたらしい。叔母は、そんなことを言ふものではない、お隠れになつたと言へ、と私をたしなめた。どこへお隠れになつたのだらう、と私は知つてゐながら、わざとさう尋ねて叔母を笑はせたのを思ひ出す。

私は明治四十二年の夏の生れであるから、此の大帝崩御のときは数へどしの四つをすこし越えてゐた。多分おなじ頃の事であつたらうと思ふが、私は叔母とふたりで私の村から二里ほどはなれた或る村の親類の家へ行き、そこで見た滝を忘れない。滝は村にちかい山の中にあつた。青々と苔の生えた崖から幅の広い滝がしろく落ちてゐた。知らない男の人の肩車に乗つて私はそれを眺めた。何かの社《やしろ》が傍にあつて、その男の人が私にそこのさまざまな絵馬を見せたが、私は段々とさびしくなつて、がちや、がちや、と泣いた。私は叔母をがちやと呼んでゐたのである。叔母は親類のひとたちと遠くの窪地に毛氈《もうせん》を敷いて騒いでゐたが、私の泣き声を聞いて、いそいで立ち上つた。そのとき毛氈が足にひつかかつたらしく、お辞儀でもするやうにからだを深くよろめかした。他のひとたちはそれを見て、酔つた、酔つた、と叔母をはやしたてた。私は遥かはなれてこれを見おろし、口惜《くや》しくて口惜しくて、いよいよ大声を立てて泣き喚いた。またある夜、叔母が私を捨てて家を出て行く夢を見た。叔母の胸は玄関のくぐり戸いつぱいにふさがつてゐた。その赤くふくれた大きい胸から、つぶつぶの汗がしたたつてゐた。叔母は、お前がいやになつた、とあらあらしく呟くのである。私は叔母のその乳房に頰をよせて、さうしないでけんせ、と願ひつつしきりに涙を流した。叔母が私を揺り起した時は、私は床の中で叔母の胸に顔を押しつけて泣いてゐた。眼が覚めてからも私は、まだまだ悲しくて永いことすすり泣いた。けれども、その夢のことは叔母にも誰にも話さなかつた。

叔母についての追憶はいろいろとあるが、その頃の父母の思ひ出は生憎《あいにく》と一つも持ち合せない。曾祖母、祖母、父、母、兄三人、姉四人、弟一人、それに叔母と叔母の娘四人の大家族だつた筈であるが、叔母を除いて他のひとたちの事は私も五六歳になるまでは殆ど知らずにゐたと言つてよい。広い裏庭に、むかし林檎《りんご》の大木が五六本あつたやうで、どんよりと曇つた日、それらの木に女の子が多人数で昇つて行つた有様や、そのおなじ庭の一隅に菊畑があつて、雨の降つてゐたとき、私はやはり大勢の女の子らと傘さし合つて菊の花の咲きそろつてゐるのを眺めたことなど、幽かに覚えて居るけれど、あの女の子らが私の姉や従姉《いとこ》たちだつたかも知れない。

六つ七つになると思ひ出もはつきりしてゐる。私がたけといふ女中から本を読むことを教へられ、二人で様々の本を読み合つた。たけは私の教育に夢中であつた。私は病身だつたので、寝ながらたくさん本を読んだ。読む本がなくなれば、たけは村の日曜学校などから子供の本をどしどし借りて来て私に読ませた。私は黙読することを覚えてゐたので、いくら本を読んでも疲れないのだ。たけは又、私に道徳を教へた。お寺へ屢々《しばしば》連れて行つて、地獄極楽の御絵掛地《おゑかけぢ》を見せて説明した。火を放《つ》けた人は赤い火のめらめら燃えてゐる籠を背負はされ、めかけ持つた人は二つの首のある青い蛇にからだを巻かれて、せつながつてゐた。血の池や、針の山や、無間奈落といふ白い煙のたちこめた底知れぬ深い穴や、到るところで、蒼白く痩せたひとたちが口を小さくあけて泣き叫んでゐた。嘘を吐《つ》けば地獄へ行つてこのやうに鬼のために舌を抜かれるのだ、と聞かされたときには恐ろしくて泣き出した。

そのお寺の裏は小高い墓地になつてゐて、山吹かなにかの生垣に沿うてたくさんの卒堵婆《そとば》が林のやうに立つてゐた。卒堵婆には、満月ほどの大きさで車のやうな黒い鉄の輪のついてゐるのがあつて、その輪をからから廻して、やがて、そのまま止つてじつと動かないならその廻した人は極楽へ行き、一旦とまりさうになつてから、又からんと逆に廻れば地獄へ落ちる、とたけは言つた。たけが廻すと、いい音をたててひとしきり廻つて、かならずひつそりと止るのだけれど、私が廻すと後戻りすることがたまたまあるのだ。秋のころと記憶するが、私がひとりでお寺へ行つてその金輪《かなわ》のどれを廻して見ても皆言ひ合せたやうにからんからんと逆廻りした日があつたのである。私は破れかけるかんしやくだまを抑へつつ何十回となく執拗に廻しつづけた。日が暮れかけて来たので、私は絶望してその墓地から立ち去つた。

父母はその頃東京にすまつてゐたらしく、私は叔母に連れられて上京した。私は余程ながく東京に居たのださうであるが、あまり記憶に残つてゐない。その東京の別宅へ、ときどき訪れる婆のことを覚えてゐるだけである。私は此の婆がきらひで、婆の来る度毎に泣いた。婆は私に赤い郵便自動車の玩具をひとつ呉れたが、ちつとも面白くなかつたのである。

やがて私は故郷の小学校へ入つたが、追憶もそれと共に一変する。たけは、いつの間にかゐなくなつてゐた。或る漁村へ嫁に行つたのであるが、私がそのあとを追ふだらうといふ懸念からか、私には何も言はずに突然ゐなくなつた。その翌年だかのお盆のとき、たけは私のうちへ遊びに来たが、なんだかよそよそしくしてゐた。私に学校の成績を聞いた。私は答へなかつた。ほかの誰かが代つて知らせたやうだ。たけは、油断大敵でせえ、と言つただけで格別ほめもしなかつた。

同じ頃、叔母とも別れなければならぬ事情が起つた。それまでに叔母の次女は嫁ぎ、三女は死に、長女は歯医者の養子をとつてゐた。叔母はその長女夫婦と末娘とを連れて、遠くのまちへ分家したのである。私もついて行つた。それは冬のことで、私は叔母と一緒に橇《そり》の隅へうづくまつてゐると、橇の動きだす前に私のすぐ上の兄が、婿《むご》、婿《むご》と私を罵つて橇の幌の外から私の尻を何辺もつついた。私は歯を食ひしばつて此の屈辱にこらへた。私は叔母に貰はれたのだと思つてゐたが、学校にはひるやうになつたら、また故郷へ返されたのである。

学校に入つてからの私は、もう子供でなかつた。裏の空屋敷には色んな雑草がのんのんと繁つてゐたが、夏の或る天気のいい日に、私はその草原の上で弟の子守から息苦しいことを教へられた。私が八つぐらゐで、子守もそのころは十四五を越えてゐまいと思ふ。苜蓿《うまごやし》を私の田舎では、「ぼくさ」と呼んでゐるが、その子守は私と三つちがふ弟に、ぼくさの四つ葉を捜して来い、と言ひつけて追ひやり私を抱いてころころと転げ廻つた。それからも私たちは蔵の中だの押入の中だのに隠れて遊んだ。弟がひどく邪魔であつた。押入のそとにひとり残された弟が、しくしく泣き出した為、私のすぐの兄に私たちのことを見つけられてしまつた時もある。兄が弟から聞いて、その押入の戸をあけたのだ。子守は、押入へ銭《ぜに》を落したのだ、と平気で言つてゐた。

嘘は私もしじゆう吐いてゐた。小学二年か三年の雛祭りのとき学校の先生に、うちの人が今日は雛さまを飾るのだから早く帰れと言つてゐる、と嘘を吐いて授業を一時間も受けずに帰宅し、家の人には、けふは桃の節句だから学校は休みです、と言つて雛を箱から出すのに要らぬ手伝ひをしたことがある。また私は小鳥の卵を愛した。雀の卵は蔵の屋根瓦をはぐと、いつでもたくさん手にいれられたが、さくらどりの卵やからすの卵などは私の屋根に転つてなかつたのだ。その燃えるやうな緑の卵や可笑《をか》しい斑点のある卵を、私は学校の生徒たちから貰つた。その代り私はその生徒たちに私の蔵書を五冊十冊とまとめて与へるのである。集めた卵は綿でくるんで机の引き出しに一杯しまつて置いた。すぐの兄は、私のその秘密の取引に感づいたらしく、ある晩、私に西洋の童話集と、もう一冊なんの本だか忘れたが、その二つを貸して呉れと言つた。私は兄の意地悪さを憎んだ。私はその両方の本とも卵に投資して了《しま》つて、ないのであつた。兄は私がないと言へばその本の行先を追及するつもりなのだ。私は、きつとあつた筈だから捜して見る、と答へた。私は、私の部屋は勿論、家中いつぱいランプをさげて捜して歩いた。兄は私についてあるきながら、ないのだらう、と言つて笑つてゐた。私は、ある、と頑強に言ひ張つた。台所の戸棚の上によぢのぼつてまで捜した。兄はしまひには、もういい、と言つた。

学校で作る私の綴方も、ことごとく出鱈目であつたと言つてよい。私は私自身を神妙ないい子にして綴るやう努力した。さうすれば、いつも皆にかつさいされるのである。剽窃《へうせつ》さへした。当時傑作として先生たちに言ひはやされた「弟の影絵」といふのは、なにか少年雑誌の一等当選作だつたのを私がそつくり盗んだものである。先生は私にそれを毛筆で清書させ、展覧会に出させた。あとで本好きのひとりの生徒にそれを発見され、私はその生徒の死ぬことを祈つた。やはりそのころ「秋の夜」といふのも皆の先生にほめられたが、それは、私が勉強して頭が痛くなつたから縁側へ出て庭を見渡した、月のいい夜で池には鯉や金魚がたくさん遊んでゐた、私はその庭の静かな景色を夢中で眺めてゐたが、隣部屋から母たちの笑ひ声がどつと起つたので、はつと気がついたら私の頭痛がなほつて居た、といふ小品文であつた。此の中には真実がひとつもないのだ。庭の描写は、たしか姉たちの作文帳から抜き取つたものであつたし、だいいち私は頭のいたくなるほど勉強した覚えなどさつぱりないのである。私は学校が嫌ひで、したがつて学校の本など勉強したことは一回もなかつた。娯楽本ばかり読んでゐたのである。うちの人は私が本さへ読んで居れば、それを勉強だと思つてゐた。

しかし私が綴方へ真実を書き込むと必ずよくない結果が起つたのである。父母が私を愛して呉れないといふ不平を書き綴つたときには、受持訓導に教員室へ呼ばれて叱られた。「もし戦争が起つたなら。」といふ題を与へられて、地震雷火事親爺、それ以上に怖い戦争が起つたなら先づ山の中へでも逃げ込まう、逃げるついでに先生をも誘はう、先生も人間、僕も人間、いくさの怖いのは同じであらう、と書いた。此の時には校長と次席訓導とが二人がかりで私を調べた。どういふ気持で之を書いたか、と聞かれたので、私はただ面白半分に書きました、といい加減なごまかしを言つた。次席訓導は手帖へ、「好奇心」と書き込んだ。それから私と次席訓導とが少し議論を始めた。先生も人間、僕も人間、と書いてあるが人間といふものは皆おなじものか、と彼は尋ねた。さう思ふ、と私はもじもじしながら答へた。私はいつたいに口が重い方であつた。それでは僕と此の校長先生とは同じ人間でありながら、どうして給料が違ふのだ、と彼に問はれて私は暫く考へた。そして、それは仕事がちがふからでないか、と答へた。鉄縁の眼鏡をかけ、顔の細い次席訓導は私のその言葉をすぐ手帖に書きとつた。私はかねてから此の先生に好意を持つてゐた。それから彼は私にこんな質問をした。君のお父さんと僕たちとは同じ人間か。私は困つて何とも答へなかつた。

私の父は非常に忙しい人で、うちにゐることがあまりなかつた。うちにゐても子供ら一緒には居らなかつた。私は此の父を恐れてゐた。父の万年筆をほしがつてゐながらそれを言ひ出せないで、ひとり色々と思ひ悩んだ末、或る晩に床の中で眼をつぶつたまま寝言《ねごと》のふりして、まんねんひつ、まんねんひつ、と隣部屋で客と対談中の父へ低く呼びかけた事があつたけれど、勿論それは父の耳にも心にもはひらなかつたらしい。私と弟とが米俵のぎつしり積まれたひろい米蔵に入つて面白く遊んでゐると、父が入口に立ちはだかつて、坊主、出ろ、出ろ、と叱つた。光を背から受けてゐるので父の大きい姿がまつくろに見えた。私は、あの時の恐怖を惟《おも》ふと今でもいやな気がする。

母に対しても私は親しめなかつた。乳母の乳で育つて叔母の懐で大きくなつた私は、小学校の二三年のときまで母を知らなかつたのである。下男がふたりかかつて私にそれを教へたのだが、ある夜、傍に寝てゐた母が私の蒲団の動くのを不審がつて、なにをしてゐるのか、と私に尋ねた。私はひどく当惑して、腰が痛いからあんまやつてゐるのだ、と返事した。母は、そんなら揉んだらいい、たたいて許《ばか》りゐたつて、と眠さうに言つた。私は黙つてしばらく腰を撫でさすつた。母への追憶はわびしいものが多い。私は蔵から兄の洋服を出し、それを着て裏庭の花壇の間をぶらぶら歩きながら、私の即興的に作曲する哀調のこもつた歌を口ずさんでは涙ぐんでゐた。私はその身装《みなり》で帳場の書生と遊びたく思ひ、女中を呼びにやつたが、書生は仲々来なかつた。私は裏庭の竹垣を靴先でからからと撫でたりしながら彼を待つてゐたのであるが、たうとうしびれを切らして、ズボンのポケットに両手をつつ込んだまま泣き出した。私の泣いてゐるのを見つけた母は、どうした訳か、その洋服をはぎ取つて了つて私の尻をぴしやぴしやとぶつたのである。私は身を切られるやうな恥辱を感じた。

私は早くから服装に関心を持つてゐたのである。シヤツの袖口にはボタンが附いてゐないと承知できなかつた。白いフランネルのシヤツを好んだ。襦袢《じゆばん》の襟も白くなければいけなかつた。えりもとからその白襟を一分《いちぶ》か二分《にぶ》のぞかせるやうに注意した。十五夜のときには、村の生徒たちはみんな晴衣を着て学校へ出て来るが、私も毎年きまつて茶色の太い縞のある本ネルの着物を着て行つて、学校の狭い廊下を女のやうになよなよと小走りにはしつて見たりするのであつた。私はそのやうなおしやれを、人に感附かれぬやうにひそかにやつた。うちの人たちは私の容貌を兄弟中で一番わるいわるい、と言つてゐたし、そのやうな悪いをとこが、こんなおしやれをすると知られたら皆に笑はれるだらう、と考へたからである。私は、かへつて服装に無関心であるやうに振舞ひ、しかもそれは或る程度まで成功したやうに思ふ。誰の眼にも私は鈍重で野暮臭く見えたにちがひないのだ。私が兄弟たちとお膳のまへに坐つてゐるときなど、祖母や母がよく私の顔のわるい事を真面目に言つたものだが、私にはやはりくやしかつた。私は自分をいいをとこだと信じてゐたので、女中部屋なんかへ行つて、兄兄が一番いいをとこだらう、とそれとなく聞くことがあつた。女中たちは、長兄が一番で、その次が治ちやだ、と大抵さう言つた。私は顔を赤くして、それでも少し不満だつた。長兄よりもいいをとこだと言つて欲しかつたのである。

私は容貌のことだけでなく、不器用だといふ点で祖母たちの気にいらなかつた。箸の持ちかたが下手で食事の度毎に祖母から注意されたし、私のおじぎは尻があがつて見苦しいとも言はれた。私は祖母の前にきちんと坐らされ、何回も何回もおじぎをさせられたけれど、いくらやつて見ても祖母は上手だと言つて呉れないのである。

祖母も私にとつて苦手であつたのだ。村の芝居小屋の舞台開きに東京の雀三郎一座といふのがかかつたとき、私はその興行中いちにちも欠かさず見物に行つた。その小屋は私の父が建てたのだから、私はいつでもただでいい席に坐れたのである。学校から帰るとすぐ、私は柔かい着物と着換へ、端に小さい鉛筆をむすびつけた細い銀鎖を帯に吊りさげて芝居小屋へ走つた。生れて初めて歌舞伎といふものを知つたのであるし、私は興奮して、狂言を見てゐる間も幾度となく涙を流した。その興行が済んでから、私は弟や親類の子らを集めて一座を作り自分で芝居をやつて見た。私は前からこんな催物が好きで、下男や女中たちを集めては、昔話を聞かせたり、幻灯や活動写真を映して見せたりしたものである。そのときには、「山中鹿之助」と「鳩の家」と「かつぽれ」の三つの狂言を並べた。山中鹿之助が谷川の岸の或る茶店で、早川鮎之助といふ家来を得る条《くだり》を或る少年雑誌から抜き取つて、それを私が脚色した。拙者は山中鹿之助と申すものであるが、――といふ長い言葉を歌舞伎の七五調に直すのに苦心をした。「鳩の家」は私がなんべん繰り返して読んでも必ず涙の出た長篇小説で、その中でも殊に哀れな所を二幕に仕上げたものであつた。「かつぽれ」は雀三郎一座がおしまひの幕の時、いつも楽屋総出でそれを踊つたものだから、私もそれを踊ることにしたのである。五六にち稽古して愈々その日、文庫蔵《ぶんこぐら》のまへの広い廊下を舞台にして、小さい引幕などをこしらへた。昼のうちからそんな準備をしてゐたのだが、その引幕の針金に祖母が顎をひつかけて了つた。祖母は、此の針金でわたしを殺すつもりか、河原乞食の真似糞はやめろ、と言つて私たちをののしつた。それでもその晩はやはり下男や女中たちを十人ほど集めてその芝居をやつてみせたが、祖母の言葉を考へると私の胸は重くふさがつた。私は山中鹿之助や「鳩の家」の男の子の役をつとめ、かつぽれも踊つたけれど少しも気乗りがせずたまらなく淋しかつた。そののちも私はときどき「牛盗人」や「皿屋敷」や「俊徳丸」などの芝居をやつたが、祖母はその都度にがにがしげにしてゐた。

　私は祖母を好いてはゐなかつたが、私の眠られない夜には祖母を有難く思ふことがあつた。私は小学三四年のころから不眠症にかかつて、夜の二時になつても三時になつても眠れないで、よく寝床のなかで泣いた。寝る前に砂糖をなめればいいとか、時計のかちかちを数へろとか、水で両足を冷せとか、ねむのきの葉を枕のしたに敷いて寝るといいとか、さまざまの眠る工夫をうちの人たちから教へられたが、あまり効目がなかつたやうである。私は苦労性であつて、いろんなことをほじくり返して気にするものだから、尚のこと眠れなかつたのであらう。父の鼻眼鏡をこつそりいぢくつて、ぽきつとその硝子《ガラス》を割つてしまつたときには、幾夜もつづけて寝苦しい思ひをした。一軒置いて隣りの小間物屋では書物類もわづか売つてゐて、ある日私は、そこで婦人雑誌の口絵などを見てゐたが、そのうちの一枚で黄色い人魚の水彩画が欲しくてならず、盗まうと考へて静かに雑誌から切り離してゐたら、そこの若主人に、治《をさ》こ、治《をさ》こ、と見とがめられ、その雑誌を音高く店の畳に投げつけて家まで飛んではしつて来たことがあつたけれど、さういふやりそこなひもまた私をひどく眠らせなかつた。私は又、寝床の中で火事の恐怖に理由なく苦しめられた。此の家が焼けたら、と思ふと眠るどころではなかつたのである。いつかの夜、私が寝しなに厠《かはや》へ行つたら、その厠と廊下ひとつ隔てた真暗い帳場の部屋で、書生がひとりして活動写真をうつしてゐた。白熊の、氷の崖から海へ飛び込む有様が、部屋の襖《ふすま》へマッチ箱ほどの大きさでちらちら映つてゐたのである。私はそれを覗いて見て、書生のさういふ心持が堪らなく悲しく思はれた。床に就いてからも、その活動写真のことを考へると胸がどきどきしてならぬのだ。書生の身の上を思つたり、また、その映写機のフヰルムから発火して大事になつたらどうしようとそのことが心配で心配で、その夜はあけがた近くになる迄まどろむ事が出来なかつたのである。祖母を有難く思ふのはこんな夜であつた。

まづ、晩の八時ごろ女中が私を寝かして呉れて、私の眠るまではその女中も私の傍に寝ながら附いてゐなければならなかつたのだが、私は女中を気の毒に思ひ、床につくとすぐ眠つたふりをするのである。女中がこつそり私の床から脱け出るのを覚えつつ、私は睡眠できるやうにひたすら念じるのである。十時頃まで床のなかで輾転《てんてん》してから、私はめそめそ泣き出して起き上る。その時分になると、うちの人は皆寝てしまつてゐて、祖母だけが起きてゐるのだ。祖母は夜番の爺と、台所の大きい囲炉裏を挟んで話をしてゐる。私はたんぜんを着たままその間にはひつて、むつつりしながら彼等の話を聞いてゐるのである。彼等はきまつて村の人々の噂話をしてゐた。或る秋の夜更に、私は彼等のぼそぼそと語り合ふ話に耳傾けてゐると、遠くから虫おくり祭の太鼓の音がどんどんと響いて来たが、それを聞いて、ああ、まだ起きてゐる人がたくさんあるのだ、とずゐぶん気強く思つたことだけは忘れずにゐる。

音に就いて思ひ出す。私の長兄は、そのころ東京の大学にゐたが、暑中休暇になつて帰郷する度毎に、音楽や文学などのあたらしい趣味を田舎へひろめた。長兄は劇を勉強してゐた。或る郷土の雑誌に発表した「奪ひ合ひ」といふ一幕物は、村の若い人たちの間で評判だつた。それを仕上げたとき、長兄は数多くの弟や妹たちにも読んで聞かせた。皆、判らない判らない、と言つて聞いてゐたが、私には判つた。幕切の、くらい晩だなあ、といふ一言に含まれた詩をさへ理解できた。私はそれに「奪ひ合ひ」でなく「あざみ草」と言ふ題をつけるべきだと考へたので、あとで、兄の書き損じた原稿用紙の隅へ、その私の意見を小さく書いて置いた。兄は多分それに気が附かなかつたのであらう、題名をかへることなくその儘《まま》発表して了つた。レコオドもかなり集めてゐた。私の父は、うちで何かの饗応があると、必ず遠い大きなまちからはるばる芸者を呼んで、私も五つ六つの頃から、そんな芸者たちに抱かれたりした記憶があつて、「むかしむかしそのむかし」だの「あれは紀のくにみかんぶね」だのの唄や踊りを覚えてゐるのである。さういふことから、私は兄のレコオドの洋楽よりも邦楽の方に早くなじんだ。ある夜、私が寝てゐると、兄の部屋からいい音《ね》が漏れて来たので、枕から頭をもたげて耳をすました。あくる日、私は朝早く起き兄の部屋へ行つて手当り次第あれこれとレコオドを掛けて見た。そしてたうとう私は見つけた。前夜、私を眠らせぬほど興奮させたそのレコオドは、蘭蝶だつた。

私はけれども長兄より次兄に多く親しんだ。次兄は東京の商業学校を優等で出て、そのまま帰郷し、うちの銀行に勤めてゐたのである。次兄も亦うちの人たちに冷く取り扱はれてゐた。私は、母や祖母が、いちばん悪いをとこは私で、そのつぎに悪いのは次兄だ、と言つてゐるのを聞いた事があるので、次兄の不人気もその容貌がもとであらうと思つてゐた。なんにも要らない、をとこ振りばかりでもよく生れたかつた、なああ治、と半分は私をからかふやうに呟いた次兄の冗談口を私は記憶してゐる。しかし私は次兄の顔をよくないと本心から感じたことが一度もないのだ。あたまも兄弟のうちではいい方《はう》だと信じてゐる。次兄は毎日のやうに酒を呑んで祖母と喧嘩した。私はそのたんびひそかに祖母を憎んだ。

末の兄と私とはお互ひに反目してゐた。私は色々な秘密を此の兄に握られてゐたので、いつもけむつたかつた。それに、末の兄と私の弟とは、顔のつくりが似て皆から美しいとほめられてゐたし、私は此のふたりに上下から圧迫されるやうな気がしてたまらなかつたのである。その兄が東京の中学に行つて、私はやうやくほつとした。弟は、末子で優しい顔をしてゐたから父にも母にも愛された。私は絶えず弟を嫉妬してゐて、ときどきなぐつては母に叱られ、母をうらんだ。私が十《とう》か十一のころのことと思ふ。私のシヤツや襦袢の縫目へ胡麻をふり撒いたやうにしらみがたかつた時など、弟がそれを鳥渡《ちよつと》笑つたといふので、文字通り弟を殴り倒した。けれども私は矢張り心配になつて、弟の頭に出来たいくつかの瘤へ不可飲《ふかいん》といふ薬をつけてやつた。

私は姉たちには可愛がられた。いちばん上の姉は死に、次の姉は嫁ぎ、あとの二人の姉はそれぞれ違ふまちの女学校へ行つてゐた。私の村には汽車がなかつたので、三里ほど離れた汽車のあるまちと往き来するのに、夏は馬車、冬は橇、春の雪解けの頃や秋のみぞれの頃は歩くより他なかつたのである。姉たちは橇に酔ふので、冬やすみの時も歩いて帰つた。私はそのつどつど村端れの材木が積まれてあるところまで迎へに出たのである。日がとつぷり暮れても道は雪あかりで明るいのだ。やがて隣村の森のかげから姉たちの提灯《ちやうちん》がちらちら現はれると、私は、おう、と大声あげて両手を振つた。

上の姉の学校は下の姉の学校よりも小さいまちにあつたので、お土産も下の姉のそれに較べていつも貧しげだつた。いつか上の姉が、なにもなくてえ、と顔を赤くして言ひつつ線香花火を五束《いつたば》六束《むたば》バスケットから出して私に与へたが、私はそのとき胸をしめつけられる思ひがした。此の姉も亦きりやうがわるいとうちの人たちからいはれいはれしてゐたのである。

この姉は女学校へはひるまでは、曾祖母とふたりで離座敷に寝起きしてゐたものだから、曾祖母の娘だとばかり私は思つてゐたほどであつた。曾祖母は私が小学校を卒業する頃なくなつたが、白い着物を着せられ小さくかじかんだ曾祖母の姿を納棺の際ちらと見た私は、この姿がこののちながく私の眼にこびりついたらどうしようと心配した。

私は程なく小学校を卒業したが、からだが弱いからと言ふので、うちの人たちは私を高等小学校に一年間だけ通はせることにした。からだが丈夫になつたら中学へいれてやる、それも兄たちのやうに東京の学校では健康に悪いから、もつと田舎の中学へいれてやる、と父が言つてゐた。私は中学校へなどそれほど入りたくなかつたのだけれどそれでも、からだが弱くて残念に思ふ、と綴方へ書いて先生たちの同情を強ひたりしてゐた。

この時分には、私の村にも町制が敷かれてゐたが、その高等小学校は私の町と附近の五六ケ村と共同で出資して作られたものであつて、まちから半里も離れた松林の中に在つた。私は病気のためにしじゆう学校をやすんでゐたのだけれどその小学校の代表者だつたので、他村からの優等生がたくさん集まる高等小学校でも一番になるやう努めなければいけなかつたのである。しかし私はそこでも相変らず勉強をしなかつた。いまに中学生に成るのだ、といふ私の自矜《じきょう》が、その高等小学校を汚く不愉快に感じさせてゐたのだ。私は授業中おもに連続の漫画をかいた。休憩時間になると、声色《こわいろ》をつかつてそれを生徒たちへ説明してやつた。そんな漫画をかいた手帖が四五冊もたまつた。机に頬杖ついて教室の外の景色をぼんやり眺めて一時間を過すこともあつた。私は硝子窓の傍に座席をもつてゐたが、その窓の硝子板には蠅がいつぴき押しつぶされてながいことねばりついたままでゐて、それが私の視野の片隅にぼんやりと大きくはひつて来ると、私には雉か山鳩かのやうに思はれ、幾たびとなく驚かされたものであつた。私を愛してゐる五六人の生徒たちと一緒に授業を逃げて、松林の裏にある沼の岸辺に寝ころびつつ、女生徒の話をしたり、皆で着物をまくつてそこにうつすり生えそめた毛を較べ合つたりして遊んだのである。

その学校は男と女の共学であつたが、それでも私は自分から女生徒に近づいたことなどなかつた。私は欲情がはげしいから、懸命にそれをおさへ、女にもたいへん臆病になつてゐた。私はそれまで、二人三人の女の子から思はれたが、いつでも知らない振りをして来たのだつた。帝展の入選画帳を父の本棚から持ち出しては、その中にひそめられた白い画に頬をほてらせて眺めいつたり、私の飼つてゐたひとつがひの兎にしばしば交尾させ、その雄兎の背中をこんもりと丸くする容姿に胸をときめかせたり、そんなことで私はこらへてゐた。私は見え坊であつたから、あの、あんまをさへ誰にも打ちあけなかつた。その害を本で読んで、それをやめようとさまざまな苦心をしたが、駄目であつた。そのうちに私はそんな遠い学校へ毎日あるいてかよつたお蔭で、からだも太つて来た。額の辺にあはつぶのやうな小さい吹出物ができた。之も恥かしく思つた。私はそれへ宝丹膏《はうたんかう》といふ薬を真赤に塗つた。長兄はそのとし結婚して、祝言の晩に私と弟とはその新しい嫂《あによめ》の部屋へ忍んで行つたが、嫂は部屋の入口を背にして坐つて髪を結はせてゐた。私は鏡に映つた花嫁のほのじろい笑顔をちらと見るなり、弟をひきずつて逃げ帰つた。そして私は、たいしたもんでねえでば！　と力こめて強がりを言つた。薬で赤い私の額のためによけい気もひけて、尚のことこんな反撥をしたのであつた。

冬ちかくなつて、私も中学校への受験勉強を始めなければいけなくなつた。私は雑誌の広告を見て、東京へ色々の参考書を注文した。それを本箱に並べただけで、ちつとも読まなかつた。私の受験することになつてゐた中学校は県でだいちのまちに在つて、志願者も二三倍は必ずあつたのである。私はときどき落第の懸念に襲はれた。そんな時には私も勉強をした。そして一週間もつづけて勉強すると、すぐ及第の確信がついて来るのだ。勉強するとなると、夜十二時ちかくまで床につかないで、朝はたいてい四時に起きた。勉強中は、たみといふ女中を傍に置いて、火をおこさせたり、茶をわかさせたりした。たみは、どんなにおそくまで宵つぱりしても翌《あく》る朝は、四時になると必ず私を起しに来た。私が算術の鼠が子を産む応用問題などに困らされてゐる傍で、たみはおとなしく小説本を読んでゐた。あとになつて、たみの代りに年とつた肥えた女中が私へつくやうになつたが、それが母のさしがねである事を知つた私は、母のその底意を考へて顔をしかめた。

その翌春、雪のまだ深く積つてゐた頃、私の父は東京の病院で血を吐いて死んだ。ちかくの新聞社は父の訃を号外で報じた。私は父の死よりも、かういふセンセイションの方に興奮を感じた。遺族の名にまじつて私の名も新聞に出てゐた。父の死骸は大きい寝棺に横たはり橇に乗つて故郷へ帰つて来た。私は大勢のまちの人たちと一緒に隣村近くまで迎へに行つた。やがて森の蔭から幾台となく続いた橇の幌が月光を受けつつ滑つて出て来たのを眺めて私は美しいと思つた。

つぎの日、私のうちの人たちは父の寝棺の置かれてある仏間に集まつた。棺の蓋が取りはらはれるとみんな声をたてて泣いた。父は眠つてゐるやうであつた。高い鼻筋がすつと青白くなつてゐた。私は皆の泣声を聞き、さそはれて涙を流した。

私の家はそのひとつきもの間、火事のやうな騒ぎであつた。私はその混雑にまぎれて、受験勉強を全く怠つたのである。高等小学校の学年試験にも殆ど出鱈目な答案を作つて出した。私の成績は全体の三番かそれくらゐであつたが、これは明らかに受持訓導の私のうちに対する遠慮からであつた。私はそのころ既に記憶力の減退を感じてゐて、したしらべでもして行かないと試験には何も書けなかつたのである。私にとつてそんな経験は初めてであつた。

二章

いい成績ではなかつたが、私はその春、中学校へ受験して合格した。私は、新しい袴と黒い沓下《くつした》とあみあげの靴をはき、いままでの毛布をよして羅紗《ラシャ》のマントを洒落者らしくボタンをかけずに前をあけたまま羽織つて、その海のある小都会へ出た。そして私のうちと遠い親戚にあたるそのまちの呉服店で旅装を解いた。入口にちぎれた古いのれんのさげてあるその家へ、私はずつと世話になることになつてゐたのである。私は何ごとにも有頂天になり易い性質を持つてゐるが、入学当時は銭湯へ行くのにも学校の制帽を被り、袴をつけた。そんな私の姿が往来の窓硝子にでも映ると、私は笑ひながらそれへ軽く会釈をしたものである。

それなのに、学校はちつとも面白くなかつた。校舎は、まちの端れにあつて、しろいペンキで塗られ、すぐ裏は海峡に面したひらたい公園で、浪の音や松のざわめきが授業中でも聞えて来て、廊下も広く教室の天井も高くて、私はすべてにいい感じを受けたのだが、そこにゐる教師たちは私をひどく迫害したのである。

私は入学式の日から、或る体操の教師にぶたれた。私が生意気だといふのであつた。この教師は入学試験のとき私の口答試問の係りであつたが、お父さんがなくなつてよく勉強もできなかつたらう、と私に情ふかい言葉をかけて呉れ、私もうなだれて見せたその人であつただけに、私のこころはいつそう傷つけられた。そののちも私は色んな教師にぶたれた。にやにやしてゐるとか、あくびをしたとか、さまざまな理由から罰せられた。授業中の私のあくびが大きいので職員室で評判である、とも言はれた。私はそんな莫迦げたことを話し合つてゐる職員室を、をかしく思つた。

私と同じ町から来てゐる一人の生徒が、或る日、私を校庭の砂山の陰に呼んで、君の態度はじつさい生意気さうに見える、あんなに殴られてばかりゐると落第するにちがひない、と忠告して呉れた。私は愕然とした。その日の放課後、私は海岸づたひにひとり家路を急いだ。靴底を浪になめられつつ溜息ついて歩いた。洋服の袖で額の汗を拭いてゐたら、鼠色のびつくりするほど大きい帆がすぐ眼の前をよろよろとほつて行つた。

私は散りかけてゐる花弁であつた。すこしの風にもふるへをののいた。人からどんな些細なさげすみを受けても死なん哉《かな》と悶えた。私は、自分を今にきつとえらくなるものと思つてゐたし、英雄としての名誉をまもつて、たとひ大人の侮りにでも容赦できなかつたのであるから、この落第といふ不名誉も、それだけ致命的であつたのである。その後の私は兢兢《きようきよう》として授業を受けた。授業を受けながらも、この教室のなかには眼に見えぬ百人の敵がゐるのだと考へて、少しも油断をしなかつた。朝、学校へ出掛けしなには、私の机の上へトランプを並べて、その日いちにちの運命を占つた。ハアトは大吉であつた。ダイヤは半吉、クラブは半凶、スペエドは大凶であつた。そしてその頃は、来る日も来る日もスペエドばかり出たのである。

それから間もなく試験が来たけれど、私は博物でも地理でも修身でも、教科書の一字一句をそのまま暗記して了《しま》ふやうに努めた。これは私のいちかばちかの潔癖から来てゐるのであらうが、この勉強法は私の為によくない結果を呼んだ。私は勉強が窮屈でならなかつたし、試験の際も、融通がきかなくて、殆ど完璧に近いよい答案を作ることもあれば、つまらぬ一字一句につまづいて、思索が乱れ、ただ意味もなしに答案用紙を汚してゐる場合もあつたのである。

しかし私の第一学期の成績はクラスの三番であつた。操行も甲であつた。落第の懸念に苦しまされてゐた私は、その通告簿を片手に握つて、もう一方の手で靴を吊り下げたまま、裏の海岸まではだしで走つた。嬉しかつたのである。

一学期ををへて、はじめての帰郷のときは、私は故郷の弟たちに私の中学生生活の短い経験を出来るだけ輝かしく説明したく思つて、私がその三四ケ月間身につけたすべてのもの、座蒲団のはてまで行李《かうり》につめた。

馬車にゆられながら隣村の森を抜けると、幾里四方もの青田の海が展開して、その青田の果てるあたりに私のうちの赤い大屋根が聳《そび》えてゐた。私はそれを眺めて十年も見ない気がした。

私はその休暇のひとつきほど得意な気持でゐたことがない。私は弟たちへ中学校のことを誇張して夢のやうに物語つた。その小都会の有様をも、つとめて幻妖に物語つたのである。

私は風景をスケッチしたり昆虫の採集をしたりして、野原や谷川をはしり廻つた。水彩画を五枚ゑがくのと珍らしい昆虫の標本を十種あつめるのとが、教師に課された休暇中の宿題であつた。私は捕虫網を肩にかついで、弟にはピンセットだの毒壺だののはひつた採集鞄を持たせ、もんしろ蝶やばつたを追ひながら一日を夏の野原で過した。夜は庭園で焚火をめらめらと燃やして、飛んで来るたくさんの虫を網や箒で片つぱしからたたき落した。末の兄は美術学校の塑像科へ入つてゐたが、まいにち中庭の大きい栗の木の下で粘土をいぢくつてゐた。もう女学校を卒《を》へてゐた私のすぐの姉の胸像を作つてゐたのである。私も亦その傍で、姉の顔を幾枚もスケッチして、兄とお互ひの出来上り案配をけなし合つた。姉は真面目に私たちのモデルになつてゐたが、そんな場合おもに私の水彩画の方の肩を持つた。この兄は若いときはみんな天才だ、などと言って、私のあらゆる才能を莫迦にしてゐた。私の文章をさへ、小学生の綴方、と言って嘲つてゐた。私もその当時は、兄の芸術的な力をあからさまに軽蔑してゐたのである。

ある晩、その兄が私の寝てゐるところへ来て、治、珍動物だよ、と声を低くして言ひながら、しやがんで蚊帳《かや》の下から鼻紙に軽く包んだものをそつと入れて寄こした。兄は、私が珍らしい昆虫を集めてゐるのを知つてゐたのだ。包の中ではかさかさと虫のもがく足音がしてゐた。私は、そのかすかな音に、肉親の情を知らされた。私が手《て》暴《あら》くその小さい紙包をほどくと、兄は、逃げるぜえ、そら、そら、と息をつめるやうにして言つた。見ると普通のくはがたむしであった。私はその蛸翅《せうし》類をも私の採集した珍昆虫十種のうちにいれて教師へ出した。

休暇が終りになると私は悲しくなつた。故郷をあとにし、その小都会へ来て、呉服商の二階で独りして行李をあけた時には、私はもう少しで泣くところであつた。私は、そんな淋しい場合には、本屋へ行くことにしてゐた。そのときも私は近くの本屋へ走つた。そこに並べられたかずかずの刊行物の背を見ただけでも、私の憂愁は不思議に消えるのだ。その本屋の隅の書棚には、私の欲しくても買へない本が五六冊あつて、私はときどき、その前へ何気なささうに立ち止つては膝をふるはせながらその本の頁を盗み見たものだけれど、しかし私が本屋へ行くのは、なにもそんな医学じみた記事を読むためばかりではなかつたのである。その当時私にとつて、どんな本でも休養と慰安であつたからである。

学校の勉強はいよいよ面白くなかつた。白地図に山脈や港湾や河川を水絵具で記入する宿題などは、なによりも呪はしかつた。私は物事に凝るはうであつたから、この地図の彩色には三四時間も費やした。歴史なんかも、教師はわざわざノオトを作らせてそれへ講義の要点を書き込めと言ひつけたが、教師の講義は教科書を読むやうなものであつたから、自然とそのノオトへも教科書の文章をそのまま書き写すよりほかなかつたのである。私はそれでも成績にみれんがあつたので、そんな宿題を毎日せい出してやつたのである。秋になると、そのまちの中等学校どうしの色々なスポオツの試合が始まつた。田舎から出て来た私は、野球の試合など見たことさへなかつた。小説本で、満塁《フルベエス》とか、アタツクシヨオトとか、中堅《センタア》とか、そんな用語を覚えてゐただけであつて、やがて其の試合の観方をおぼえたけれど余り熱狂できなかつた。野球ばかりでなく、庭球でも、柔道でも、なにか他校と試合のある度に私も応援団の一人として、選手たちに声援を与へなければならなかつたのであるが、そのことが尚さら中学生生活をいやなものにして了つた。応援団長といふのがあつて、わざと汚い恰好で日の丸の扇子などを持ち、校庭の隅の小高い岡にのぼつて演説をすれば、生徒たちはその団長の姿を、むさい、むさい、と言つて喜ぶのである。試合のときは、ひとゲエムのあひまあひまに団長が扇子をひらひらさせて、オオル・スタンド・アツプと叫んだ。私たちは立ち上つて、紫の小さい三角旗を一斉にゆらゆら振りながら、よい敵よい敵けなげなれども、といふ応援歌をうたふのである。そのことは私にとつて恥かしかつた。私は、すきを見ては、その応援から逃げて家へ帰つた。

しかし、私にもスポオツの経験がない訳ではなかつたのである。私の顔が蒼黒くて、私はそれを例のあんまの故であると信じてゐたので、人から私の顔色を言はれると、私のその秘密を指摘されたやうにどきまぎした。私は、どんなにかして血色をよくしたく思い、スポオツをはじめたのである。

私はよほど前からこの血色を苦にしてゐたものであった。小学校四五年のころ、末の兄からデモクラシイといふ思想を聞き、母までデモクラシイのため税金がめつきり高くなつて作米の殆どみんなを税金に取られる、と客たちにこぼしてゐるのを耳にして、私はその思想に心弱くうろたへた。そして、夏は下男たちの庭の草刈に手つだひしたり、冬は屋根の雪おろしに手を貸したりなどしながら、下男たちにデモクラシイの思想を教へた。さうして、下男たちは私の手助けを余りよろこばなかつたのをやがて知つた。私の刈つた草などは後からまた彼等が刈り直さなければいけなかつたらしいのである。私は下男たちを助ける名の陰で、私の顔色をよくする事をも計つてゐたのであつたが、それほど労働してさへ私の顔色はよくならなかつたのである。

中学校にはひるやうになつてから、私はスポオツに依つていい顔色を得ようと思ひたつて、暑いじぶんには、学校の帰りしなに必ず海へはひつて泳いだ。私は胸泳といつて雨蛙のやうに両脚をひらいて泳ぐ方法を好んだ。頭を水から真直ぐに出して泳ぐのだから、波の起伏のこまかい縞目も、岸の青葉も、流れる雲も、みんな泳ぎながらに眺められるのだ。私は亀のやうに頭をすつとできるだけ高くのばして泳いだ。すこしでも顔を太陽に近寄せて、早く日焼がしたいからであつた。

また、私のゐたうちの裏がひろい墓地だつたので、私はそこへ百米の直線コオスを作り、ひとりでまじめに走つた。その墓地はたかいポプラの繁みで囲まれてゐて、はしり疲れると私はそこの卒堵婆の文字などを読み読みしながらぶらついた。月穿潭底とか、三界唯一心とかの句をいまでも忘れずにゐる。ある日私は銭苔《ぜにごけ》のいつぱい生えてゐる黒くしめつた墓石に、寂性清寥居士といふ名前を見つけてかなり心を騒がせ、その墓のまへに新しく飾られてあつた紙の蓮華の白い葉に、おれはいま土のしたで蛆《うじ》虫《むし》とあそんでゐる、と或る仏蘭西《フランス》の詩人から暗示された言葉を、泥を含ませた私の人指ゆびでもつて、さも幽霊が記したかのやうにほそぼそとなすり書いて置いた。そのあくる日の夕方、私は運動にとりかかる前に、先づきのふの墓標へお参りしたら、朝の驟雨で亡魂の文字はその近親の誰をも泣かせぬうちに跡かたもなく洗ひさらはれて、蓮華の白い葉もところどころ破れてゐた。

私はそんな事をして遊んでゐたのであつたが、走る事も大変巧くなつたのである。両脚の筋肉もくりくりと丸くふくれて来た。けれども顔色は、やつぱりよくならなかつたのだ。黒い表皮の底には、濁つた蒼い色が気持悪くよどんでゐた。

私は顔に興味を持つてゐたのである。読書にあきると手鏡をとり出し、微笑んだり眉をひそめたり頰杖ついて思案にくれたりして、その表情をあかず眺めた。私は必らずひとを笑はせることの出来る表情を会得した。目を細くして鼻を皺め、口を小さく尖らすと、児熊のやうで可愛かつたのである。私は不満なときや当惑したときにその顔をした。私のすぐの姉はそのじぶん、まちの県立病院の内科へ入院してゐたが、私は姉を見舞ひに行つてその顔をして見せると、姉は腹をおさへて寝台の上をころげ廻つた。姉はうちから連れて来た中年の女中とふたりきりで病院に暮してゐたものだから、ずゐぶん淋しがつて、病院の長い廊下をのしのし歩いて来る私の足音を聞くと、もうはしやいでゐた。私の足音は並はづれて高いのだ。私が若し一週間でも姉のところを訪れないと、姉は女中を使つて私を迎へによこした。私が行かないと、姉の熱は不思議にあがつて容態がよくない、とその女中が真顔で言つてゐた。

その頃はもう私も十五六になつてゐたし、手の甲には静脈の青い血管がうつすりと透いて見えて、からだも異様におもおもしく感じられてゐた。私は同じクラスのいろの黒い小さな生徒とひそかに愛し合つた。学校からの帰りにはきつと二人してならんで歩いた。お互ひの小指がすれあつてさへも、私たちは顔を赤くした。いつぞや、二人で学校の裏道の方を歩いて帰つたら、芹やはこべの青々と伸びてゐる田溝の中にゐもりがいつぴき浮いてゐるのをその生徒が見つけ、黙つてそれを掬《すく》つて私に呉れた。私は、ゐもりは嫌ひであつたけれど、嬉しさうにはしやぎながらそれを手巾《ハンカチ》へくるんだ。うちへ持つて帰つて、中庭の小さな池に放した。ゐもりは短い首をふりふり泳ぎ廻つてゐたが、次の朝みたら逃げて了つてゐなかつた。

私はたかい自矜の心を持つてゐたから、私の思ひを相手に打ち明けるなど考へもつかぬことであつた。その生徒へは普段から口もあんまり利かなかつたし、また同じころ隣りの家の痩せた女学生をも私は意識してゐたのだが、此の女学生とは道で逢つても、ほとんどその人を莫迦にしてゐるやうにぐつと顔をそむけてやるのである。秋のじぶん、夜中に火事があつて、私も起きて外へ出て見たら、つい近くの社《やしろ》の陰あたりが火の粉をちらして燃えてゐた。社の杉林がその焔を囲ふやうにまつくろく立つて、そのうへを小鳥がたくさん落葉のやうに狂ひ飛んでゐた。私は、隣りのうちの門口から白い寝巻の女の子が私の方を見てゐるのを、ちやんと知つてゐながら、横顔だけをそつちにむけてじつと火事を眺めた。焔の赤い光を浴びた私の横顔は、きつときらきら美しく見えるだらうと思つてゐたのである。こんな案配であつたから、私はまへの生徒とでも、また此の女学生とでも、もつと進んだ交渉を持つことができなかつた。けれどもひとりでゐるときには、私はもつと大胆だつた筈である。鏡の私の顔へ、片眼をつぶつて笑ひかけたり、机の上に小刀で薄い唇をほりつけて、それへ私の唇をのせたりした。この唇には、あとで赤いインクを塗つてみたが、妙にどすぐろくなつていやな感じがして来たから、私は小刀ですつかり削りとつて了つた。

私が三年生になつて、春のあるあさ、登校の道すがらに朱で染めた橋のまるい欄干へもたれかかつて、私はしばらくぼんやりしてゐた。橋の下には隅田川に似た広い川がゆるゆると流れてゐた。全くぼんやりしてゐる経験など、それまでの私にはなかつたのである。うしろで誰か見てゐるやうな気がして、私はいつでも何かの態度をつくつてゐたのである。私のいちいちのこまかい仕草にも、彼は当惑して掌を眺めた、彼は耳の裏を掻きながら呟いた、などと傍から傍から説明句をつけてゐたのであるから、私にとつて、ふと、とか、われしらず、とかいふ動作はあり得なかつたのである。橋の上での放心から覚めたのち、私は寂しさにわくわくした。そんな気持のときには、私もまた、自分の来しかた行末を考へた。橋をかたかた渡りながら、いろんな事を思ひ出し、また夢想した。そして、おしまひに溜息ついてかう考へた。えらくなれるかしら。その前後から、私はこころのあせりをはじめてゐたのである。私は、すべてに就いて満足し切れなかつたから、いつも空虚なあがきをしてゐた。私には十重《とへ》二十重《はたへ》の仮面がへばりついてゐたので、どれがどんなに悲しいのか、見極めをつけることができなかつたのである。そしてたうとう私は或るわびしいはけ口を見つけたのだ。創作であつた。ここにはたくさんの同類がゐて、みんな私と同じやうに此のわけのわからぬをののきを見つめてゐるやうに思はれたのである。作家にならう、作家にならう、と私はひそかに願望した。弟もそのとし中学校へはひつて、私とひとつ部屋に寝起してゐたが、私は弟と相談して、初夏のころに五六人の友人たちを集め同人雑誌をつくつた。私の居るうちの筋向ひに大きい印刷所があつたから、そこへ頼んだのである。表紙も石版でうつくしく刷らせた。クラスの人たちへその雑誌を配つてやつた。私はそれへ毎月ひとつづつ創作を発表したのである。はじめは道徳に就いての哲学者めいた小説を書いた。一行か二行の断片的な随筆をも得意としてゐた。この雑誌はそれから一年ほど続けたが、私はそのことで長兄と気まづいことを起してしまつた。

長兄は私の文学に熱狂してゐるらしいのを心配して、郷里から長い手紙をよこしたのである。化学には方程式あり幾何には定理があつて、それを解する完全な鍵が与へられてゐるが、文学にはそれがないのです、ゆるされた年齢、環境に達しなければ文学を正当に摑むことが不可能と存じます、と物堅い調子で書いてあつた。私もさうだと思つた。しかも私は自分をその許された人間であると信じた。私はすぐ長兄へ返事した。兄上の言ふことは本当だと思ふ、立派な兄を持つことは幸福である、しかし、私は文学のために勉強を怠ることがない、その故にこそいつそう勉強してゐるほどである、と誇張した感情をさへところどころにまぜて長兄へ告げてやつたのである。

なにはさてお前は衆にすぐれてゐなければいけないのだ、といふ脅迫めいた考へからであつたが、じじつ私は勉強してゐたのである。三年生になつてからは、いつもクラスの首席であつた。てんとりむしと言はれずに首席になることは困難であつたが、私はそのやうな嘲りを受けなかつた許りか、級友を手ならす術まで心得てゐた。蛸といふあだなの柔道の主将さへ私には従順であつた。教室の隅に紙屑入の大きな壺があつて、私はときたまそれを指さして、蛸もつぼへはひらないかと言へば、蛸はその壺へ頭をいれて笑ふのだ。笑ひ声が壺に響いて異様な音をたてた。クラスの美少年たちもたいてい私になついてゐた。私が顔の吹出物へ、三角形や六角形や花の形に切つた絆創膏をてんてんと貼り散らしても誰も可笑しがらなかつた程なのである。

私はこの吹出物には心をなやまされた。そのじぶんにはいよいよ数も殖えて、毎朝、眼をさますたびに掌で顔を撫でまはしてその有様をしらべた。いろいろな薬を買つてつけたが、ききめがないのである。私はそれを薬屋へ買ひに行くときには、紙きれへその薬の名を書いて、こんな薬がありますかつて、と他人から頼まれたふうにして言はなければいけなかつたのである。私はその吹出物を欲情の象徴と考へて眼の先が暗くなるほど恥かしかつた。いつそ死んでやつたらと思ふことさへあつた。私の顔に就いてのうちの人たちの不評判も絶頂に達してゐた。他家へとついでゐた私のいちばん上の姉は、治のところへは嫁に来るひとがあるまい、とまで言つてゐたさうである。私はせつせと薬をつけた。

弟も私の吹出物を心配して、なんべんとなく私の代りに薬を買ひに行つて呉れた。私と弟とは子供のときから仲がわるくて、弟が中学へ受験する折にも、私は彼の失敗を願つてゐたほどであつたけれど、かうしてふたりで故郷から離れて見ると、私にも弟のよい気質がだんだん判つて来たのである。弟は大きくなるにつれて無口で内気になつてゐた。私たちの同人雑誌にもときどき小品文を出してゐたが、みんな気の弱々した文章であつた。私にくらべて学校の成績がよくないのを絶えず苦にしてゐて、私がなぐさめでもするとかへつて不機嫌になつた。また、自分の額の生えぎはが富士のかたちに三角になつて女みたいなのをいまいましがつてゐた。額がせまいから頭がこんなに悪いのだと固く信じてゐたのである。私はこの弟にだけはなにもかも許した。私はその頃、人と対するときには、みんな押し隠して了ふか、みんなさらけ出して了ふか、どちらかであつたのである。私たちはなんでも打ち明けて話した。

秋のはじめの或る月のない夜に、私たちは港の桟橋へ出て、海峡を渡つてくるいい風にはたはたと吹かれながら赤い糸について話し合つた。それはいつか学校の国語の教師が授業中に生徒へ語つて聞かせたことであつて、私たちの右足の小指に眼に見えぬ赤い糸がむすばれてゐて、それがするすると長く伸びて一方の端がきつと或る女の子のおなじ足指にむすびつけられてゐるのである。ふたりがどんなに離れてゐてもその糸は切れない、どんなに近づいても、たとひ往来で逢つても、その糸はこんぐらかることがない。さうして私たちはその女の子を嫁にもらふことにきまつてゐるのである。私はこの話をはじめて聞いたときには、かなり興奮して、うちへ帰つてからもすぐ弟に物語つてやつたほどであつた。私たちはその夜も、波の音や、かもめの声に耳傾けつつ、その話をした。お前のワイフは今ごろどうしてるべなあ、と弟に聞いたら、弟は桟橋のらんかんを二三度両手でゆりうごかしてから、庭あるいてる、ときまり悪げに言つた。大きい庭下駄をはいて、団扇をもつて、月見草を眺めてゐる少女は、いかにも弟と似つかはしく思はれた。私のを語る番であつたが、私は真暗い海に眼をやつたまま、赤い帯しめての、とだけ言つて口を噤《つぐ》んだ。海峡を渡つて来る連絡船が、大きい宿屋みたいにたくさんの部屋部屋へ黄色いあかりをともして、ゆらゆらと水平線から浮んで出た。

これだけは弟にもかくしてゐた。私がそのとしの夏休みに故郷へ帰ったら、浴衣に赤い帯をしめたあたらしい小柄な小間使が、乱暴な動作で私の洋服を脱がせて呉れたのだ。みよと言つた。

私は寝しなに煙草を一本こつそりふかして、小説の書き出しなどを考へる癖があつたが、みよはいつの間にかそれを知つて了つて、ある晩私の床をのべてから枕元へ、きちんと煙草盆を置いたのである。私はその次の朝、部屋を掃除しに来たみよへ、煙草はかくれてのんでゐるのだから煙草盆なんか置いてはいけない、と言ひつけた。みよは、はあ、と言つてふくれたやうにしてゐた。同じ休暇中のことだつたが、まちに浪花節の興行物が来たとき、私のうちでは、使つてゐる人たち全部を芝居小屋へ聞きにやつた。私と弟も行けと言はれたが、私たちは田舎の興行物を莫迦にして、わざと蛍をとりに田圃へ出かけたのである。隣村の森ちかくまで行つたが、あんまり夜露がひどかつたので、二十そこそこを、籠にためただけでうちへ帰つた。浪花節へ行つてゐた人たちもそろそろ帰つて来た。みよに床をひかせ、蚊帳をつらせてから、私たちは電灯を消してその蛍を蚊帳のなかへ放した。蛍は蚊帳のあちこちをすつすつと飛んだ。みよも暫く蚊帳のそとに佇んで蛍を見てゐた。私は弟と並んで寝ころびながら、蛍の青い火よりもみよのほのじろい姿をよけいに感じてゐた。浪花節は面白かつたらうか、と私はすこし固くなつて聞いた。私はそれまで、女中には用事以外の口を決してきかなかつたのである。みよは静かな口調で、いいえ、と言つた。私はふきだした。弟は、蚊帳の裾に吸ひついてゐる一匹の蛍を団扇でばさばさ追ひたてながら黙つてゐた。私はなにやら工合がわるかつた。

そのころから私はみよを意識しだした。赤い糸と言へば、みよのすがたが胸に浮んだ。

三章

四年生になつてから、私の部屋へは毎日のやうにふたりの生徒が遊びに来た。私は葡萄酒と鯣《するめ》をふるまつた。さうして彼等に多くの出鱈目を教へたのである。炭《すみ》のおこしかたに就いて一冊の書物が出てゐるとか、「けだものの機械」といふ或る新進作家の著書に私がべたべたと機械油を塗つて置いて、かうして発売されてゐるのだが、珍らしい装幀でないかとか、「美貌の友」といふ飜訳本のところどころカットされて、そのブランクになつてゐる箇所へ、私のこしらへたひどい文章を、知つてゐる印刷屋へ秘密にたのんで刷りいれてもらつて、これは奇書だとか、そんなことを言つて友人たちを驚かせたものであつた。

みよの思ひ出も次第にうすれてゐたし、そのうへに私は、ひとつうちに居る者どうしが思つたり思はれたりすることを変にうしろめたく感じてゐたし、ふだんから女の悪口ばかり言つて来てゐる手前もあつたし、みよに就いて譬へほのかにでも心を乱したのが腹立たしく思はれるときさへあつたほどで、弟にはもちろん、これらの友人たちにもみよの事だけは言はずに置いたのである。

ところが、そのあたり私は、ある露西亜《ロシア》の作家の名だかい長篇小説を読んで、また考へ直して了つた。それは、ひとりの女囚人の経歴から書き出されてゐたが、その女のいけなくなる第一歩は、彼女の主人の甥にあたる貴族の大学生に誘惑されたことからはじまつてゐた。私はその小説のもつと大きなあぢはひを忘れて、そのふたりが咲き乱れたライラックの花の下で最初の接吻を交したペエジに私の枯葉の枝折をはさんでおいたのだ。私もまた、すぐれた小説をよそごとのやうにして読むことができなかつたのである。私には、そのふたりがみよと私とに似てゐるやうな気分がしてならなかつた。私がいま少しすべてにあつかましかつたら、いよいよ此の貴族とそつくりになれるのだ、と思つた。さう思ふと私の臆病さがはかなく感じられもするのである。こんな気のせせこましさが私の過去をあまりに平坦にしてしまつたのだと考へた。私自身が人生のかがやかしい受難者になりたく思はれたのである。

私は此のことをまづ弟へ打ち明けた。晩に寝てから打ち明けた。私は厳粛な態度で話すつもりであつたが、さう意識してこしらへた姿勢が逆に邪魔をして来て、結局うはついた。私は、頸筋をさすつたり両手をもみ合せたりして、気品のない話しかたをした。さうしなければかなはぬ私の習性を私は悲しく思つた。弟は、うすい下唇をちろちろ舐めながら、寝がへりもせず聞いてゐたが、けつこんするのか、と言ひにくさうにして尋ねた。私はなぜだかぎよつとした。できるかどうか、とわざとしをれて答へた。弟は、恐らくできないのではないかといふ意味のことを案外なおとなびた口調でまはりくどく言つた。それを聞いて、私は自分のほんたうの態度をはつきり見つけた。私はむつとして、たけりたつたのである。蒲団から半身を出して、だからたたかふのだ、たたかふのだ、と声をひそめて強く言い張つた。弟は更紗《さらさ》染めの蒲団の下でからだをくねらせて何か言はうとしてゐるらしかつたが、私の方を盗むやうにして見て、そつと微笑んだ。私も笑ひ出した。そして、門出だから、と言ひつつ弟の方へ手を差し出した。弟も恥かしさうに蒲団から右手を出した。私は低く声を立てて笑ひながら、二三度弟の力ない指をゆすぶつた。

しかし、友人たちに私の決意を承認させるときには、こんな苦心をしなくてよかつた。友人たちは私の話を聞きながら、あれこれと思案をめぐらしてゐるやうな恰好をして見せたが、それは、私の話がすんでからそれへの同意に効果を添へようためのものでしかないのを、私は知つてゐた。じじつその通りだつたのである。

四年生のときの夏やすみには、私はこの友人たちふたりをつれて故郷へ帰つた。うはべは、三人で高等学校への受験勉強を始めるためであつたが、みよを見せたい心も私にあつて、むりやりに友をつれて来たのである。私は、私の友がうちの人たちに不評判でないやうに祈つた。私の兄たちの友人は、みんな地方でも名のある家庭の青年ばかりだつたから、私の友のやうに金釦《きんボタン》のふたつしかない上着などを着てはゐなかつたのである。

裏の空屋敷には、そのじぶん大きな鶏舎が建てられてゐて、私たちはその傍の番小屋で午前中だけ勉強した。番小屋の外側は白と緑のペンキでいろどられて、なかは二坪ほどの板の間で、まだ新しいワニス塗の卓子や椅子がきちんとならべられてゐた。ひろい扉が東側と北側に二つもついてゐたし、南側にも洋ふうの開き窓があつて、それを皆いつぱいに明け放すと、風がどんどんはひつて来て書物のペエジがいつもぱらぱらとそよいでゐるのだ。まはりには雑草がむかしのままに生えしげつてゐて、黄いろい雛が何十羽となくその草の間に見えかくれしつつ遊んでゐた。

私たち三人はひるめしどきを楽しみにしてゐた。その番小屋へ、どの女中が、めしを知らせに来るかが問題であつたのである。みよでない女中が来れば、私たちは卓をぱたぱた叩いたり舌打ちしたりして大騒ぎをした。みよが来ると、みんなしんとなつた。そして、みよが立ち去るといつせいに吹き出したものであつた。或る晴れた日、弟も私たちと一緒にそこで勉強をしてゐたが、ひるになつて、けふは誰が来るだらう、といつものやうに皆で語り合つた。弟だけは話からはづれて、窓ぎはをぶらぶら歩きながら英語の単語を暗記してゐた。私たちは色んな冗談を言つて、書物を投げつけ合つたり足踏みして床を鳴らしたりしてゐたが、そのうちに私は少しふざけ過ぎて了つた。私は弟をも仲間にいれたく思つて、お前はさつきから黙つてゐるが、さては、と唇を軽くかんで弟をにらんでやつたのである。すると弟は、いやや、と短く叫んで右手を大きく振つた。持つてゐた単語のカアドが二三枚ぱつと飛び散つた。私はびつくりして視線をかへた。そのとつさの間に私は気まづい断定を下した。みよの事はけふ限りよさうと思つた。それからすぐ、なにごともなかつたやうに笑ひ崩れた。

その日めしを知らせに来たのは、仕合せと、みよでなかつた。母屋へ通る豆畑のあひだの狭い道を、てんてんと一列につらなつて歩いて行く皆のうしろへついて、私は陽気にはしやぎながら豆の丸い葉を幾枚も幾枚もむしりとつた。

犠牲などといふことは始めから考へてなかつた。ただいやだつたのだ。ライラックの白い茂みが泥を浴びせられた。殊にその悪戯者が肉親であるのがいつそういやであつた。

それからの二三日は、さまざまに思ひなやんだ。みよだつて庭を歩くことがあるではないか。彼は私の握手にほとんど当惑した。要するに私はめでたいのではないだらうか。私にとつて、めでたいといふ事ほどひどい恥辱はなかつたのである。

おなじころ、よくないことが続いて起つた。ある日の昼食の際に、私は弟や友人たちといつしよに食卓へ向つてゐたが、その傍でみよが、紅い猿の面の描かれてある絵団扇でぱさぱさと私たちをあふぎながら給仕してゐた。私はその団扇の風の量で、みよの心をこつそり計つてゐたものだ。みよは、私よりも弟の方を多くあふいだ。私は絶望して、カツレツの皿へぱちつとフオクを置いた。

みんなして私をいぢめるのだ、と思ひ込んだ。友人たちだつてまへから知つてゐたに違ひない、と無闇に人を疑つた。もう、みよを忘れてやるからいい、と私はひとりできめてゐた。

また二三日たつて、ある朝のこと、私は、前夜ふかした煙草がまだ五六ぽん箱にはひつて残つてゐるのを枕元へ置き忘れたままで番小屋へ出掛け、あとで気がついてうろたへて部屋へ引返して見たが、部屋は綺麗に片づけられ箱がなかつたのである。私は観念した。みよを呼んで、煙草はどうした、見つけられたらう、と叱るやうにして聞いた。みよは真面目な顔をして首を振つた。そしてすぐ、部屋のなげしの裏へ背のびして手をつつこんだ。金色の二つの蝙蝠《かうもり》が飛んでゐる緑いろの小さな紙箱はそこから出た。

私はこのことから勇気を百倍にもして取りもどし、まへからの決意にふたたび眼ざめたのである。しかし、弟のことを思ふとやはり気がふさがつて、みよのわけで友人たちと騒ぐことをも避けたし、そのほか弟には、なにかにつけていやしい遠慮をした。自分から進んでみよを誘惑することもひかへた。私はみよから打ち明けられるのを待つことにした。私はいくらでもその機会をみよに与へることができたのだ。私は屢々みよを部屋へ呼んで要らない用事を言ひつけた。そして、みよが私の部屋へはひつて来るときには、私はどこかしら油断のあるくつろいだ恰好をして見せたのである。みよの心を動かすために、私は顔にも気をくばつた。その頃になつて私の顔の吹出物もどうやら直つてゐたが、それでも惰性で、私はなにかと顔をこしらへてゐた。私はその蓋のおもてに蔦《つた》のやうな長くくねつた蔓草がいつぱい彫り込まれてある美しい銀のコンパクトを持つてゐた。それでもつて私のきめを時折うめてゐたのだけれど、それを尚すこし心をいれてしたのである。

これからはもう、みよの決心しだいであると思つた。しかし、機会はなかなか来なかつたのである。番小屋で勉強してゐる間も、ときどきそこから脱け出て、みよを見に母屋へ帰つた。殆どあらつぽい程ばたんばたんとはき掃除してゐるみよの姿を、そつと眺めては唇をかんだ。

そのうちにたうとう夏やすみも終りになつて、私は弟や友人たちとともに故郷を立ち去らなければいけなくなつた。せめて此のつぎの休暇まで私を忘れさせないで置くやうな何か鳥渡した思ひ出だけでも、みよの心に植ゑつけたいと念じたが、それも駄目であつた。

出発の日が来て、私たちはうちの黒い箱馬車へ乗り込んだ。うちの人たちと並んで玄関先へ、みよも見送りに立つてゐた。みよは、私の方も弟の方も、見なかつた。はづした萌黄《もえぎ》のたすきを珠数《じゆず》のやうに両手でつまぐりながら下ばかりを向いてゐた。いよいよ馬車が動き出してもさうしてゐた。私はおほきい心残りを感じて故郷を離れたのである。

秋になつて、私はその都会から汽車で三十分ぐらゐかかつて行ける海岸の温泉地へ、弟をつれて出掛けた。そこには、私の母と病後の末の姉とが家を借りて湯治してゐたのだ。私はずつとそこへ寝泊りして、受験勉強をつづけた。私は秀才といふぬきさしならぬ名誉のために、どうしても、中学四年から高等学校へはひつて見せなければならなかつたのである。私の学校ぎらひはその頃になつて、いつそうひどかつたのであるが、何かに追はれてゐる私は、それでも一途に勉強してゐた。私はそこから汽車で学校へかよつた。日曜毎に友人たちが遊びに来るのだ。私たちは、もう、みよの事を忘れたやうにしてゐた。私は友人たちと必ずピクニックにでかけた。海岸のひらたい岩の上で、肉鍋をこさへ、葡萄酒をのんだ。弟は声もよくて多くのあたらしい歌を知つてゐたから、私たちはそれらを弟に教へてもらつて、声をそろへて歌つた。遊びつかれてその岩の上で眠つて、眼がさめると潮が満ちて陸つづきだつた筈のその岩が、いつか離れ島になつてゐるので、私たちはまだ夢から醒めないでゐるやうな気がするのである。

私はこの友人たちと一日でも逢はなかつたら淋しいのだ。そのころの事であるが、或る野分のあらい日に、私は学校で教師によく両頰をなぐられた。それが偶然にも私の仁俠的な行為からそんな処罰を受けたのだから、私の友人たちは怒つた。その日の放課後、四年生全部が博物教室へ集まつて、その教師の追放について協議したのである。ストライキ、ストライキ、と声高くさけぶ生徒もあつた。私は狼狽した。もし私一個人のためを思つてストライキをするのだつたら、よして呉れ、私はあの教師を憎んでゐない、事件は簡単なのだ、簡単なのだ、と生徒たちに頼みまはつた。友人たちは私を卑怯だとか勝手だとか言つた。私は息苦しくなつて、その教室から出て了つた。温泉場の家へ帰つて、私はすぐ湯にはひつた。野分にたたかれて破れつくした二三枚の芭蕉の葉が、その庭の隅から湯槽のなかへ青い影を落してゐた。私は湯槽のふちに腰かけながら生きた気もせず思ひに沈んだ。

恥かしい思ひ出に襲はれるときにはそれを振りはらふために、ひとりして、さて、と呟く癖が私にあつた。簡単なのだ、簡単なのだ、と囁いて、あちこちをうろうろしてゐた自身の姿を想像して私は、湯を掌で掬つてはこぼし掬つてはこぼししながら、さて、さて、と何回も言つた。

あくる日、その教師が私たちにあやまつて、友人たちとも、結局ストライキは起らなかつたし、友人たちともわけなく仲直り出来たけれど、この災難は私を暗くした。みよのことなどしきりに思ひ出された。つひには、みよと逢はねば自分がこのまま堕落してしまひさうにも、考へられたのである。

ちやうど母も姉も湯治からかへることになつて、その出立の日が、あたかも土曜日であつたから、私は母たちを送つて行くといふ名目で、故郷へ戻ることが出来た。友人たちには秘密にしてこつそり出掛けたのである。弟にも帰郷のほんとのわけは言はずに置いた。言はなくても判つてゐるのだと思つてゐた。

みんなでその温泉場を引きあげ、私たちの世話になつてゐる呉服商へひとまづ落ちつき、それから母と姉と三人で故郷へ向つた。列車がプラツトフオムを離れるとき、見送りに来てゐた弟が、列車の窓から青い富士額を覗かせて、がんばれ、とひとこと言つた。私はそれをうつかり素直に受けいれて、よしよし、と機嫌よくうなづいた。

馬車が隣村を過ぎて、次第にうちへ近づいて来ると、私はまつたく落ちつかなかつた。日が暮れて、空も山もまつくらだつた。稲田が秋風に吹かれてさらさらと動く声に、耳を傾けては胸を轟かせた。絶えまなく窓のそとの闇に眼をくばつて、道ばたのすすきのむれが白くぽつかり鼻先に浮ぶと、のけぞるくらゐびつくりした。

玄関のほの暗い軒灯の下でうちの人たちがうようよ出迎へてゐた。馬車がとまつたとき、みよもばたばた走つて玄関から出て来た。寒さうに肩を丸くすぼめてゐた。

その夜、二階の一間に寝てから、私は非常に淋しいことを考へた。凡俗といふ観念に苦しめられたのである。みよのことが起つてからは、私もたうたう莫迦になつて了つたのではないか。女を思ふなど、誰にでもできることである。しかし私のはちがふ、ひとくちには言へぬがちがふ。私の場合は、あらゆる意味で下等でない。しかし、女を思ふほどの者は誰でもさう考へてゐるのではないか。しかし、と私は自身のたばこの煙にむせびながら強情を張つた。私の場合には思想がある！

私はその夜、みよと結婚するに就いて、必ずさけられないうちの人たちとの論争を思ひ、寒いほどの勇気を得た。私のすべての行為は凡俗でない、やはり私はこの世のかなりな単位にちがひないのだ、と確信した。それでもひどく淋しかつた。淋しさが、どこから来るのか判らなかつた。どうしても寝つかれないので、あのあんまをした。みよの事をすつかり頭から抜いてした。みよをよごす気にはなれなかつたのである。

朝、眼をさますと、秋空がたかく澄んでゐた。私は早くから起きて、むかひの畑へ葡萄を取りに出かけた。みよに大きい竹籠を持たせてついて来させた。私はできるだけ気軽なふうでみよにさう言ひつけたのだから、誰にも怪しまれなかつたのである。葡萄棚は畑の東南の隅にあつて、十坪ぐらゐの大きさにひろがつてゐた。葡萄の熟するころになると、よしずで四方をきちんと囲つた。私たちは片すみの小さい潜戸をあけて、かこひの中へはひつた。なかは、ほつかりと暖かかつた。二三匹の黄色いあしながばちが、ぶんぶん言つて飛んでゐた。朝日が、屋根の葡萄の葉と、まはりのよしずを透して明るくさしてゐて、みよの姿もうすみどりいろに見えた。ここへ来る途中には、私もあれこれと計画して、悪党らしく口まげて微笑んだりしたのであつたが、かうしてたつた二人きりになつて見ると、あまりの気づまりから殆ど不機嫌になつて了つた。私はその板の潜戸をさへわざとあけたままにしてゐたものだ。

私は背が高かつたから、踏台なしに、ぱちんぱちんと植木鋏で葡萄のふさを摘んだ。そして、いちいちそれをみよへ手渡した。みよはその一房一房の朝露を白いエプロンで手早く拭きとつて、下の籠にいれた。私たちはひとことも語らなかつた。永い時間のやうに思はれた。そのうちに私はだんだん怒りつぽくなつた。葡萄がやつと籠いつぱいにならうとするころ、みよは、私の渡す一房へ差し伸べて寄こした片手を、ぴくつとひつこめた。私は、葡萄をみよの方へおしつけ、おい、と呼んで舌打ちした。

みよは、右手の附根を左手できゆつと握つていきんでゐた。刺されたべ、と聞くと、ああ、とまぶしさうに眼を細めた。ばか、と私は叱つて了つた。みよは黙つて、笑つてゐた。これ以上私はそこにゐたたまらなかつた。くすりつけてやる、と言つてそのかこひから飛び出した。すぐ母屋へつれて帰つて、私はアンモニアの瓶を帳場の薬棚から捜してやつた。その紫の硝子瓶を、出来るだけ乱暴にみよへ手渡したきりで、自分で塗つてやらうとはしなかつた。

その日の午後に、私は、近ごろまちから新しく通ひ出した灰色の幌のかかつてあるそまつな乗合自動車にゆすぶられながら、故郷を去つた。うちの人たちは馬車で行け、と言つたのだが、定紋のついて黒くてかてか光つたうちの箱馬車は、殿様くさくて私にはいやだつたのである。私は、みよとふたりして摘みとつた一籠の葡萄を膝の上にのせて、落葉のしきつめた田舎道を意味ふかく眺めた。私は満足してゐた。あれだけの思ひ出でもみよに植ゑつけてやつたのは私として精いつぱいのことである、と思つた。みよはもう私のものにきまつた、と安心した。

そのとしの冬やすみは、中学生としての最後の休暇であつたのである。帰郷の日のちかくなるにつれて、私と弟とは幾分の気まづさをお互ひに感じてゐた。

いよいよ共にふるさとの家へ帰つて来て、私たちは先づ台所の石の炉ばたに向ひあつてあぐらをかいて、それからきよろきよろとうちの中を見わたしたのである。みよがゐないのだ。私たちは二度も三度も不安な瞳をぶつつけ合つた。その日、夕飯をすませてから、私たちは次兄に誘はれて彼の部屋へ行き、三人して火燵《こたつ》にはひりながらトランプをして遊んだ。私にはトランプのどの札もただまつくろに見えてゐた。話の何かいいついでがあつたから、思ひ切つて次兄に尋ねた。女中がひとり足りなくなつたやうだが、と手に持つてゐた五六枚のトランプで顔を被ふやうにしつつ、余念なささうな口調で言つた。もし次兄が突つこんで来たら、さいはひ弟も居合せてゐることだし、はつきり言つてしまはうと心をきめてゐた。

次兄は、自分の手の札を首かしげかしげしてあれこれと出し迷ひながら、みよか、みよは婆様と喧嘩して里さ戻つた、あれは意地つぱりだぜえ、と呟いて、ひらつと一枚捨てた。私も一枚投げた。弟も黙つて一枚捨てた。

それから四五日して、私は鶏舎の番小屋を訪れ、そこの番人である小説の好きな青年から、もつとくはしい話を聞いた。みよは、ある下男にたつたいちどよごされたのを、ほかの女中たちに知られて、私のうちにゐたたまらなくなつたのだ。男は、他にもいろいろ悪いことをしたので、そのときは既に私のうちから出されてゐた。それにしても、青年はすこし言ひ過ぎた。みよは、やめせ、やめせ、とあとで囁いた、とその男の手柄話まで添へて。

正月がすぎて、冬やすみも終りに近づいた頃、私は弟とふたりで、文庫蔵へはひつてさまざまな蔵書や軸物を見てあそんでゐた。高いあかり窓から雪の降つてゐるのがちらちら見えた。父の代から長兄の代にうつると、うちの部屋部屋の飾りつけから、かういふ蔵書や軸物の類まで、ひたひたと変つて行くのを、私は帰郷の度毎に、興深く眺めてゐた。私は、長兄がちかごろあたらしく求めたらしい一本の軸物をひろげて見てゐた。山吹が水に散つてゐる絵であつた。弟は私の傍へ、大きな写真箱を持ち出して来て、何百枚もの写真を、冷くなる指先へときどき白い息を吐きかけながら、せつせと見てゐた。しばらくして、弟は私の方へ、まだ台紙の新しい手札型の写真をいちまいのべて寄こした。見ると、みよが最近私の母の供をして、叔母の家へでも行つたらしく、そのとき、叔母と三人してうつした写真のやうであつた。母がひとり低いソフアに坐つて、そのうしろに叔母とみよが同じ背たけぐらゐで並んで立つてゐた。背景は薔薇の咲き乱れた花園であつた。私たちは、お互ひに頭をよせつつ、なほ鳥渡の間その写真に眼をそそいだ。私は、こころの中でとつくに弟と和解してゐたのだし、みよのあのことも、ぐづぐづして弟にはまだ知らせてなかつたし、わりにおちつきを装うてその写真を眺めることが出来たのである。みよは、動いたらしく顔から胸にかけての輪郭がぼつとしてゐた。叔母は両手を帯の上に組んでまぶしさうにしてゐた。私は、似てゐると思つた。

魚服記

一

本州の北端の山脈は、ぼんじゆ山脈といふのである。せいぜい三四百米ほどの丘陵が起伏してゐるのであるから、ふつうの地図には載つてゐない。むかし、このへん一帯はひろびろした海であつたさうで、義経が家来たちを連れて北へ北へと亡命して行つて、はるか蝦夷の土地へ渡らうとここを船でとほつたといふことである。そのとき、彼等の船が此の山脈へ衝突した。突きあたつた跡がいまでも残つてゐる。山脈のまんなかごろのこんもりした小山の中腹にそれがある。約一畝歩《せぶ》ぐらゐの赤土の崖がそれなのであつた。

小山は馬禿山《まはげやま》と呼ばれてゐる。ふもとの村から崖を眺めるとはしつてゐる馬の姿に似てゐるからと言ふのであるが、事実は老いぼれた人の横顔に似てゐた。

馬禿山はその山の陰の景色がいいから、いつそう此の地方で名高いのである。麓の村は戸数もわづか二三十でほんの寒村であるが、その村はづれを流れてゐる川を二里ばかりさかのぼると馬禿山の裏へ出て、そこには十丈ちかくの滝がしろく落ちてゐる。夏の末から秋にかけて山の木々が非常によく紅葉するし、そんな季節には近辺のまちから遊びに来る人たちで山もすこしにぎはふのであつた。滝の下には、ささやかな茶店さへ立つのである。

ことしの夏の終りごろ、此の滝で死んだ人がある。故意に飛び込んだのではなくて、まつたくの過失からであつた。植物の採集をしにこの滝へ来た色の白い都の学生である。このあたりには珍らしい羊歯《しだ》類が多くて、そんな採集家がしばしば訪れるのだ。

滝壺は三方が高い絶壁で、西側の一面だけが狭くひらいて、そこから谷川が岩を嚙みつつ流れ出てゐた。絶壁は滝のしぶきでいつも濡れてゐた。羊歯類は此の絶壁のあちこちにも生えてゐて、滝のとどろきにしじゆうぶるぶるとそよいでゐるのであつた。

学生はこの絶壁によぢのぼつた。ひるすぎのことであつたが、初秋の日ざしはまだ絶壁の頂上に明るく残つてゐた。学生が、絶壁のなかばに到達したとき、足だまりにしてゐた頭ほどの石ころがもろくも崩れた。崖から剝ぎ取られたやうにすつと落ちた。途中で絶壁の老樹の枝にひつかかつた。枝が折れた。すさまじい音をたてて淵へたたきこまれた。

滝の附近に居合せた四五人がそれを目撃した。しかし、淵のそばの茶店にゐる十五になる女の子が一番はつきりとそれを見た。

いちど、滝壺ふかく沈められて、それから、すらつと上半身が水面から躍りあがつた。眼をつぶつて口を小さくあけてゐた。青色のシヤツのところどころが破れて、採集かばんはまだ肩にかかつてゐた。

それきりまたぐつと水底へ引きずりこまれたのである。

二

春の土用から秋の土用にかけて天気のいい日だと、馬禿山から白い煙の幾筋も昇つてゐるのが、ずゐぶん遠くからでも眺められる。この時分の山の木には精気が多くて炭をこさへるのに適してゐるから、炭を焼く人達も忙しいのである。

馬禿山には炭焼小屋が十いくつある。滝の傍にもひとつあつた。此の小屋は、他の小屋と余程はなれて建てられてゐた。小屋の人がちがふ土地のものであつたからである。茶店の女の子はその小屋の娘であつて、スワといふ名前である。父親とふたりで年中そこへ寝起してゐるのであつた。

スワが十三の時、父親は滝壺のわきに丸太とよしずで小さい茶店をこしらへた。ラムネと塩せんべいと水無飴とそのほか二三種の駄菓子をそこへ並べた。

夏近くなつて山へ遊びに来る人がぽつぽつ見え初めるじぶんになると、父親は毎朝その品物を手籠へ入れて茶店迄はこんだ。スワは父親のあとからはだしでぱたぱたついて行つた。父親はすぐ炭小屋へ帰つてゆくが、スワは一人ゐのこつて店番するのであつた。遊山の人影がちらとでも見えると、やすんで行きせえ、と大声で呼びかけるのだ。父親がさう言へと申しつけたからである。しかし、スワのそんな美しい声も滝の大きな音に消されて、たいていは、客を振りかへさすことさへ出来なかつた。一日五十銭と売りあげることがなかつたのである。

黄昏《たそがれ》時になると父親は炭小屋から、からだ中を真黒にしてスワを迎へに来た。

「なんぼ売れた。」

「なんも。」

「そだべ、そだべ。」

父親はなんでもなささうに呟きながら滝を見上げるのだ。それから二人して店の品物をまた手籠へしまひ込んで、炭小屋へひきあげる。

そんな日課が霜のおりるころまでつづくのである。

スワを茶店にひとり置いても心配はなかつた。山に生れた鬼子であるから、岩根を踏みはづしたり滝壺へ吸ひこまれたりする気づかひがないのであつた。天気が良いとスワは裸身になつて滝壺のすぐ近くまで泳いで行つた。泳ぎながらも客らしい人を見つけると、あかちやけた短い髪を元気よくかきあげてから、やすんで行きせえ、と叫んだ。

雨の日には、茶店の隅でむしろをかぶつて昼寝をした。茶店の上には樫の大木がしげつた枝をさしのべてゐていい雨よけになつた。

つまりそれまでのスワは、どうどうと落ちる滝を眺めては、こんなに沢山水が落ちてはいつかきつとなくなつて了ふにちがひない、と期待したり、滝の形はどうしてかういつも同じなのだらう、といぶかしがつたりしてゐたものであつた。

それがこのごろになつて、すこし思案ぶかくなつたのである。

滝の形はけつして同じでないといふことを見つけた。しぶきのはねる模様でも、滝の幅でも、眼まぐるしく変つてゐるのがわかつた。果ては、滝は水でない、雲なのだ、といふことも知つた。滝口から落ちると白くもくもくふくれ上る案配からでもそれと察しられた。だいいち水がこんなにまでしろくなる訳はない、と思つたのである。

スワはその日もぼんやり滝壺のかたはらに佇んでゐた。曇つた日で秋風が可成りいたくスワの赤い頰を吹きさらしてゐるのだ。

むかしのことを思ひ出してゐたのである。いつか父親がスワを抱いて炭窯《すみがま》の番をしながら語つてくれたが、それは、三郎と八郎といふきこりの兄弟があつて、弟の八郎が或る日、谷川でやまべといふさかなを取つて家へ持つて来たが、兄の三郎がまだ山からかへらぬうちに、其のさかなをまづ一匹焼いてたべた。食つてみるとおいしかつた。二匹三匹とたべてもやめられないで、たうとうみんな食つてしまつた。さうするとのどが乾いて乾いてたまらなくなつた。井戸の水をすつかりのんで了《しま》つて、村はづれの川端へ走つて行つて、又水をのんだ。のんでるうちに、体中へぶつぶつと鱗が吹き出た。三郎があとからかけつけた時には、八郎はおそろしい大蛇になつて川を泳いでゐた。八郎やあ、と呼ぶと、川の中から大蛇が涙をこぼして、三郎やあ、とこたへた。兄は堤の上から、弟は川の中から、八郎やあ、三郎やあ、と泣き泣き呼び合つたけれど、どうする事も出来なかつたのである。

スワがこの物語を聞いた時には、あはれであはれで父親の炭の粉だらけの指を小さな口におしこんで泣いた。

スワは追憶からさめて、不審げに眼をぱちぱちさせた。滝がささやくのである。八郎やあ、三郎やあ、八郎やあ。

父親が絶壁の紅い蔦の葉を掻きわけながら出て来た。

「スワ、なんぼ売れた。」

スワは答へなかつた。しぶきにぬれてきらきら光つてゐる鼻先を強くこすつた。父親はだまつて店を片づけた。

炭小屋までの三町程の山道を、スワと父親は熊笹を踏みわけつつ歩いた。

「もう店しまふべえ。」

父親は手籠を右手から左手へ持ちかへた。ラムネの瓶がからから鳴つた。

「秋土用すぎで山さ来る奴もねえべ。」

日が暮れかけると山は風の音ばかりだつた。楢《なら》や樅《もみ》の枯葉が折々みぞれのやうに二人のからだへ降りかかつた。

「お父《ど》。」

スワは父親のうしろから声をかけた。

「おめえ、なにしに生きでるば。」

父親は大きい肩をぎくつとすぼめた。スワのきびしい顔をしげしげ見てから呟いた。

「判らねぢや。」

スワは手にしてゐたすすきの葉を噛みさきながら言つた。

「くたばつた方あ、いいんだに。」

父親は平手をあげた。ぶちのめさうと思つたのである。しかし、もじもじと手をおろした。スワの気が立つて来たのをとうから見抜いてゐたが、それもスワがそろそろ一人前のをんなになつたからだな、と考へてそのときは堪忍してやつたのであつた。

「そだべな、そだべな。」

スワは、さういふ父親のかかりくさのない返事が馬鹿くさくて馬鹿くさくて、すす

きの葉をべつべつと吐き出しつつ、
「阿呆、阿呆。」
と呶鳴つた。

三

ぼんが過ぎて茶店をたたんでからスワのいちばんいやな季節がはじまるのである。父親はこのころから四五日置きに炭を背負つて村へ売りに出た。人をたのめばいいのだけれど、さうすると十五銭も二十銭も取られてたいしたつひえであるから、スワひとりを残してふもとの村へおりて行くのであつた。

スワは空の青くはれた日だとその留守に蕈《きのこ》をさがしに出かけるのである。父親のこさへる炭は一俵で五六銭も儲けがあればいい方だつたし、とてもそれだけではくらせないから、父親はスワに蕈を取らせて村へ持つて行くことにしてゐた。

なめこといふぬらぬらした豆きのこは大変ねだんがよかつた。それは羊歯類の密生してゐる腐木へかたまつてはえてゐるのだ。スワはそんな苔を眺めるごとに、たつた一人のともだちのことを追想した。蕈のいつぱいつまつた籠の上へ青い苔をふりまいて、小屋へ持つて帰るのが好きであつた。

父親は炭でも蕈でもそれがいい値で売れると、きまつて酒くさいいきをしてかへつた。たまにはスワへも鏡のついた紙の財布やなにかを買つて来て呉れた。

凩《こがらし》のために朝から山があれて小屋のかけむしろがにぶくゆられてゐた日であつた。父親は早暁から村へ下りて行つたのである。

スワは一日ぢゆう小屋へこもつてゐた。めづらしくけふは髪をゆつてみたのである。ぐるぐる巻いた髪の根へ、父親の土産の浪模様がついたたけながをむすんだ。それから焚火をうんと燃やして父親の帰るのを待つた。木々のさわぐ音にまじつてけだものの叫び声が幾度もきこえた。

日が暮れかけて来たのでひとりで夕飯を食つた。くろいめしに焼いた味噌をかてて食つた。

夜になると風がやんでしんしんと寒くなつた。こんな妙に静かな晩には山できつと不思議が起るのである。天狗の大木を伐り倒す音がめりめりと聞えたり、小屋の口あたりで、誰かのあづきをとぐ気配がさくさくと耳についたり、遠いところから山人《やまふと》の笑ひ声がはつきり響いて来たりするのであつた。

父親を待ちわびたスワは、わらぶとん着て炉ばたへ寝てしまつた。うとうと眠つてゐると、ときどきそつと入口のむしろをあけて覗き見するものがあるのだ。山人が覗いてゐるのだ、と思つて、じつと眠つたふりをしてゐた。

白いもののちらちら入口の土間へ舞ひこんで来るのが燃えのこりの焚火のあかりで

おぼろに見えた。初雪だ！　と夢心地ながらうきうきした。

疼痛。からだがしびれるほど重かつた。ついであのくさい呼吸を聞いた。

「阿呆。」

スワは短く叫んだ。

ものもわからず外へはしつて出た。

吹雪！　それがどつと顔をぶつた。思はずめためた坐つて了つた。みるみる髪も着物もまつしろになつた。

スワは起きあがつて肩であらく息をしながら、むしむし歩き出した。着物が烈風で揉みくちやにされてゐた。どこまでも歩いた。

滝の音がだんだんと大きく聞えて来た。ずんずん歩いた。てのひらで水洟《みづばな》を何度も拭つた。ほとんど足の真下で滝の音がした。

狂ひ唸る冬木立の、細いすきまから、

「おど！」

とひくく言つて飛び込んだ。

気がつくとあたりは薄暗いのだ。滝の轟きが幽かに感じられた。ずつと頭の上でそれを感じたのである。からだがその響きにつれてゆらゆら動いて、みうちが骨まで冷たかつた。

四

はは あ水の底だな、とわかると、やたらむしやうにすつきりした。さつぱりした。ふと、両脚をのばしたら、すすと前へ音もなく進んだ。鼻がしらがあやふく岸の岩角へぶつつからうとした。

大蛇！

大蛇になつてしまつたのだと思つた。うれしいな、もう小屋へ帰れないのだ、とひとりごとを言つて口ひげを大きくうごかした。

小さな鮒であつたのである。ただ口をぱくぱくとやつて鼻さきの疣《いぼ》をうごめかしただけのことであつたのに。

鮒は滝壺のちかくの淵をあちこちと泳ぎまはつた。胸鰭をぴらぴらさせて水面へ浮んで来たかと思ふと、つと尾鰭をつよく振つて底深くもぐりこんだ。

水のなかの小えびを追つかけたり、岸辺の葦のしげみに隠れて見たり、岩角の苔をすすつたりして遊んでゐた。

それから鮒はじつとうごかなくなつた。時折、胸鰭をこまかくそよがせるだけである。なにか考へてゐるらしかつた。しばらくさうしてゐた。

やがてからだをくねらせながらまつすぐに滝壺へむかつて行つた。たちまち、くるくると木の葉のやうに吸ひこまれた。

雀こ

井伏鱒二へ。津軽の言葉で。

長え長え昔噺《むがしこ》、知らへがな。
山の中に橡《とち》の木いつぽんあつたずおん。
そのてつぺんさ、からす一羽来てとまつたずおん。
からすあ、があて啼けば、橡の実あ、一つぼたんて落づるずおん。
また、からすあ、があて啼けば、橡の実あ、一つぼたんて落づるずおん。
また、からすあ、があて啼けば、橡の実あ、一つぼたんて落づるずおん。

…………………………

ひとかたまりの童児《わらは》、広《ふろ》い野はらに火三昧して遊びふけつてゐたずおん。春になればし、雪こ溶け、ふろいふろい雪の原のあちこちゆ、ふろ野の黄はだの色の芝生こさ青い新芽の萌えいで来るはで、おらの国のわらはは、黄はだの色の古し芝生こさ火をつけ、そればさ野火と申して遊ぶのだずおん。そした案配こ、おたがひ野火をし距て、わらは、ふた組にわかれてゐたずおん。かたかたの五六人、声をしそろへて歌つたずおん。

——雀、雀、雀こ、欲うし。

ほかの方図《ほづ》のわらは、それさ応へ、

——どの雀、欲うし？

て歌つたとせえ。

そこでもつてし、雀こ欲うして歌つた方図のわらは、打ち寄り、もめたずおん。

——誰をし貰ればええべがな？

——はにやすのヒサこと貰れば、どうだべ？

——鼻たれて、きたなきも。

——タキだば、ええねし。

——女くされ、をかしぢやよ。

——タキは、ええべせえ。

——さうだべがな。

そした案配こ、たうとうタキこと貰るやうにきまつたずおん。

——右りのはづれの雀こ欲うし。

て、歌つたもんだずおん。

タキの方図では、心根つこわるくかかつたとせえ。

――羽こ、ねえはで呉れらえね。

――羽こ呉れるはで飛んで来い。

こちで歌つたどもし、向うの方図で調子ばあはれに、また歌つたずおん。

――杉の木、火事で行かえない。

したどもし、こちの方図では、やたら欲しくて歌つたとせえ。

――その火事よけて飛んで来い。

向うの方図では、雀こ一羽はなしてよこしたずおん。タキは雀こ、ふたかたの腕こと翼みんたに拡げ、ぱお、ぱお、ぱお、て羽ばたきの音をし口でしやべりしやべりて、野火の焔よけて飛んで来たとせえ。

これ、おらの国の、わらはの遊びごとだずおん。かうして一羽一羽と雀こ貰るんだどもし、おしめに一羽のこれば、その雀こ、こんど歌はねばなんねのだずおん。

――雀、雀、雀こ欲うし。

とつくと分別しねでもわかることだどもし、これや、うたて遊びごとだまさね。一ばん先に欲しがられた雀こ、大幅《おほはば》こけるどもし、おしめの一羽は泣いても泣いても足《た》えへんでば。

いつでもタキは、一ばん先に欲しがられるのだずおん。いつでもマロサマは、おしめにのこされるのだずおん。

タキ、よろづよやの一人あねこで、うつて勢よく育つたのだずおん。誰にかても負けたことねんだとせえ。冬、どした恐ろしない雪の日でも、くるめんば被らねで、千成《なり》の林檎こよりも赤え頰ぺたこ吹きさらし、どこさでも行けたのだずおん。マロサマ、たかまどのお寺の坊主《ぼんず》こで、からだつきこ細くてかそぺないはでし、みんなみんな、やしめてゐたのだずおん。

さきほどよりし、マロサマ、着物ばはだけて、歌つてゐたずおん。

——雀、雀、雀こ欲うし。雀、雀、雀こ欲うし。

不憫げらに、これで二度も、売えのこりになつてゐたのだずおん。

——どの雀、欲うし？

——なかの雀こ欲うし。

タキこと欲しがるのだずおん。なかの雀このタキ、野火の黄色え黄色え焰ごしに、悪だまなくこでマロサマば睨めたずおん。

マロサマ、おつとらとした声こで、また歌つたずおん。

——なかの雀こ欲うし。

タキは、わらはさ、なにやらし、こちよこちよと言うつけたずおん。わらは、それ聞き、にくらにくらて笑ひ笑ひ、歌つたのだずおん。

——羽こ、ねえはで呉れらえね。

——羽こ、呉れるはで飛んで来い。

——杉の木、火事で行かえない。

——その火事よけて飛んで来い。

マロサマは、タキのぱおぱおて飛んで来るのば、とつけらとして待づてゐたずおん。

したどもし、向うの方図で、ゆつたらと歌るのだずおん。

——川こ大水で、行かえない。

マロサマ、首こかしげて、分別したずおん。なんて歌つたらええべがな、て打つて分別して分別して、

——橋こ架けて飛んで来い。

タキは人魂みんた眼《まなく》こおかなく燃やし、独りして歌つたずおん。

——橋こ流えて行かえない。

マロサマは、また首こかしげて分別したのだずおん。なかなか分別は出て来ねずおん。そのうちにし、声たてて泣いたのだずおん。泣き泣きしやべつたとせえ。

——あみださまや。

わらは、みんなみんな、笑つたずおん。

――ぼんずの念仏、雨、降つた。

――もくらもつけの泣けべつちよ。

――西くもて、雨ふつた。雨ふつて、雪とけた。

そのときにし、よろづよやのタキは、きづきづと叫びあげたとせえ。

――マロサマの愛《め》ごこや。わのこころこ知らずて、お念仏。あはれ、ばかくさいちやよ。


さうしてし、雪だまにぎて、マロサマさぶつけたずおん。雪だま、マロサマの右りの肩さ当り、ぱらぱらて白く砕けたずおん。マロサマ、どつてんして、泣くのばやめてし、雪こ溶けかけた黄はだの色のふろ野ば、どんどん逃げていつたとせえ。

そろそろと晩げになつたずおん。野はら、暗くなり、寒くなつたずおん、わらは、めいめいの家さかへり、めいめい婆《ば》さまのこたつこさもぐり込んだずおん。いつもの晩げのごと、おなじ昔噺《むがしこ》をし、聞くのだずおん。


長え長え昔噺《むがしこ》、知らへがな。

山の中に橡の木いつぽんあつたずおん。

そのてつぺんさ、からす一羽来てとまつたずおん。

からすあ、があて啼けば、橡の実あ、一つぼたんて落づるずおん。

また、からすあ、があて啼けば、橡の実あ、一つぼたんて落づるずおん。
また、からすあ、があて啼けば、橡の実あ、一つぼたんて落づるずおん。
……………………

老《アルト》ハイデルベルヒ

八年まへの事でありました。当時、私は極めて懶惰《らんだ》な帝国大学生でありました。一夏を、東海道三島の宿で過したことがあります。五十円を故郷の姉から、これが最後だと言つて、やつと送つて戴き、私は学生鞄に着更の浴衣やらシヤツやらを詰め込み、それを持つてふらと、下宿を立ち出で、そのまま汽車に乗りこめばよかつたものを、方角を間違へ、馴染みのおでんやにとびこみました。其処には友達が三人来合はせて居ました。やあ、やあ、めかして何処へ行くのだと、既に酔つぱらつてゐる友人達は、私をからかひました。私は気弱く狼狽して、いや何処といふこともないんだけど、君たちも、行かないかね、と心にも無い勧誘がふいと口から辷り出て、それからは騎虎の勢で、僕にね、五十円あるんだ、故郷の姉から貰つたのさ、これから、みんなで旅行に出ようよ、なに、仕度なんか要らない、そのままでいいぢやないか、行かう、行かう、とやけくそになり、しぶる友人達を引張るやうにして連れ出してしまひました。

あとは、どうなることか、私自身にさへわかりませんでした。あの頃は私も、随分、呑気《のんき》なところのある子供でした。世の中も亦、私達を呑気に甘えさせてくれてゐました。私は、三島に行つて小説を書かうと思つて居たのでした。三島には高部佐吉さんといふ、私より二つ年下の青年が酒屋を開いて居たのです。佐吉さんの兄さんは沼津で大きい造酒屋を営み、佐吉さんは其の家の末つ子で、私とふとした事から知合ひになり、私も同様に末弟であるし、また同様に早くから父に死なれてゐる身の上なので、佐吉さんとは、何かと話が合ふのでした。佐吉さんの兄さんとは私も逢つたことがあり、なかなか太つ腹の佳い方《かた》だし、佐吉さんは家中の愛を独占して居るくせに、それでも何かと不平が多い様で、家を飛出し、東京の私の下宿へ、にこにこ笑つてやつて来た事もありました。さまざま駄々をこねて居たやうですが、どうにか落ち附き、三島の町はづれに小ぢんまりした家を持ち、兄さんの家の酒樽を店に並べ、酒の小売を始めたのです。二十歳の妹さんと二人で住んで居ました。私は、其の家へ行くつもりであつたのです。佐吉さんから、手紙で様子を聞いてゐるだけで、まだ其の家を見た事も無かつたので、行つてみて工合が悪いやうだつたらすぐ帰らう、工合がいいやうだつたら一夏置いて貰つて、小説を一篇書かう、さう思つて居たのでありましたが、心ならずも三人の友人を招待してしまつたので、私は、とにかく三島迄の切符を四枚買ひ、自信あり気に友人達を汽車に乗せたものの、さてこんなに大勢で佐吉さんの小さい酒店に御厄介になつていいものかどうか、汽車の進むにつれて私の不安は増大し、そのうちに日も暮れて、三島駅近くなる頃には、あまりの心細さに全身こまかにふるへ始め、幾度となく涙ぐみました。私は自身のこの不安を、友人に知らせたくなかつたので、懸命に佐吉さんの人柄の良さを語り、三島に着いたらしめたものだ、三島に着いたらしめたものだと、自分でもイヤになる程、その間の抜けた無意味な言葉を幾度も幾度も繰返して言ふのでした。あらかじめ佐吉さんに電報を打つて置いたのですが、はたして三島の駅に迎へに来てくれて居るかどうか、若し迎へに来て居てくれなかつたら、私は此の三人の友人を抱へて、一体どうしたらいいでせう。私の面目は、まるつぶれになるのではないでせうか。三島駅に降りて改札口を出ると、構内はがらんとして誰も居りませぬ。ああ、やはり駄目だ。私は泣きべそかきました。駅は田畑の真中に在つて、三島の町の灯さへ見えず、どちらを見廻しても真暗闇、稲田を撫でる風の音がさやさや聞え、蛙の声も胸にしみて、私は全く途方にくれました。佐吉さんでも居なければ、私にはどうにも始末がつかなかつたのです。汽車賃や何かで、姉から貰つた五十円も、そろそろ減つて居りますし、友人達には勿論持合せのある筈は無し、私がそれを承知で、おでんやからそのまま引張り出して来たのだし、さうして友人達は私を十分に信用してゐる様子なのだから、いきほひ私も自信ある態度を装はねばならず、なかなか苦しい立場でした。無理に笑つて私は、大声で言ひました。

「佐吉さん、呑気だなあ。時間を間違へたんだよ。歩くよりほかは無い。この駅にはもとからバスも何も無いのだ。」と知つたかぶりして鞄を持直し、さつさと歩き出したら、其のとき、闇のなかから、ぽつかり黄色いヘツドライトが浮び、ゆらゆらこちらへ泳いで来ます。

「あ、バスだ。今は、バスもあるのか。」と私はてれ隠しに呟き、「おい、バスが来たやうだ。あれに乗らう！」と勇んで友人達に号令し、みな道端に寄つて並び立ち、速力の遅いバスを待つて居ました。やがてバスは駅前の広場に止り、ぞろぞろ人が降りて、と見ると佐吉さんが白浴衣着てすまして降りました。私は、唸るほどほつとしました。

佐吉さんが来たので、助かりました。その夜は佐吉さんの案内で、三島からハイヤーで三十分、古奈温泉に行きました。三人の友人と、佐吉さんと、私と五人、古奈でも一番いい方の宿屋に落ちつき、いろいろ飲んだり、食べたり、友人達も大いに満足の様子で、あくる日東京へ、有難う、有難うと朗らかに言つて帰つて行きました。宿屋の勘定も、佐吉さんの口利きで特別に安くして貰ひ、私の貧しい懐中からでも十分に支払ふことが出来ましたけれど、友人達に帰りの切符を買つてやつたら、あと、五十銭も残りませんでした。

「佐吉さん。僕、貧乏になつてしまつたよ。君の三島の家には僕の寝る部屋があるかい。」

佐吉さんは何も言はず、私の背中をどんと叩きました。そのまま一夏を、私は三島の佐吉さんの家で暮しました。三島は取残された、美しい町であります。町中を水量たつぷりの澄んだ小川が、それこそ蜘蛛の巣のやうに縦横無尽に残る隈なく駈けめぐり、清冽の流れの底には水藻が青々と生えて居て、家々の庭先を流れ、縁の下をくぐり、台所の岸をちやぷちやぷ洗ひ流れて、三島の人は台所に坐つたままで清潔なお洗濯が出来るのでした。昔は東海道でも有名な宿場であつたやうですが、だんだん寂れて、町の古い住民だけが依怙地に伝統を誇り、寂れても派手な風習を失はず、謂はば、滅亡の民の、名誉ある懶惰に耽つてゐる有様でありました。実に遊び人が多いのです。佐吉さんの家の裏に、時々糶市《せりいち》が立ちますが、私もいちど見に行つて、つい目をそむけてしまひました。何でも彼でも売つちやふのです。乗つて来た自転車を、其のまま売り払ふのは、まだよい方で、おぢいさんが懐からハアモニカを取り出して、五銭に売つたなどは奇怪でありました。古い達磨《だるま》の軸物、銀鍍金《ぎんめつき》の時計の鎖、襟垢の着いた女の半纏、玩具の汽車、蚊帳、ペンキ絵、碁石、鉋《かんな》、子供の産衣まで、十七銭だ、二十銭だと言つて笑ひもせずに売り買ひするのでした。集まる者は大抵四十から五十、六十の相当年輩の男ばかりで、いづれは道楽の果、五合の濁酒《にごりざけ》が欲しくて、取縋る女房子供を蹴飛ばし張りとばし、家中の最後の一物まで持ち込んで来たといふ感じでありました。或ひは又、孫のハアモニカを、爺《ぢい》に借せと騙して取り上げ、こつそり裏口から抜け出し、あたふた此所へやつて来たといふやうな感じでありました。数珠を二銭に売り払つた老爺もありました。わけてもひどいのは、半分ほどきかけの、女の汚れた袷《あはせ》をそのまま丸めて懐へつつこんで来た頭の禿げた上品な顔の御隠居でした。殆んど破れかぶれに其の布を、（もはや着物ではありません。）拡げて、さあ、なんぼだ、なんぼだと自嘲の笑を浮べながら値を張らせて居ました。頽廃の町なのであります。町へ出て飲み屋へ行つても、昔の、宿場のときのままに、軒の低い、油障子を張つた汚い家でお酒を頼むと、必ずそこの老主人が自らお燗をつけるのです。五十年間お客にお燗をつけてやつたと自慢して居ました。酒がうまいもまづいも、すべてお燗のつけやう一つだと意気込んで居ました。としよりがその始末なので、若い者は尚の事、遊び馴れて華奢な身体をして居ます。毎日朝から、いろいろ大小の与太者が佐吉さんの家に集まります。佐吉さんは、そんなに見掛けは頑丈でありませんが、それでも喧嘩が強いのでせうか、みんな佐吉さんに心服してゐるやうでした。私が二階で小説を書いて居ると、下のお店で朝からみんながわあわあ騒いでゐて、佐吉さんは一際高い声で、

「なにせ、二階の客人はすごいのだ。東京の銀座を歩いたつて、あれ位の男つぷりは、まづ無いね。喧嘩もやけに強くて、牢に入つたこともあるんだよ。唐手《からて》を知つて居る

んだ。見ろ、この柱を。へこんで居るずら。これは、二階の客人がちよいとぶん毆つて見せた跡だよ。」と、とんでも無い嘘を言つて居ます。私は、頗《すこぶ》る落ちつきません。二階から降りて行つて梯子段の上り口から小声で佐吉さんを呼び、

「あんな出鱈目を言つてはいけないよ。僕が顔を出されなくなるぢやないか。」さう口を尖らせて不服を言ふと、佐吉さんはにこにこ笑ひ、

「誰も本気に聞いちや居ません。始めから嘘だと思つて聞いて居るのですよ。話が面白ければ、きやつら喜んで居るんです。」

「さうかね。芸術家ばかり居るんだね。でもこれからは、あんな嘘はつくなよ。僕は落ちつかないんだ。」さう言ひ捨てて又二階へ上り、其の「ロマネスク」といふ小説を書き続けて居ると、又も、佐吉さんの一際高い声が聞えて、

「酒が強いと言つたら、何と言つたつて、二階の客人にかなふ者はあるまい。毎晩二合徳利で三本飲んで、ちよつと頰つぺたが赤くなる位だ。それから、気軽に立つて、おい佐吉さん、銭湯へ行かうよと言ひ出すのだから、相当だらう。風呂へ入つて、悠々と日本剃刀で髯を剃るんだ。傷一つつけたことが無い。俺の髯まで、時々剃られるんだ。それで帰つて来たら、又一仕事だ。落ちついたもんだよ。」

　これも亦、嘘であります。毎晩、私が黙つて居ても、夕食のお膳に大きい二合徳利がつけてあつて、好意を無にするのもどうかと思ひ、私は大急ぎで飲むのであります

が、何せ醸造元から直接持つて来て居るお酒なので、水など割つてある筈は無し、頗る純粋度が高く、普通のお酒の五合分位に酔ふのでした。佐吉さんは自分の家のお酒は飲みません。兄貴が拵へて不当の利益を貪つて居るのを、此の眼で見て知つて居ながら、そんな酒とても飲まれません。げろが出さうだ、と言つて、お酒を飲むときは、外へ出てよその酒を飲みます。佐吉さんが何も飲まないのだから、私一人で酔つぱらつて居るのも体裁が悪く、頭がぐらぐらして居ながらも、二合飲みほしてすぐに御飯にとりかかり、御飯がすんでほつとする間もなく、佐吉さんが風呂へ行かうと私を誘ふのです。断るのも我儘のやうな気がして、私も、行かうと応じて、連れ立つて銭湯へ出かけるのです。私は風呂へ入つて呼吸が苦しく死にさうになります。ふらふらして流し場から脱衣場へ逃れ出ようとすると、佐吉さんは私を掴へ、鬚がのびて居ます、剃つてあげませう、と親切に言つて下さるので、私は又も断り切れず、ええ、お願ひします、と頼んでしまふのでした。くたくたになり、よろめいて家へ帰り、ちよつと仕事をしようかな、と呟いて二階へ這ひ上り、そのまま寝ころんで眠つてしまふのであります。佐吉さんだつて、それを知つて居るに違ひないのに、何だつてあんな嘘の自慢をしたのでせう。三島には、有名な三島大社があります。年に一度のお祭は、次第に近づいて参りました。佐吉さんの店先に集まつて来る若者達も、それぞれお祭の役員であつて、様々の計画を、はしやいで相談し合つて居ました。踊り屋台、手古舞、山車《だし》、花火、三島の花火は昔から伝統のあるものらしく、水花火といふものもあつて、それは大社の池の真中で仕掛花火を行ひ、その花火が池面に映り、花火がもくもく池の底から涌いて出るやうに見える趣向になつて居るのださうであります。凡そ百種くらゐの仕掛花火の名称が順序を追うて記されてある大きい番附が、各家毎に配布されて、日一日とお祭気分が、寂れた町の隅々まで、へんに悲しくときめき浮き立たせて居りました。お祭の当日は朝からよく晴れてゐて私が顔を洗ひに井戸端へ出たら、佐吉さんの妹さんは頭の手拭ひを取つて、おめでたうございます、と私に挨拶いたしました。ああ、おめでたう、と私も不自然でなくお祝ひの言葉を返す事が出来ました。佐吉さんは、超然として、べつにお祭の晴着を着るわけでなし、ふだん着のままで、店の用事をして居ましたが、やがて、来る若者、来る若者、すべて派手な大浪模様のお揃ひの浴衣を着て、腰に団扇を差し、やはり揃ひの手拭ひを首に巻きつけ、やあ、おめでたうございます、やあ、こんにちはおめでたうございますと、晴々した笑顔で、私と佐吉さんとに挨拶しました。其の日は私も、朝から何となく落ちつかず、さればといつて、あの若者達と一緒に山車を引張り廻して遊ぶことも出来ず、仕事をちよつと仕掛けては、また立ち上り、二階の部屋をただうろうろ歩き廻つて居ました。窓に倚りかかり、庭を見下せば、無花果《いちじく》の樹蔭で、何事も無ささうに妹さんが佐吉さんのズボンやら、私のシヤツやらを洗濯して居ました。

「さいちやん。お祭を見に行つたらいい。」

と私が大声で話しかけると、さいちやんは振り向いて笑ひ、

「私は男はきらひぢや。」とやはり大声で答へて、それから、またじやぶじやぶ洗濯をつづけ、

「酒好きの人は、酒屋の前を通ると、ぞつとするほど、いやな気がするもんでせう？あれと同じぢや。」と普通の声で言つて、笑つて居るらしく、少しいかつてゐる肩がひくひく動いて居ました。妹さんは、たつた二十歳でも、二十二歳の佐吉さんより、また二十四歳の私よりも大人びて、いつも、態度が清潔にはきはきして、まるで私達の監督者のやうでありました。佐吉さんも亦、其の日はいらいらして居る様子で、町の若者達と共に遊びたくても、派手な大浪の浴衣などを着るのは、断然自尊心が許さず、逆に、ことさらにお祭に反撥して、ああ、つまらぬ。今日はお店は休みだ、もう誰にも酒は売つてやらないとひとりで僻《ひが》んで、自転車に乗り、何処かへ行つてしまひました。やがて佐吉さんから私に電話がかかつて来て、れいの所へ来いといふことだつたので、私はほつと救はれた気持で新しい浴衣に着更へ、家を飛んで出ました。れいの所とは、お酒のお燗を五十年間やつて居るのが御自慢の老爺の飲み屋でありました。そこへ行つたら佐吉さんと、もう一人江島といふ青年が、にこりともせず大不機嫌で酒を飲んで居ました。江島さんとはその前にも二三度遊んだことがありましたが、佐

吉さんと同じで、お金持の家に育ち、それが不平で、何もせずに、ただ世を怒つてばかりゐる青年でありました。佐吉さんに負けない位、美しい顔をして居ました。やはり今日のお祭の騒ぎに、一人で僻んで反抗し、わざと汚いふだん着のままで、その薄暗い飲み屋で、酒をまづさうに飲んで居るのでありました。それに私も加はり、暫く、黙つて酒を飲んで居ると、表はぞろぞろ人の行列の足音、花火が上り、物売りの声、たまりかねたか江島さんは立ち上り、行かう、狩野川へ行かうよ、と言ひ出し、私達の返事も待たずに店から出てしまひました。三人が、町の裏通りばかりをわざと選んで歩いて、ちえつ！　何だいあれあ、と口々にお祭を意味なく軽蔑しながら、三島の町から逃れ出て沼津をさしてどんどん歩き、日の暮れる頃、狩野川のほとり、江島さんの別荘に到着することが出来ました。裏口から入つて行くと、客間に一人おぢいさんが、シヤツ一枚で寝ころんで居ました。江島さんは大声で、

「なあんだ、何時来たんだい。ゆうべまた徹夜でばくちだな？　帰れ、帰れ。お客さんを連れて来たんだ。」

老人は起き上り、私達にそつと愛想笑ひを浮べ、佐吉さんはその老人に、おそろしく叮嚀なお辞儀をしました。江島さんは平気で、

「早く着物を着た方がいい。風邪を引くぜ。ああ、帰りしなに電話をかけてビイルとそれから何か料理を此所へすぐに届けさせてくれよ。お祭が面白くないから、此所で

死ぬほど飲むんだ。」

「へえ。」と剽軽《へうきん》に返事して、老人はそそくさ着物を着込んで、消えるやうに居なくなつてしまひました。佐吉さんは急に大声出して笑ひ、

「江島のお父さんですよ。江島を可愛くつて仕様が無いんですよ。へえ、と言ひましたね。」

やがてビイルが届き、様々の料理も来て、私達は何だか意味のわからない歌を合唱したやうに覚えて居ます。夕靄につつまれた、眼前の狩野川は満々と水を湛へ、岸の青葉を嘗《な》めてゆるゆると流れて居ました。おそろしい程深い蒼い川で、ライン川とはこんなのではないかしら、と私は頗る唐突ながら、さう思ひました。ビイルが無くなつてしまつたので、私達は又、三島の町へ引返して来ました。随分遠い道のりだつたので、私は歩きながら、何度も何度も、こくりと居眠りしました。あわててしぶい眼を開くと蛍がすいと額を横ぎります。佐吉さんの家へ辿り着いたら、佐吉さんの家には沼津の実家のお母さんがやつて来て居ました。私は御免蒙つて二階へ上り、蚊帳を三角に釣つて寝てしまひました。言ひ争ふやうな声が聞えたので眼を覚まし、窓の方を見ると、佐吉さんは長い梯子を屋根に立てかけ、その梯子の下でお母さんと美しい言ひ争ひをして居たのでありました。今夜、揚花火《あげはなび》の結びとして、二尺玉が上るといふことになつて居て、町の若者達もその直径二尺の揚花火の玉については、よほど前

から興奮して話し合つてゐたのです。その二尺玉の花火がもう上る時刻なので、それをどうしてもお母さんに見せると言つてきかないのです。佐吉さんも相当酔つて居りました。

「見せるつたら、見ねえのか。屋根へ上ればよく見えるんだ。おれが負《おぶ》つてやるつていふのに、さ、負さりなよ、ぐづぐづして居ないで負さりなよ。」

お母さんはためらつて居る様子でした。妹さんも傍にほの白く立つて居て、くすくす笑つて居る様子でした。お母さんは誰も居ぬのにそつとあたりを見廻し、意を決して佐吉さんに負さりました。

「ううむ、どつこいしよ。」なかなか重い様子でした。お母さんは七十近いけれど、目方は十五、六貫もそれ以上もあるやうな随分肥つたお方です。

「大丈夫だ、大丈夫。」と言ひながら、そろそろ梯子を上り始めて、私はその親子の姿を見て、ああ、あれだから、お母さんも佐吉さんを可愛くてたまらないのだ。佐吉さんがどんな我儘なふしだらをしても、お母さんは兄さんと喧嘩してまでも、末弟の佐吉さんを庇ふわけだ。私は花火の二尺玉よりもいいものを見たやうな気がして、満足して眠つてしまひました。三島には、その他にも数々の忘れ難い思ひ出があるのですけれども、それは又、あらためて申しませう。そのとき三島で書いた「ロマネスク」といふ小説が、二三の人にほめられて、私は自信の無いままに今まで何やら下手な小説を書き続けなければならない運命に立ち至りました。三島は、私にとつて忘れてならない土地でした。私のそれから八年間の創作は全部、三島の思想から教へられたものであると言つても過言でない程、三島は私に重大でありました。

八年後、いまは姉にお金をねだることも出来ず、故郷との音信も不通となり、貧しい痩せた一人の作家でしかない私は、先日、やつと少しまとまつた金が出来て、家内と、家内の母と、妹を連れて伊豆の方へ一泊旅行に出かけました。清水で降りて、三保へ行き、それから修善寺へまはり、そこで一泊して、それから帰りみち、たうとう三島に降りてしまひました。いい所なんだ、とてもいい所だよ。さう言つて皆を三島に下車させて、私は無理にはしやいで三島の町をあちこち案内して歩き、昔の三島の思ひ出を面白をかしく、努めて語つて聞かせたのですが、私自身だんだん、しよげて、しまひには、ものも言ひたくなくなる程けはしい憂鬱に落ち込んでしまひました。今見る三島は荒涼として、全く他人の町でした。此処にはもう、佐吉さんも居ない。妹さんも居ない。江島さんも居ないだらう。佐吉さんの店に毎日集まつて居た若者達も、今は分別くさい顔になり、女房を怒鳴つたりなどして居るのだらう。どこを歩いても昔の香が無い。三島が色褪せたのではなくして、私の胸が老い干乾びてしまつたせゐかもしれない。八年間、その間には、往年の呑気な帝国大学生の身の上にも、困苦窮乏の月日ばかりが続きました。八年間、その間に私は、二十も年をとりました。やがて雨さへ降つて来て、家内も、母も、妹も、いい町です、落ち附いたいい町です、と口ではほめてゐながら、やはり当惑さうな顔色は蔽ふべくもなく、私は、たまりかねて昔馴染みの飲み屋に皆を案内しました。あまり汚い家なので、門口で女達はためらつて居ましたが、私は思はず大声になり、

「店は汚くても、酒はいいのだ。五十年間、お酒の燗ばかりしてゐるぢいさんが居るのだ。三島で由緒のある店ですよ。」と言ひ、むりやり入らせて、見るともう、あの赤シヤツを着たおぢいさんは居ないのです。つまらない女中さんが出て来て注文を聞きました。店の食卓も、腰掛も、昔のままだつたけれど、店の隅に電気蓄音機があつたり、壁には映画女優の、下品な大きい似顔絵が貼られてあつたり、下等に荒《すさ》んだ感じが濃いのであります。せめて様々の料理を取寄せ、食卓を賑かにして、このどうにもならぬ陰鬱の気配を取払ひ度く思ひ、

「うなぎと、それから海老のおにがら焼と茶碗蒸し、四つづつ、此所で出来なければ、外へ電話を掛けてとつて下さい。それから、お酒。」

母はわきで聞いてはらはらして、「いらないよ、そんなに沢山。無駄なことは、およしなさい。」と私のやり切れなかつた心も知らず、まじめに言ふので、私はいよいよやりきれなく、この世で一ばんしよげてしまひました。

清貧譚

以下に記すのは、かの聊斎志異《れうさいしい》の中の一篇である。原文は、千八百三十四字、之を私たちの普通用ゐてゐる四百字詰の原稿用紙に書き写しても、わづかに四枚半くらゐの、極く短い小片に過ぎないのであるが、読んでゐるうちに様々の空想が湧いて出て、優に三十枚前後の好短篇を読了した時と同じくらゐの満酌の感を覚えるのである。私は、この四枚半の小片にまつはる私の様々の空想を、そのまま書いてみたいのである。このやうな仕草が果して創作の本道かどうか、それには議論もある事であらうが、聊斎志異の中の物語は、文学の古典といふよりは、故土の口碑に近いものだと私は思つてゐるので、その古い物語を骨子として、二十世紀の日本の作家が、不逞の空想を案配し、かねて自己の感懐を託し以て創作也と読者にすすめても、あながち深い罪にはなるまいと考へられる。私の新体制も、ロマンチシズムの発掘以外には無いやうだ。

むかし江戸、向島あたりに馬山《まやま》才之助といふ、つまらない名前の男が住んでゐた。

が、ひどく貧乏である。三十二歳、独身である。菊の花が好きであつた。佳い菊の苗が、どこかに在ると聞けば、どのやうな無理算段をしても、必ず之を買ひ求めた。千里をはばからず、と記されてあるから相当のものである事がわかる。初秋のころ、伊豆の沼津あたりに佳い苗があるといふことを聞いて、たちまち旅装をととのへ、顔色を変へて発足した。箱根の山を越え、沼津に到り、四方八方捜しまはり、やつと一つ、二つの美事な苗を手に入れる事が出来、そいつを宝物のやうに大事に油紙に包んで、にやりと笑つて帰途についた。ふたたび箱根の山を越え、小田原のまちが眼下に展開して来た頃に、ぱかぱかと背後に馬蹄の音が聞えた。ゆるい足並で、その馬蹄の音が、いつまでも自分と同じ間隔を保つたままで、それ以上ちかく迫るでもなし、また遠のきもせず、変らずぱかぱか附いて来る。才之助は、菊の良種を得た事で、有頂天なのだから、そんな馬の足音なぞは気にしない。けれども、小田原を過ぎ二里行き、三里行き、四里行つても、相変らず同じ間隔で、ぱかぱかと馬蹄の音が附いて来る。才之助も、はじめて少し変だと気が附いて、振りかへつて見ると、美しい少年が奇妙に痩せた馬に乗り、自分から十間と離れてゐないところを歩いてゐる。才之助の顔を見て、につと笑つたやうである。知らぬふりをしてゐるのも悪いと思つて、才之助も、ちよつと立ちどまつて笑ひ返した。少年は、近寄つて馬から下り、

「いいお天気ですね。」と言つた。

「いいお天気です。」才之助も賛成した。

少年は馬をひいて、そろそろ歩き出した。才之助も、少年と肩をならべて歩いた。よく見ると少年は、武家の育ちでも無いやうであるが、それでも人品は、どこやら典雅で服装も小ざつぱりしてゐる。物腰が、鷹揚である。

「江戸へ、おいでになりますか。」と、ひどく馴れ馴れしい口調で問ひかけて来るので、才之助もそれにつられて気をゆるし、

「はい、江戸へ帰ります。」

「江戸のおかたですね。どちらからのお帰りですか。」旅の話は、きまつてゐる。それからそれと問ひ答へ、つひに才之助は、こんどの旅行の目的全部を語つて聞かせた。少年は急に目を輝かせて、

「さうですか。菊がお好きとは、たのもしい事です。菊に就いては、私にも、いささか心得があります。菊は苗の良し悪しよりも、手当の仕方ですよ。」と言つて、自分の栽培の仕方を少し語つた。菊気違ひの才之助は、たちまち熱中して、

「さうですかね。私は、やつぱり苗が良くなくちやいけないと思つてゐるんですが。たとへば、ですね、――」と、かねて抱懐してゐる該博なる菊の知識を披露しはじめた。少年は、あらはに反対はしなかつたが、でも、時々さしはさむ簡単な疑問の呟きの底には、並々ならぬ深い経験が感取せられるので、才之助は、躍起になつて言へば

言ふほど、自信を失ひ、はては泣き声になり、

「もう、私は何も言ひません。理論なんて、ばからしいですよ。実際、私の家の菊の苗を、お見せするより他はありません。」

「それは、さうです。」少年は落ちついて首肯《うなづ》いた。才之助は、やり切れない思ひである。何とかして、この少年に、自分の庭の菊を見せてやつて、あつと言はせてやりたく、むづむづ身悶えしてゐた。

「それぢや、どうです。」才之助は、もはや思慮分別を失つてゐた。「これから、まつすぐに、江戸の私の家まで一緒にいらして下さいませんか。ひとめでいいから、私の菊を見てもらひたいものです。ぜひ、さうしていただきたい。」

少年は笑つて、

「私たちは、そんなのんきな身分ではありません。これから江戸へ出て、つとめ口を捜さなければいけません。」

「そんな事は、なんでもない。」才之助は、すでに騎虎の勢ひである。「まづ私の家へいらして、ゆつくり休んで、それからお捜しになつたつておそくは無い。とにかく私の家の菊を、いちど御覧にならなくちやいけません。」

「これは、たいへんな事になりました。」少年も、もはや笑はず、まじめな顔をして考へ込んだ。しばらく黙つて歩いてから、ふつと顔を挙げ、「実は、私たち沼津の者で、

私の名前は、陶本《たうもと》三郎と申しますが、早くから父母を失ひ、姉と二人きりで暮してゐました。このごろになつて急に姉が、沼津をいやがりまして、どうしても江戸へ出たいと言ひますので、私たちは身のまはりのものを一さい整理して、ただいま江戸へ上る途中なのです。江戸へ出たところで、何の目当もございませんし、思へば心細い旅なのです。のんきに菊の花など議論してゐる場合ぢや無かつたのでした。私も菊の花は、いやでないものですから、つい、余計のおしやべりをしてしまひました。もう、よしませう。どうか、あなたも忘れて下さい。これで、おわかれ致します。考へてみると、いまの私たちは、菊の花どころでは無かつたのです。」と淋しさうな口調で言つて目礼し、傍の馬に乗らうとしたが、才之助は固く少年の袖をとらへて、

「待ち給へ。そんな事なら、なほさら私の家へ来てもらはなくちやいかん。くよくよし給ふな。私だつて、ひどく貧乏だが、君たちを世話する事ぐらゐは出来るつもりです。まあ、いいから私に任せて下さい。姉さんも一緒だとおつしやつたが、どこにゐるんです。」

見渡すと、先刻は気附かなかつたが、痩馬の蔭に、ちらと赤い旅装の娘のゐるのが、わかつた。才之助は、顔をあからめた。

才之助の熱心な申し入れを拒否しかねて、姉と弟は、たうとうかれの向島の陋屋に一まづ世話になる事になつた。来てみると、才之助の家は、かれの話以上に貧しく荒

れはててゐるので、姉弟は、互ひに顔を見合せて溜息をついた。才之助は、一向平気で、旅装もほどかず何よりも先に、自分の菊畑に案内し、いろいろ自慢して、それから菊畑の中の納屋を姉弟たちの当分の住居として指定してやつたのである。かれの寝起きしてゐる母屋は汚くて、それこそ足の踏み場も無いほど頽廃してゐて、むしろ此の納屋のはうが、ずつと住みよいくらゐなのである。

「姉さん、これあいけない。とんだ人のところに世話になつちやつたね。」陶本の弟は、その納屋で旅装を解きながら、姉に小声で囁いた。

「ええ、」姉は微笑して、「でも、のんきでかへつていいわ。庭も広いやうだし、これからお前が、せいぜい佳い菊を植ゑてあげて、御恩報じをしたらいいのよ。」

「おやおや、姉さんは、こんなところに、ずつと永く居るつもりなのですか?」

「さうよ。私は、ここが気に入つたわ。」と言つて顔を赤くした。姉は、二十歳くらゐで、色が溶けるほど白く、姿もすらりとしてゐた。

その翌朝、才之助と陶本の弟とは、もう議論をはじめてゐた。姉弟たちが代る代る乗つて、ここまで連れて来たあの老いた痩馬がゐなくなつてゐるのである。ゆうべたしかに菊畑の隅に、つないで置いた筈なのに、けさ、才之助が起きて、まづ菊の様子を見に畑へ出たら、馬はゐない。しかも、畑を大いに走り廻つたらしく、菊は食ひ荒され、痛めつけられ、さんざんである。才之助は仰天して、納屋の戸を叩いた。弟が、すぐに出て来た。

「どうなさいました。何か御用ですか。」

「見て下さい。あなたたちの痩馬が、私の畑を滅茶滅茶にしてしまひました。私は、死にたいくらゐです。」

「なるほど。」少年は、落ちついてゐた。「それで？　馬は、どうしました。」

「馬なんか、どうだつていい。逃げちやつたんでせう。」

「それは惜しい。」

「何を、おつしやる。あんな痩馬。」

「痩馬とは、ひどい。あれは、利巧な馬です。すぐ様さがしに行つて来ませう。こんな菊畑なんか、どうでもいい。」

「なんですつて？」才之助は、蒼くなつて叫んだ。「君は、私の菊畑を侮蔑するのですか？」

姉が、納屋から、幽かに笑ひながら出て来た。

「三郎や、あやまりなさい。あんな痩馬は、惜しくありません。私が、逃がしてやつたのです。それよりも、この荒らされた菊畑を、すぐに手入れしておあげなさいよ。御恩報じの、いい機会ぢやないの。」

「なあんだ。」三郎は、深い溜息をついて、小声で呟いた。「そんなつもりだつたのかい。」

弟は、渋々、菊畑の手入れに取りかかつた。見てゐると、葉を喰ひちぎられ、打ち倒され、もはや枯死しかけてゐる菊も、三郎の手に依つて植ゑ直されると、颯《さ》つと生気を恢復し、茎はたつぷりと水分を含み、花の蕾は重く柔かに、しをれた葉さへ徐々にその静脈に波打たせて伸腰する。才之助は、ひそかに舌を捲いた。けれども、かれとても菊作りの志士である。プライドがあるのだ。どてらの襟を掻き合せ、努めて冷然と、

「まあ、いいやうにして置いて下さい。」と言ひ放つて母屋へ引き上げ、蒲団かぶつて寝てしまつたが、すぐに起き上り、雨戸の隙間から、そつと畑を覗いてみた。菊は、やはり凜乎《りんこ》と生き返つてゐた。

その夜、陶本三郎が、笑ひながら母屋へやつて来て、

「どうも、けさほどは失礼いたしました。ところで、どうです。いまも姉と話し合つた事でしたが、お見受けしたところ、失礼ながら、あまり楽なお暮しでもないやうですし、私に半分でも畑をお貸し下されば、いい菊を作つて差し上げませうから、それを浅草あたりへ持ち出してお売りになつたら、よろしいではありませんか。ひとつ、大いに佳い菊を作つて差し上げたいと思ひます。」

才之助は、けさは少なからず、菊作りとしての自尊心を傷つけられてゐる事とて、

不機嫌であつた。

「お断り申す。君も、卑劣な男だねえ。」と、ここぞとばかり口をゆがめて軽蔑した。「私は、君を、風流な高士だとばかり思つてゐたが、いや、これは案外だ。おのれの愛する花を売つて米塩の資を得る等とは、もつての他です。菊を凌辱するとは、この事です。おのれの高い趣味を、金銭に換へるなぞとは、ああ、けがらはしい、お断り申す。」と、まるで、さむらひのやうな口調で言つた。

三郎も、むつとした様子で、語調を変へて、

「天から貰つた自分の実力で米塩の資を得る事は、必ずしも富をむさぼる悪業では無いと思ひます。俗といつて軽蔑するのは、間違ひです。お坊ちやんの言ふ事です。いい気なものです。人は、むやみに金を欲しがつてもいけないが、けれども、やたらに貧乏を誇るのも、いやみな事です。」

「私は、いつ貧乏を誇りました。私には、祖先からの多少の遺産もあるのです。自分ひとりの生活には、それで充分なのです。これ以上の富は望みません。よけいな、おせつかいは、やめて下さい。」

またもや、議論になつてしまつた。

「それは、狷介《けんかい》といふものです。」

「狷介、結構です。お坊ちやんでも、かまひません。私は、私の菊と喜怒哀楽を共に

して生きて行くだけです。」

「それは、わかりました。」三郎は、苦笑して首肯いた。「ところで、どうでせう。あの納屋の裏のはうに、十坪ばかりの空地がありますが、あれだけでも、私たちに、しばらく拝借ねがへないでせうか。」

「私は物惜しみをする男ではありません。納屋の裏の空地だけでは不足でせう。私の菊畑の半分は、まだ何も植ゑてゐませんから、その半分もお貸し致しませう。ご自由にお使ひ下さい。なほ断つて置きますが、私は、菊を作つて売らう等といふ下心のある人たちとは、おつき合ひ致しかねますから、けふからは、他人と思つていただきます。」

「承知いたしました。」三郎は大いに閉口の様子である。「お言葉に甘えて、それでは畑も半分だけお借りしませう。なほ、あの納屋の裏に、菊の屑の苗が、たくさん捨てられて在りますけれど、あれも頂戴いたします。」

「そんなつまらぬ事を、いちいちおつしやらなくてもよろしい。」

不和のままで、わかれた。その翌る日、才之助は、さつさと畑を二つにわけて、その境界に高い生垣を作り、お互ひに見えないやうにしてしまつた。両家は、絶交したのである。

やがて、秋たけなはの頃、才之助の畑の菊も、すべて美事な花を開いたが、どうも、お隣りの畑のはうが気になつて、或る日、そつと覗いてみると、驚いた。いままで見た事もないやうな大きな花が畑一めんに、咲き揃つてゐる。納屋も小綺麗に修理されてゐて、さも居心地よささうなしやれた構への家になつてゐる。才之助は、心中おだやかでなかつた。菊の花は、あきらかに才之助の負けである。しかも瀟洒な家さへ建ててゐる。きつと菊を売つて、大いにお金をまうけたのにちがひない。けしからぬ。こらしめてやらうと、義憤やら嫉妬やら、さまざまの感情が怪しくごたごた胸をゆすぶり、ゐたたまらなくなつて、つひに生垣を乗り越え、お隣りの庭に闖入してしまつたのである。花一つ一つを、見れば見るほど、よく出来てゐる。花弁の肉も厚く、力強く伸び、精一ぱいに開いて、花輪は、ぷりぷり震へてゐるほどで、いのち限りに咲いてゐるのだ。なほ注意して見ると、それは皆、自分が納屋の裏に捨てた、あの屑の苗から咲いた花なのである。

「ううむ。」と思はず唸つてしまつた時、

「いらつしやい。お待ちしてゐました。」と背後から声をかけられ、へどもどして振り向くと、陶本の弟が、にこにこ笑ひながら立つてゐる。

「負けました。」才之助は、やけくそに似た大きい声で言つた。「私は潔よい男ですからね、負けた時には、はつきり、負けたと申し上げます。どうか、君の弟子にして下さい。これまでの行きがかりは、さらりと、」と言つて自分の胸を撫で下ろして見せて、「さらりと水に流す事に致しませう。けれども、――」

「いや、そのさきは、おつしやらないで下さい。私は、あなたのやうな潔癖の精神は持つてゐませんので、御推察のとほり、菊を少しづつ売つて居ります。けれども、どうか軽蔑なさらないで下さい。姉も、いつもその事を気にかけて居ります。私たちだつて、精一ぱいなのです。私たちには、あなたのやうに、父祖の遺産といふものもございませんし、ほんたうに、菊でも売らなければ、のたれ死にするばかりなのです。どうか、お見逃し下さつて、これを機会に、またおつき合ひを願ひます。」と言つて、うなだれてゐる三郎の姿を見ると、才之助も哀れになつて来て、

「いや、いや、さう言はれると痛み入ります。私だつて、何も、君たち姉弟《きやうだい》を嫌つてゐるわけではないのです。殊に、これからは君を菊の先生として、いろいろ教へてもらはうと思つてゐるのですから、どうか、私こそ、よろしくお願ひ致します。」と神妙に言つて一礼した。

一たんは和解成つて、間の生垣も取り払はれ、両家の往来がはじまつたのであるが、どうも、時々は議論が起る。

「君の菊の花の作り方には、なんだか秘密があるやうだ。」

「そんな事は、ありません。私は、これまで全部あなたにお伝へした筈です。あとは、指先の神秘です。それは、私にとつても無意識なもので、なんと言つてお伝へしたら

いいのか、私にもわかりません。つまり、才能といふものなのかも知れません。」

「それぢや、君は天才で、私は鈍才だといふわけだね。いくら教へても、だめだといふわけだね。」

「そんな事を、おつしやつては困ります。或ひは、私の菊作りは、いのちがけで、之を美事に作つて売らなければ、ごはんをいただく事が出来ないのだといふ、そんなせつぱつまつた気持で作るから、花も大きくなるのではないかとも思はれます。あなたのやうに、趣味でお作りになる方は、やはり好奇心や、自負心の満足だけなのですから。」

「さうですか。私にも菊を売れと言ふのですね。君は、私にそんな卑しい事をすすめて、恥づかしくないかね。」

「いいえ、そんな事を言つてゐるのではありません。あなたは、どうして、さうなんでせう。」

どうも、しつくり行かなかつた。陶本の家は、いよいよ富んで行くばかりの様であつた。その翌る年の正月には、才之助に一言の相談もせず、大工を呼んでいきなり大邸宅の建築に取りかかつた。その邸宅の一端は、才之助の茅屋の一端に、ほとんど密着するくらゐであつた。才之助は、再び隣家と絶交しようと思ひはじめた。或る日、三郎が真面目な顔をしてやつて来て、

「姉さんと結婚して下さい。」と思ひつめたやうな口調で言つた。

才之助は、頬を赤らめた。はじめ、ちらと見た時から、あの柔かな清らかさを忘れかねてゐたのである。けれども、やはり男の意地で、へんな議論をはじめてしまつた。

「私には結納のお金も無いし、妻を迎へる資格がありません。君たちは、このごろ、お金持になつたやうだからねえ。」と、かへつて厭味《いやみ》を言つた。

「いいえ、みんな、あなたのものです。姉は、はじめから、そのつもりでゐたのです。結納なんてものも要りません。あなたが、このまま、私の家へおいで下されたら、それでいいのです。姉は、あなたを、お慕ひ申して居ります。」

才之助は、狼狽を押し隠して、

「いや、そんな事は、どうでもいい。私には私の家があります。入り婿《むこ》は、まつぴらです。私も正直に言ひますが、君の姉さんを嫌ひではありません。はははは、」と豪傑らしく笑つて見せて、「けれども、入り婿は、男子として最も恥づべき事です。お断り致します。帰つて姉さんに、さう言ひなさい。清貧が、いやでなかつたら、いらつしやい、と。」

喧嘩わかれになつてしまつた。けれどもその夜、才之助の汚い寝所に、ひらりと風に乗つて白い柔い蝶が忍び入つた。

「清貧は、いやぢやないわ。」と言つて、くつくつ笑つた。娘の名は、黄英《きえ》といつた。

しばらくは二人で、茅屋に住んでゐたが、黄英は、やがてその茅屋の壁に穴をあけ、それに密着してゐる陶本の家の壁にも同様に穴を穿《うが》ち、自由に両家が交通できるやうにしてしまつた。さうして自分の家から、あれこれと必要な道具を、才之助の家に持ち運んで来るのである。才之助には、それが気になつてならなかつた。

「困るね。この火鉢だつて、この花瓶だつて、みんなお前の家のものぢやないか。女房の持ち物を、亭主が使ふのは、実に面目ない事なのだ。こんなものは、持つて来ないやうにしてくれ。」と言つて叱りつけても、黄英は笑つてゐるばかりで、やはり、ちよいちよい持ち運んで来る。清廉の士を以て任じてゐる才之助は、大きい帳面を作り、左の品々一時お預り申候と書いて、黄英の運んで来る道具をいちいち記入して置く事にした。けれども今は、身のまはりの物すべて、黄英の道具である。いちいち記入して行くならば、帳面が何冊あつても足りないくらゐであつた。才之助は絶望した。

「お前のおかげで、私もたうとう髪結ひの亭主みたいになつてしまつた。女房のおかげで、家が豊かになるといふ事は男子として最大の不名誉なのだ。私の三十年の清貧も、お前たちの為に滅茶滅茶にされてしまつた。」と或る夜、しみじみ愚痴をこぼした。黄英も、流石《さすが》に淋しさうな顔になつて、

「私が悪かつたのかも知れません。私は、ただ、あなたの御情にお報いしたくて、いろいろ心をくだいて今まで取り計つて来たのですが、あなたが、それほど深く清貧に

志して居られるとは存じ寄りませんでした。では、この家の道具も、私の新築の家も、みんなすぐ売り払ふやうにしませう。そのお金を、あなたがお好きなやうに使つてしまつて下さい。」

「ばかな事を言つては、いけない。私ともあらうものが、そんな不浄なお金を受け取ると思ふか。」

「では、どうしたら、いいのでせう。」黄英は、泣声になつて、「三郎だつて、あなたに御恩報じをしようと思つて、毎日、菊作りに精出して、はうばうのお屋敷にせつせと苗をおとどけしてはお金をまうけてゐるのです。どうしたら、いいのでせう。あなたと私たちとは、まるで考へかたが、あべこべなんですもの。」

「わかれるより他は無い。」才之助は、言葉の行きがかりから、更に更に立派な事を言はなければならなくなつて、心にもないつらい宣言をしたのである。「清い者は清く、濁れる者は濁つたままで暮して行くより他は無い。私には、人にかれこれ命令する権利は無い。私がこの家を出て行きませう。あしたから、私はあの庭の隅に小屋を作つて、そこで清貧を楽しみながら寝起きする事に致します。」ばかな事になつてしまつた。けれども男子は一度言ひ出したからには、のつぴきならず、翌る朝さつそく庭の隅に一坪ほどの掛小屋を作つて、そこに引きこもり、寒さに震へながら正坐してゐた。けれども、二晩そこで清貧を楽しんでゐたら、どうにも寒くて、たまらなくなつて来た。

三晩目には、たうとう我が家の雨戸を軽く叩いたのである。雨戸が細くあいて、黄英の白い笑顔があらはれ、

「あなたの潔癖も、あてになりませんわね。」

才之助は、深く恥ぢた。それからは、ちつとも剛情を言はなくなつた。墨堤の桜が咲きはじめる頃になつて、陶本の家の建築は全く成り、さうして才之助の家と、ぴつたり密着して、もう両家の区別がわからないやうになつた。才之助は、いまはそんな事には少しも口出しせず、すべて黄英と三郎に任せ、自分は近所の者と将棊ばかりさしてゐた。一日、一家三人、墨堤の桜を見に出かけた。ほどよいところに重箱をひろげ、才之助は持参の酒を飲みはじめ、三郎にもすすめた。姉は、三郎に飲んではいけないと目で知らせたが、三郎は平気で杯を受けた。

「姉さん、もう私は酒を飲んでもいいのだよ。家にお金も、たくさんたまつたし、私がゐなくなつても、もう姉さんたちは一生あそんで暮せるでせう。菊を作るのにも、厭きちやつた。」と妙な事を言つて、やたらに酒を飲むのである。やがて酔ひつぶれて、寝ころんだ。みるみる三郎のからだは溶けて、煙となり、あとには着物と草履だけが残つた。才之助は驚愕して、着物を抱き上げたら、その下の土に、水々しい菊の苗が一本生えてゐた。はじめて、陶本姉弟が、人間でない事を知つた。けれども、才之助は、いまでは全く姉弟の才能と愛情に敬服してゐたのだから、嫌厭の情は起らなかつ

た。哀しい菊の精の黄英を、いよいよ深く愛したのである。かの三郎の菊の苗は、わが庭に移し植ゑられ、秋にいたつて花を開いたが、その花は薄紅色で幽かにぽつと上気して、嗅いでみると酒の匂ひがした。黄英のからだに就いては、「亦他異無し。」と原文に書かれてある。つまり、いつまでもふつうの女体のままであつたのである。

十二月八日

けふの日記は特別に、ていねいに書いて置きませう。昭和十六年の十二月八日には日本のまづしい家庭の主婦は、どんな一日を送つたか、ちよつと書いて置きませう。もう百年ほど経《た》つて日本が紀元二千七百年の美しいお祝ひをしてゐる頃に、私の此の日記帳が、どこかの土蔵の隅から発見せられて、百年前の大事な日に、わが日本の主婦が、こんな生活をしてゐたといふ事がわかつたら、すこしは歴史の参考になるかも知れない。だから、文章はたいへん下手でも、嘘だけは書かないやうに気を附ける事だ。なにせ紀元二千七百年を考慮にいれて書かなければならぬのだから、たいへんだ。でも、あんまり固くならない事にしよう。主人の批評に依れば、私の手紙やら日記やらの文章は、ただ真面目なばかりで、さうして感覚はひどく鈍いさうだ。センチメントといふものが、まるで無いので、文章がちつとも美しくないさうだ。本当に私は、幼少の頃から礼儀にばかりこだはつて、心はそんなに真面目でもないのだけれど、なんだかぎくしやくして、無邪気にはしやいで甘える事も出来ず、損ばかりしてゐる。慾が深すぎるせゐかも知れない。なほよく、反省をして見ませう。

紀元二千七百年といへば、すぐに思ひ出す事がある。なんだか馬鹿らしくて、をかしい事だけれど、先日、主人のお友だちの伊馬さんが久し振りで遊びにいらつしやつて、その時、主人と客間で話し合つてゐるのを隣部屋で聞いて噴《ふ》き出した。

「どうも、この、紀元二千七百年《しちひやくねん》のお祭りの時には、二千七百年《ななひやくねん》と言ふか、あるひは二千七百年《しちひやくねん》と言ふか、心配なんだね、非常に気になるんだね。僕は煩悶してゐるのだ。君は、気にならんかね。」

と伊馬さん。

「ううむ。」と主人は真面目に考へて、「さう言はれると、非常に気になる。」

「さうだらう、」と伊馬さんも、ひどく真面目だ。「どうもね、ななひやくねん、というらしいんだ。なんだか、そんな気がするんだ。だけど僕の希望をいふなら、しちひやくねん、と言つてもらひたいんだね。どうも、ななひやく、では困る。いやらしいぢやないか。電話の番号ぢやあるまいし、ちやんと正しい読みかたをしてもらひたいものだ。何とかして、その時は、しちひやく、と言つてもらひたいのだがねえ。」

と伊馬さんは本当に、心配さうな口調である。

「しかしまた、」主人は、ひどくもつたい振つて意見を述べる。

「もう百年あとには、しちひやくでもないし、ななひやくでもないし、全く別な読みかたも出来てゐるかも知れない。たとへば、ぬぬひやく、とでもいふ――。」

私は噴き出した。本当に馬鹿らしい。主人は、いつでも、こんな、どうだつていいやうな事を、まじめにお客さまと話し合つてゐるのです。センチメントのあるおかたは、ちがつたものだ。私の主人は、小説を書いて生活してゐるのです。なまけてばかりゐるので収入も心細く、その日暮しの有様です。どんなものを書いてゐるのか、私は、主人の書いた小説は読まない事にしてゐるので、想像もつきません。あまり上手でないやうです。

おや、脱線してゐる。こんな出鱈目《でたらめ》な調子では、とても紀元二千七百年まで残るやうな佳《よ》い記録を書き綴る事は出来ぬ。出直さう。

十二月八日。早朝、蒲団の中で、朝の仕度に気がせきながら、園子《そのこ》（今年六月生れの女児）に乳をやつてゐると、どこかのラジオが、はつきり聞えて来た。

「大本営陸海軍部発表。帝国陸海軍は今八日未明西太平洋において米英軍と戦闘状態に入れり。」

しめ切つた雨戸のすきまから、まつくらな私の部屋に、光のさし込むやうに強くあざやかに聞えた。二度、朗々と繰り返した。それを、じつと聞いてゐるうちに、私の人間は変つてしまつた。強い光線を受けて、からだが透明になるやうな感じ。あるひは、聖霊の息吹《いぶ》きを受けて、つめたい花びらをいちまい胸の中に宿したやうな気持。日本も、けさから、ちがふ日本になつたのだ。

隣室の主人にお知らせしようと思ひ、あなた、と言ひかけると直ぐに、

「知つてるよ。知つてるよ。」

と答へた。語気がけはしく、さすがに緊張の御様子である。いつもの朝寝坊が、けさに限つて、こんなに早くからお目覚めになつてゐるとは、不思議である。芸術家といふものは、勘《かん》の強いものださうだから、何か虫の知らせとでもいふものがあつたのかも知れない。すこし感心する。けれども、それからたいへんまづい事をおつしやつたので、マイナスになつた。

「西太平洋つて、どの辺だね？　サンフランシスコかね？」

私はがつかりした。主人は、どういふものだか地理の知識は皆無なのである。西も東も、わからないのではないか、とさへ思はれる時がある。つい先日まで、南極が一ばん暑くて、北極が一ばん寒いと覚えてゐたのださうで、その告白を聞いた時には、私は主人の人格を疑ひさへしたのである。去年、佐渡へ御旅行なされて、その土産話に、佐渡の島影を汽船から望見して、満洲だと思つたさうで、実に滅茶苦茶だ。これでよく、大学なんかへ入学できたものだ。ただ、呆れるばかりである。

「西太平洋といへば、日本のはうの側の太平洋でせう。」

と私が言ふと、

「さうか。」と不機嫌さうに言ひ、しばらく考へて居られる御様子で、「しかし、それは初耳だつた。アメリカが東で、日本が西といふのは気持の悪い事ぢやないか。日本は日出づる国と言はれ、また東亜とも言はれてゐるのだ。それぢや駄目だ。日本が東亜でなかつたといふのは、不愉快な話だ。なんとかして、日本が東で、アメリカが西と言ふ方法は無いものか。」

おつしやる事みな変である。主人の愛国心は、どうも極端すぎる。先日も、毛唐がどんなに威張つても、この鰹の塩辛《しほから》ばかりは嘗める事が出来まい、けれども僕なら、どんな洋食だつて食べてみせる、と妙な自慢をして居られた。

主人の変な呟きの相手にはならず、さつさと起きて雨戸をあける。いいお天気。けれども寒さは、とてもきびしく感ぜられる。昨夜、軒端《のきば》に干して置いたおむつも凍り、庭には霜が降りてゐる。山茶花が凛と咲いてゐる。静かだ。太平洋でいま戦争がはじまつてゐるのに、と不思議な気がした。日本の国の有難さが身にしみた。

井戸端へ出て顔を洗ひ、それから園子のおむつの洗濯にとりかかつてゐたら、お隣りの奥さんも出て来られた。朝の御挨拶をして、それから私が、

「これからは大変ですわねえ。」

と戦争の事を言ひかけたら、お隣りの奥さんは、つい先日から隣組長になられたの

で、その事かとお思ひになつたらしく、

「いいえ、何も出来ませんのでねえ。」

と恥づかしさうにおつしやつたから、私はちよつと具合がわるかつた。

お隣りの奥さんだつて、戦争の事を思はぬわけではなかつたらうけれど、それよりも隣組長の重い責任に緊張して居られるのにちがひない。なんだかお隣りの奥さんにすまないやうな気がして来た。本当に、之からは、隣組長もたいへんでせう。演習の時と違ふのだから、いざ空襲といふ時などには、その指揮の責任は重大だ。私は園子を背負つて田舎に避難するやうな事になるかも知れない。すると主人は、あとにひとり居残つて、家を守るといふ事になるのだらうが、何も出来ない人なのだから心細い。ちつとも役に立たないかも知れない。本当に、前から私があんなに言つてゐるのに、主人は国民服も何も、こしらへてゐないのだ。まさかの時には困るのぢやないかしら。不精なお方だから、私が黙つて揃へて置けば、なんだこんなもの、とおつしやりながらも、心の中ではほつとして着て下さるのだらうが、どうも寸法が特大だから、出来合ひのものを買つて来ても駄目でせう。むづかしい。

主人も今朝は、七時ごろに起きて、朝ごはんも早くすませて、それから直ぐにお仕事。今月は、こまかいお仕事が、たくさんあるらしい。朝ごはんの時、

「日本は、本当に大丈夫でせうか。」

と私が思はず言つたら、

「大丈夫だから、やつたんぢやないか。かならず勝ちます。」

と、よそゆきの言葉でお答へになつた。主人の言ふ事は、いつも嘘ばかりで、ちつともあてにならないけれど、でも此のあらたまつた言葉一つは、固く信じようと思つた。

台所で後かたづけをしながら、いろいろ考へた。目色、毛色が違ふといふ事が、之程までに敵愾心を起させるものか。滅茶苦茶に、ぶん殴りたい。支那を相手の時とは、まるで気持がちがふのだ。本当に、此の親しい美しい日本の土を、けだものみたいに無神経なアメリカの兵隊どもが、のそのそ歩き廻るなど、考へただけでも、たまらない。此の神聖な土を、一歩でも踏んだら、お前たちの足が腐るでせう。お前たちには、その資格が無いのです。日本の綺麗な兵隊さん、どうか、彼等を滅《め》つちやくちやに、やつつけて下さい。これからは私たちの家庭も、いろいろ物が足りなくて、ひどく困る事もあるでせうが、御心配は要《い》りません。私たちは平気です。いやだなあ、といふ気持は、少しも起らない。こんな辛《つら》い時勢に生れて、などと悔やむ気がない。かへつて、かういふ世に生れて生甲斐をさへ感ぜられる。かういふ世に生れて、よかつた、と思ふ。ああ、誰かと、うんと戦争の話をしたい。やりましたわね、いよいよはじまつたのねえ、なんて。

ラジオは、けさから軍歌の連続だ。一生懸命だ。つぎからつぎと、いろんな軍歌を放送して、たうとう種切れになつたか、敵は幾万ありとても、などといふ古い古い軍歌まで飛び出して来る始末なので、ひとりで噴き出した。放送局の無邪気さに好感を持つた。私の家では、主人がひどくラジオをきらひなので、いちども設備した事はない。また私も、いままでは、そんなにラジオを欲しいと思つた事は無かつたのだが、でも、こんな時には、ラジオがあつたらいいなあと思ふ。ニユウスをたくさん、たくさん聞きたい。主人に相談してみませう。買つてもらへさうな気がする。

おひる近くなつて、重大なニユウスが次々と聞えて来るので、たまらなくなつて、園子を抱いて外に出て、お隣りの紅葉の木の下に立つて、お隣りのラジオに耳をすました。マレー半島に奇襲上陸、香港攻撃、宣戦の大詔、園子を抱きながら、涙が出て困つた。家へ入つて、お仕事最中の主人に、いま聞いて来たニユウスをみんなお伝へする。主人は全部、聞きとつてから、

「さうか。」

と言つて笑つた。それから、立ち上つて、また坐つた。落ちつかない御様子である。

お昼少しすぎた頃、主人は、どうやら一つお仕事をまとめたやうで、その原稿をお持ちになつて、そそくさと外出してしまつた。雑誌社に原稿を届けに行つたのだが、あの御様子では、またお帰りがおそくなるかも知れない。どうも、あんなに、そそく

さと逃げるやうに外出した時には、たいてい御帰宅がおそいやうだ。どんなにおそくても、外泊さへなさらなかつたら、私は平気なんだけど。

主人をお見送りしてから、目刺《めざし》を焼いて簡単な昼食をすませて、それから園子をおんぶして駅へ買ひ物に出かけた。途中、亀井さんのお宅に立ち寄る。主人の田舎から林檎をたくさん送つていただいたので、亀井さんの悠乃《ゆの》ちやん（五歳の可愛いお嬢さん）に差し上げようと思つて、少し包んで持つて行つたのだ。門のところに悠乃ちやんが立つてゐた。私を見つけると、すぐにばたばたと玄関に駈け込んで、園子ちやんが来たわよう、お母ちやま、と呼んで下さつた。園子は私の背中で、奥様や御主人に向つて大いに愛想笑ひをしたらしい。奥様に、可愛い可愛いと、ひどくほめられた。御主人は、ジヤンパーなど召して、何やらいさましい恰好で玄関に出て来られたが、いままで縁の下に蓆《むしろ》を敷いて居られたのださうで、

「どうも、縁の下を這ひまはるのは敵前上陸に劣らぬ苦しみです。こんな汚い恰好で、失礼。」

とおつしやる。縁の下に蓆などを敷いて一体、どうなさるのだらう。いざ空襲といふ時、這ひ込まうといふのかしら。不思議だ。でも亀井さんの御主人は、うちの主人と違つて、本当に御家庭を愛していらつしやるから、うらやましい。以前は、もつと愛していらつしやつたのだけれど、う

ちの主人が近所に引越して来てからお酒を呑む事を教へたりして、少しいけなくしたらしい。奥様も、きつと、うちの主人を恨んでいらつしやる事だらう。すまないと思ふ。

亀井さんの門の前には、火叩きやら、なんだか奇怪な熊手のやうなものやら、すつかりととのへて用意されてある。私の家には何も無い。主人が不精だから仕様が無いのだ。

「まあ、よく御用意が出来て。」

と私が言ふと、御主人は、

「ええ、なにせ隣組長ですから。」

と元気よくおつしやる。

本当は副組長なのだけれど、組長のお方がお年寄りなので、組長の仕事を代りにやつてあげてゐるのです、と奥様が小声で訂正して下さつた。亀井さんの御主人は、本当にまめで、うちの主人とは雲泥の差だ。

お菓子をいただいて玄関先で失礼した。

それから郵便局に行き、「新潮」の原稿料六十五円を受け取つて、市場に行つてみた。相変らず、品が乏しい。やつぱり、また、烏賊《いか》と目刺を買ふより他は無い。烏賊二はい、四十銭。目刺、二十銭。市場で、またラジオ。

重大なニユウスが続々と発表せられてゐる。比島、グワム空襲。ハワイ大爆撃。米国艦隊全滅す。帝国政府声明。全身が震へて恥づかしい程だつた。みんなに感謝したかつた。私が市場のラジオの前に、じつと立ちつくしてゐたら、二、三人の女のひとが、聞いて行きませうと言ひながら私のまはりに集まつて来た。二、三人が、四、五人になり、十人ちかくなつた。

市場を出て主人の煙草を買ひに駅の売店に行く。町の様子は、少しも変つてゐない。ただ、八百屋さんの前に、ラジオニユウスを書き上げた紙が貼られてゐるだけ。店先の様子も、人の会話も、平生とあまり変つてゐない。この静粛が、たのもしいのだ。けふは、お金も、すこしあるから、思ひ切つて私の履物を買ふ。こんなものにも、今月からは三円以上二割の税が附くといふ事、ちつとも知らなかつた。先月末、買へばよかつた。でも、買ひ溜めは、あさましくて、いやだ。履物、六円六十銭。ほかにクリイム、三十五銭。封筒、三十一銭などの買ひ物をして帰つた。

帰つて暫くすると、早大の佐藤さんが、こんど卒業と同時に入営と決定したさうで、その挨拶においでになつたが、生憎、主人がゐないのでお気の毒だつた。お大事に、と私は心の底からのお辞儀をした。佐藤さんが帰られてから、すぐ、帝大の堤さんも見えられた。堤さんも、めでたく卒業なさつて、徴兵検査を受けられたのださうだが、第三乙とやらで、残念でしたと言つて居られた。佐藤さんも、堤さんも、いままで髪を長く伸ばして居られたのに、綺麗さつぱりと坊主頭になつて、まあほんとに学生のお方も大変なのだ、と感慨が深かつた。

夕方、久し振りで今《こん》さんも、ステツキを振りながらおいで下さつたが、主人が不在なので、じつにお気の毒に思つた。本当に、三鷹のこんな奥まで、わざわざおいで下さるのに、主人が不在なので、またそのままお帰りにならなければならないのだ。お帰りの途々、どんなに、いやなお気持だらう。それを思へば、私まで暗い気持になるのだ。

夕飯の仕度にとりかかつてゐたら、お隣りの奥さんがおいでになつて、十二月の清酒の配給券が来ましたけど、隣組九軒で一升券六枚しか無い、どうしませうといふ御相談であつた。順番ではどうかしらとも思つたが、九軒みんな欲しいといふ事で、たうとう六升を九分する事にきめて、早速、瓶を集めて伊勢元に買ひに行く。私はご飯を仕掛けてゐたので、ゆるしてもらつた。でも、ひと片附きしたので、園子をおんぶして行つてみると、向ふから、隣組のお方たちが、てんでに一本二本と瓶をかかへてお帰りのところであつた。私も、さつそく一本、かかへさせてもらつて一緒に帰つた。それからお隣りの組長さんの玄関で、酒の九等分がはじまつた。九本の一升瓶をずらりと一列に並べて、よくよく分量を見較べ、同じ高さづつ分け合ふのである。六升を九等分するのは、なかなか、むづかしい。

夕刊が来る。珍らしく四ペエヂだつた。「帝国・米英に宣戦を布告す」といふ活字の大きいこと。だいたい、けふ聞いたラジオニユウスのとほりの事が書かれてゐた。でも、また、隅々まで読んで、感激をあらたにした。

ひとりで夕飯をたべて、それから園子をおんぶして銭湯に行つた。ああ、園子をお湯にいれるのが、私の生活で一ばん一ばん楽しい時だ。園子は、お湯が好きで、お湯にいれると、とてもおとなしい。お湯の中では、手足をちぢこめ、抱いてゐる私の顔を、じつと見上げてゐる。ちよつと、不安なやうな気もするのだらう。よその人も、ご自分の赤ちやんが可愛くて可愛くて、たまらない様子で、お湯にいれる時は、みんなめいめいの赤ちやんに頬ずりしてゐる。園子のおなかは、ぶんまはしで画いたやうにまんまるで、ゴム鞠のやうに白く柔かく、この中に小さい胃だの腸だのが、本当にちやんとそなはつてゐるのかしらと不思議な気さへする。そしてそのおなかの真ん中より少し下に梅の花の様なおへそが附いてゐる。足といひ、手といひ、その美しいこと、可愛いこと、どうしても夢中になつてしまふ。どんな着物を着せようが、裸身の可愛さには及ばない。お湯からあげて着物を着せる時には、とても惜しい気がする。もつと裸身を抱いてゐたい。

銭湯へ行く時には、道も明るかつたのに、帰る時には、もう真つ暗だつた。灯火管制なのだ。もうこれは、演習でないのだ。心の異様に引きしまるのを覚える。でも、これは少し暗すぎるのではあるまいか。こんな暗い道、今まで歩いた事がない。一歩一歩、さぐるやうにして進んだけれど、道は遠いのだし、途方に暮れた。あの独活《うど》の畑から杉林にさしかかるところ、それこそ真の闇で物凄かつた。女学校四年生の時、野沢温泉から木島まで吹雪の中をスキイで突破した時のおそろしさを、ふいと思ひ出した。あの時のリユックサックの代りに、いまは背中に園子が眠つてゐる。園子は何も知らずに眠つてゐる。

背後から、我が大君に召されえたあるう、と実に調子のはづれた歌をうたひながら、乱暴な足どりで歩いて来る男がある。ゴホンゴホンと二つ、特徴のある咳をしたので、私には、はつきりわかつた。

「園子が難儀してゐますよ。」

と私が言つたら、

「なあんだ。」と大きな声で言つて、「お前たちには、信仰が無いから、こんな夜道にも難儀するのだ。僕には、信仰があるから、夜道もなほ白昼の如しだね。ついて来い。」

と、どんどん先に立つて歩きました。

どこまで正気なのか、本当に、呆れた主人であります。

貨幣

異国語に於ては、名詞にそれぞれ男女の性別あり。然して、貨幣を女性名詞とす。

私は、七七八五一号の百円紙幣です。あなたの財布の中の百円紙幣をちよつと調べてみて下さいまし。或ひは私はその中に、はひつてゐるかも知れません。もう私は、くたくたに疲れて、自分がいま誰の懐の中にゐるのやら、或ひは屑籠の中にでもはふり込まれてゐるのやら、さつぱり見当も附かなくなりました。ちかいうちには、モダン型の紙幣が出て、私たち旧式の紙幣は皆焼かれてしまふのだとかいふ噂も聞きましたが、もうこんな、生きてゐるのだか、死んでゐるのだかわからないやうな気持でゐるよりは、いつそさつぱり焼かれてしまつて昇天したうございます。焼かれた後で、天国へ行くか地獄へ行くか、それは神様まかせだけれども、ひよつとしたら、私は地獄へ落ちるかも知れないわ。生れた時には、今みたいに、こんな賤《いや》しいていたらくではなかつたのです。後になつたらもう二百円紙幣やら千円紙幣やら、私よりも有難がられる紙幣がたくさん出て来ましたけれども、私の生れた頃には、百円紙幣が、お金の女王で、はじめて私が東京の大銀行の窓口から或る人の手に渡された時には、その人の手は少し震へてゐました。あら、本当ですわよ。その人は、若い大工さんでした。その人は、腹掛けのどんぶりに、私を折り畳まずにそのままそつといれて、おなかが痛いみたいに左の手のひらを腹掛けに軽く押し当て、道を歩く時にも、電車に乗つてゐる時にも、つまり銀行から家へ帰りつくまで、左の手のひらでどんぶりをおさへきりにおさへてゐました。さうして家へ帰ると、その人はさつそく私を神棚にあげて拝みました。私の人生への門出は、このやうに幸福でした。私はその大工さんのお宅にいつまでもゐたいと思つたのです。けれども私は、その大工さんのお宅には、一晩しかゐる事が出来ませんでした。その夜は大工さんはたいへん御機嫌がよろしくて、晩酌などやらかして、さうして若い小柄なおかみさんに向ひ、『馬鹿にしちやいけねえ。おれにだつて、男の働きといふものがある。』などといつて威張り時々立ち上つて私を神棚からおろして、両手でいただくやうな恰好で拝んで見せて、若いおかみさんを笑はせてゐましたが、そのうちに夫婦の間に喧嘩が起り、たうとう私は四つに畳まれておかみさんの小さい財布の中にいれられてしまひました。さうしてその翌る朝、おかみさんに質屋に連れて行かれて、おかみさんの着物十枚とかへられ、私は質屋の冷くしめつぽい金庫の中にいれられました。妙に底冷えがして、おなかが痛くて困つてゐたら、私はまた外に出されて日の目を見る事が出来ました。こんどは私は、医学生の顕微鏡一つとかへられたのでした。私はその医学生に連れられて、ずゐぶん遠くへ旅行しました。さうしてたうとう、瀬戸内海の或る小さい島の旅館で、私はその医学生に捨てられました。それから一箇月近く私はその旅館の、帳場の小箪笥の引出しにいれられてゐましたが、何だかその医学生は、私を捨てて旅館を出てから間もなく瀬戸内海に身を投じて死んだといふ、女中たちの取沙汰をちらと小耳にはさみました。『ひとりで死ぬなんて阿呆らしい。あんな綺麗な男となら、わたしはいつでも一緒に死んであげるのにさ。』とでつぷり太つた四十くらゐの、吹出物だらけの女中がいつて、皆を笑はせてゐました。それから私は五年間四国、九州と渡り歩き、めつきり老け込んでしまひました。さうして次第に私は軽んぜられ、六年振りでまた東京へ舞ひ戻つた時には、あまり変り果てた自分の身のなりゆきに、つい自己嫌悪しちやひましたわ。東京へ帰つて来てからは私はただもう闇屋の使ひ走りを勤める女になつてしまつたのですもの。五、六年東京から離れてゐるうちに私も変りましたけれども、まあ、東京の変りやうつたら。夜の八時ごろ、ほろ酔ひのブローカーに連れられて、東京駅から日本橋、それから京橋へ出て銀座を歩き新橋まで、その間、ただもうまつくらで、深い森の中を歩いてゐるやうな気持で人ひとり通らないのは勿論、路を横切る猫の子一匹も見当りませんでした。おそろしい死の街の不吉な形相を呈してゐました。それからまもなく、れいのドカンドカン、シユウシユウがはじまりましたけれども、あの毎日毎夜の大混乱の中でも、私はやはり休むひまもなくあの人の手から、この人の手と、まるでリレー競走のバトンみたいに目まぐるしく渡り歩き、おかげでこのやうな皺くちやの姿になつたばかりでなく、いろいろなものの臭気がからだに附いて、もう、恥づかしくて、やぶれかぶれになつてしまひました。あのころは、もう日本も、やぶれかぶれになつてゐた時期でせうね。私がどんな人の手から、どんな人の手に、何の目的で、さうしてどんなむごい会話をもつて手渡されてゐたか、それはもう皆さんも、十二分にご存じの筈で、聞き飽き見飽きていらつしやることでせうから、くはしくは申し上げませんが、けだものみたいになつてゐたのは、軍閥とやらいふものだけではなかつたやうに私には思はれました。それはまた日本の人に限つたことでなく、人間性一般の大問題であらうと思ひますが、今宵死ぬかも知れぬといふ事になつたら、物慾も、色慾も綺麗に忘れてしまふのではないかしらとも考へられるのに、どうしてなかなかそのやうなものでもないらしく、人間は命の袋小路に落ち込むと、笑ひ合はずに、むさぼりくらひ合ふものらしうございます。この世の中のひとりでも不幸な人のゐる限り、自分も幸福にはなれないと思ふ事こそ、本当の人間らしい感情でせうに、自分だけ、或ひは自分の家だけの束の間の安楽を得るために、隣人を罵り、あざむき、押し倒し、(いいえ、あなただつて、いちどはそれをなさいました。無意識でなさつて、ご自身それに気がつかないなんてのは、さらに恐るべき事です。恥ぢて下さい。人間ならば恥ぢて下さい。恥ぢるといふのは人間だけにある感情ですから。）まるでもう地獄の亡者がつかみ合ひの喧嘩をしてゐるやうな滑稽で悲惨な図ばかり見せつけられてまゐりました。けれども、私はこのやうに下等な使ひ走りの生活においても、いちどや二度は、ああ、生れて来てよかつたと思つたこともないわけではございませんでした。いまはもうこのやうに疲れ切つて、自分がどこにゐるのやら、それさへ見当がつかなくなつてしまつたほど、まるで、まうろくの形ですが、それでもいまもつて忘れられぬほのかに楽しい思ひ出もあるのです。その一つは、私が東京から汽車で、三、四時間で行き着ける或る小都会に闇屋の婆さんに連れられてまゐりました時のことですが、ただいまは、それをちよつとお知らせ致しませう。私はこれまで、いろんな闇屋から闇屋へ渡り歩いて来ましたが、どうも女の闇屋のはうが、男の闇屋よりも私を二倍にも有効に使ふやうでございました。女の慾といふものは、男の慾よりもさらに徹底してあさましく、凄じいところがあるやうでございます。私をその小都会に連れて行つた婆さんも、ただものではないらしく或る男にビールを一本渡してそのかはりに私を受け取り、さうしてこんどはその小都会に葡萄酒の買出しに来て、ふつう闇値の相場は葡萄酒一升五十円とか六十円とかであつたらしいのに、婆さんは膝をすすめてひそひそひそひそいつて永い事ねばり、時々いやらしく笑つたり何かしてたうとう私一枚で四升を手に入れ重さうな顔もせず背負つて帰りましたが、つまり、この闇婆さんの手腕一つでビール一本が葡萄酒四升、少し水を割つてビール瓶につめかへると二十本ちかくにもなるのでせう、とにかく、女の慾は程度を越えてゐます。それでもその婆さんは、少しもうれしいやうな顔をせず、どうもまつたくひどい世の中になつたものだ、と大真面目で愚痴をいつて帰って行きました。私は葡萄酒の闇屋の大きい財布の中にいれられ、うとうと眠りかけたら、すぐにまたひつぱり出されて、こんどは四十ちかい陸軍大尉に手渡されました。この大尉もまた闇屋の仲間のやうでした。「ほまれ」といふ軍人専用の煙草を百本（とその大尉はいつてゐたのださうですが、あとで葡萄酒の闇屋が勘定してみましたら八十六本しかなかつたさうで、あのインチキ野郎めが、とその葡萄酒の闇屋が大いに憤慨してゐました）とにかく、百本在中といふ紙包とかへられて、私はその大尉のズボンのポケットに無雑作にねぢ込まれ、その夜、まちはづれの薄汚い小料理屋の二階へお供をするといふ事になりました。大尉はひどい酒飲みでした。葡萄酒のブランデーとかいふ珍らしい飲物をチビチビやつて、さうして酒癖もよくないやうで、お酌の女をずゐぶんしつこく罵るのでした。

「お前の顔は、どう見たつて狐以外のものではないんだ。（狐をケツネと発音するのです。どこの方言かしら）よく覚えて置くがええぞ。ケツネのつらは、口がとがつて髭がある。あの髭は右が三本、左が四本、ケツネの屁といふものは、たまらねえ。そこらいちめん黄色い煙がもうもうとあがつてな、犬はそれを嗅ぐとくるくるつとまはつて、ぱたりとたふれる。いや、嘘でねえ。お前の顔は黄色いな。妙に黄色い。われとわが屁で黄色く染まつたに違ひない。や、臭い。さては、お前、やつたな。いや、やらかした。どだいお前は失敬ぢやないか。いやしくも軍人の鼻先きで、屁をたれるとは非常識きはまるぢやないか。おれはこれでも神経質なんだ。鼻先きでケツネのへなどやらかされて、とても平気では居られねえ。」などそれは下劣な事ばかり、大まじめでいつて罵り、階下で赤子の泣き声がしたら耳ざとくそれを聞きとがめて、「うるさい餓鬼だ、興がさめる。おれは神経質なんだ。馬鹿にするな。あれはお前の子か。これは妙だ。ケツネの子でも人間の子みたいな泣き方をするとは、おどろいた。どだいお前は、けしからんぢやないか、子供を抱へてこんな商売をするとは、虫がよすぎるよ。お前のやうな身のほど知らずのさもしい女ばかりゐるから日本は苦戦するのだ。お前なんかは薄のろの馬鹿だから、日本は勝つとでも思つてゐるんだらう。ばか、ばか。どだい、もうこの戦争は話にならねえのだ。ケツネと犬さ。くるくるつとまはつて、ぱたりとたふれるやつさ。勝てるもんかい。だから、おれは毎晩かうして、酒を飲んで女を買ふのだ。悪いか。」

「悪い。」とお酌の女のひとは、顔を蒼くしていひました。

「狐がどうしたつていふんだい。いやなら来なけれあいいぢやないか。いまの日本で、かうして酒を飲んで女にふざけてゐるのは、お前たちだけだよ。お前の給料は、どこから出てるんだ。考へても見ろ。あたしたちの稼ぎの大半は、おかみに差し上げてゐるんだ。おかみはその金をお前たちにやつて、かうして料理屋で飲ませてゐるんだ。馬鹿にするな。女だもの、子供だつて出来るさ。いま乳呑児をかかへてゐる女は、どんなにつらい思ひをしてゐるか、お前たちにはわかるまい。あたしたちの乳房からはもう、一滴の乳も出ないんだよ。からの乳房をピチヤピチヤ吸つて、いや、もうこのごろは吸ふ力さへないんだ。ああ、さうだよ、狐の子だよ。あごがとがつて、皺だらけの顔で一日中ヒイヒイ泣いてゐるんだ。見せてあげませうかね。それでも、あたしたちは我慢してゐるんだ。それをお前たちは、なんだい。」といひかけた時、空襲警報が出て、それとほとんど同時に爆音が聞え、れいのドカンドカンシユウシユウがはじまり、部屋の障子がまつかに染まりました。

「やあ、来た。たうとう来やがつた。」と叫んで大尉は立ち上りましたが、ブランデーがひどくきいたらしく、よろよろです。

お酌のひとは、鳥のやうに素早く階下に駆け降り、やがて赤ちやんをおんぶして、二階にあがつて来て、「さあ、逃げませう、早く。それ、危い、しつかり。」ほとんど骨がないみたいにぐにやぐにやしてゐる大尉を、うしろから抱き上げるやうにして歩かせ、階下へおろして靴をはかせ、それから大尉の手を取つてすぐ近くの神社の境内まで逃げ、大尉はそこでもう大の字に仰向に寝ころがつてしまつて、さうして、空の爆音にむかつてさかんに何やら悪口をいつてゐました。ばらばらばら、火の雨が降つて来ます。神社も燃えはじめました。

「たのむわ、兵隊さん。も少し向ふのはうへ逃げませうよ。ここで犬死にしてはつまらない。逃げられるだけは逃げませうよ。」

人間の職業の中で、最も下等な商売をしてゐるといはれてゐるこの蒼黒く痩せこけた婦人が、私の暗い一生涯において一ばん尊く輝かしく見えました。ああ、慾望よ、去れ。虚栄よ、去れ。日本はこの二つのために敗れたのだ。お酌の女は何の慾もなく、また見栄もなく、ただもう眼前の酔ひどれの客を救はうとして、こん身の力で大尉を引き起し、わきにかかへてよろめきながら田圃のはうに避難します。避難した直後にはもう、神社の境内は火の海になつてゐました。

麦を刈り取つたばかりの畑に、その酔ひどれの大尉をひきずり込み、小高い土手の蔭に寝かせ、お酌の女自身もその傍にくたりと坐り込んで荒い息を吐いてゐました。大尉は、既にぐうぐう高鼾です。

その夜は、その小都会の隅から隅まで焼けました。夜明けちかく、大尉は眼をさまし、起き上つて、なほ燃えつづけてゐる大火事をぼんやり眺め、ふと、自分の傍でこくりこくり居眠りをしてゐるお酌の女のひとに気づき、なぜだかひどく狼狽の気味で立ち上り、逃げるやうに五、六歩あるきかけて、また引返し、上衣の内ポケットから私の仲間の百円紙幣を五枚取り出し、それからズボンのポケットから私を引き出して六枚重ねて二つに折り、それを赤ちゃんの一ばん下の肌着のその下の地肌の背中に押し込んで、荒々しく走つて逃げて行きました。私が自身に幸福を感じたのは、この時でございました。貨幣がこのやうな役目ばかりに使はれるんだつたらまあ、どんなに私たちは幸福だらうと思ひました。赤ちゃんの背中は、かさかさ乾いて、さうして痩せてゐました。けれども私は仲間の紙幣にいひました。

「こんないいところは他にないわ。あたしたちは仕合せだわ。いつまでもここにゐて、この赤ちゃんの背中をあたため、ふとらせてあげたいわ。」

仲間はみんな一様に黙つてうなづきました。

桜桃

われ、山にむかひて、目を挙ぐ。

——詩篇、第百二十一。

子供より親が大事、と思ひたい。子供のために、などと古風な道学者みたいな事を殊勝らしく考へてみても、何、子供よりも、その親のはうが弱いのだ。少くとも、私の家庭に於いては、さうである。まさか、自分が老人になつてから、子供に助けられ、世話にならうなどといふ図々しい虫のよい下心は、まつたく持ち合せてはゐないけれども、この親は、その家庭に於いて、常に子供たちのご機嫌ばかり伺つてゐる。子供、といつても、私のところの子供たちは、皆まだひどく幼い。長女は七歳、長男は四歳、次女は一歳である。それでも、既にそれぞれ、両親を圧倒し掛けてゐる。父と母は、さながら子供たちの下男下女の趣きを呈してゐるのである。

夏、家族全部三畳間に集まり、大にぎやか、大混雑の夕食をしたため、父はタオルでやたらに顔の汗を拭き、

「めし食つて大汗かくもげびた事、と柳多留にあつたけれども、どうも、こんなに子供たちがうるさくては、いかにお上品なお父さんと雖《いへど》も、汗が流れる。」

と、ひとりぶつぶつ不平を言ひ出す。

母は、一歳の次女におつぱいを含ませながら、さうして、お父さんと長女と長男のお給仕をするやら、子供たちのこぼしたものを拭くやら、拾ふやら、鼻をかんでやるやら、八面六臂のすさまじい働きをして、

「お父さんは、お鼻に一ばん汗をおかきになるやうね。いつも、せはしくお鼻を拭いていらつしやる。」

父は苦笑して、

「それぢや、お前はどこだ。内股かね?」

「お上品なお父さんですこと。」

「いや、何もお前、医学的な話ぢやないか。上品も下品も無い。」

「私はね、」

と母は少しまじめな顔になり、

「この、お乳とお乳のあひだに、……涙の谷、……」

涙の谷。

父は黙して、食事をつづけた。

私は家庭に在つては、いつも冗談を言つてゐる。それこそ「心には悩みわづらふ」事の多いゆゑに、「おもてには快楽《けらく》」をよそはざるを得ない、とでも言はうか。いや、家庭に在る時ばかりでなく、私は人に接する時でも、心がどんなにつらくても、からだがどんなに苦しくても、ほとんど必死で、楽しい雰囲気を創る事に努力する。さうして、客とわかれた後、私は疲労によろめき、お金の事、道徳の事、自殺の事を考へる。いや、それは人に接する場合だけではない。小説を書く時も、それと同じである。私は、悲しい時に、かへつて軽い楽しい物語の創造に努力する。自分では、もつとも、おいしい奉仕のつもりでゐるのだが、人はそれに気づかず、太宰といふ作家も、このごろは軽薄である、面白さだけで読者を釣る、すこぶる安易、と私をさげすむ。

人間が、人間に奉仕するといふのは、悪い事であらうか。もつたいぶつて、なかなか笑はぬといふのは、善い事であらうか。

つまり、私は、糞真面目で興覚めな、気まづい事に堪へ切れないのだ。私は、私の家庭に於いても、絶えず冗談を言ひ、薄氷を踏む思ひで冗談を言ひ、一部の読者、批評家の想像を裏切り、私の部屋の畳は新しく、机上は整頓せられ、夫婦はいたはり、尊敬し合ひ、夫は妻を打つた事など無いのは無論、出て行け、出て行きます、などの乱暴な口争ひした事さへ一度も無かつたし、父も母も負けずに子供を可愛がり、子供たちも父母に陽気によくなつく。

しかし、それは外見。母が胸をあけると、涙の谷、父の寝汗も、いよいよひどく、夫婦は互ひに相手の苦痛を知つてゐるのだが、それに、さはらないやうに努めて、父が冗談を言へば、母も笑ふ。

しかし、その時、涙の谷、と母に言はれて父は黙し、何か冗談を言つて切りかへさうと思つても、とつさにうまい言葉が浮ばず、黙しつづけると、いよいよ気まづさが積り、さすがの「通人」の父も、たうとう、まじめな顔になつてしまつて、

「誰か、人を雇ひなさい。どうしたつて、さうしなければ、いけない。」

と、母の機嫌を損じないやうに、おつかなびつくり、ひとりごとのやうにして呟く。

子供が三人。父は家事には全然、無能である。蒲団さへ自分で上げない。さうして、ただもう馬鹿げた冗談ばかり言つてゐる。配給だの、登録だの、そんな事は何も知らない。全然、宿屋住ひでもしてゐるやうな形。来客。饗応。仕事部屋にお弁当を持つて出かけて、それつきり一週間も御帰宅にならない事もある。仕事、仕事、といつも騒いでゐるけれども、一日に二、三枚くらゐしかお出来にならないやうである。あとは、酒。飲みすぎると、げつそり痩せてしまつて寝込む。そのうへ、あちこちに若い女の友達などもある様子だ。

子供、……七歳の長女も、ことしの春に生れた次女も、少し風邪をひき易いけれど

も、まづまあ人並。しかし、四歳の長男は、痩せこけてゐて、まだ立てない。言葉は、アアとかダアとか言ふきりで一語も話せず、また人の言葉を聞きわける事も出来ない。這つて歩いてゐて、ウンコもオシツコも教へない。それでゐて、ごはんは実にたくさん食べる。けれども、いつも痩せて小さく、髪の毛も薄く、少しも成長しない。

父も母も、この長男に就いて、深く話し合ふことを避ける。白痴、唖、……それを一言でも口に出して言つて、二人で肯定し合ふのは、あまりに悲惨だからである。母は時々、この子を固く抱きしめる。父はしばしば発作的に、この子を抱いて川に飛び込み死んでしまひたく思ふ。

「唖の次男を斬殺す。×日正午すぎ×区×町×番地×商、何某（五三）さんは自宅六畳間で次男何某（一八）君の頭を薪割で一撃して殺害、自分はハサミで喉を突いたが死に切れず附近の医院に収容したが危篤、同家では最近二女某（二二）さんに養子を迎へたが、次男が唖の上に少し頭が悪いので娘可愛さから思ひ余つたもの。」

こんな新聞の記事もまた、私にヤケ酒を飲ませるのである。

ああ、ただ単に、発育がおくれてゐるといふだけの事であつてくれたら！　この長男が、いまに急に成長し、父母の心配を憤り嘲笑するやうになつてくれたら！　夫婦は親戚にも友人にも誰にも告げず、ひそかに心でそれを念じながら、表面は何も気にしてゐないみたいに、長男をからかつて笑つてゐる。

母も精一ぱいの努力で生きてゐるのだらうが、父もまた、一生懸命であつた。もともと、あまりたくさん書ける小説家では無いのである。極端な小心者なのである。それが公衆の面前に引き出され、へどもどしながら書いてゐるのである。書くのがつらくて、ヤケ酒に救ひを求める。ヤケ酒といふのは、自分の思つてゐることを主張できない、もどつかしさ、いまいましさで飲む酒の事である。いつでも、自分の思つてゐることをハッキリ主張できるひとは、ヤケ酒なんか飲まない。(女に酒飲みの少いのは、この理由からである。)

私は議論をして、勝つたためしが無い。必ず負けるのである。相手の確信の強さ、自己肯定のすさまじさに圧倒せられるのである。さうして私は沈黙する。しかし、だんだん考へてみると、相手の身勝手に気がつき、ただこつちばかりが悪いのではないのが確信せられて来るのだが、いちど言ひ負けたくせに、またしつこく戦闘開始するのも陰惨だし、それに私には言ひ争ひは殴り合ひと同じくらゐにいつまでも不快な憎しみとして残るので、怒りにふるへながらも笑ひ、沈黙し、それから、いろいろさまざま考へ、ついヤケ酒といふ事になるのである。

はつきり言はう。くどくどと、あちこち持つてまはつた書き方をしたが、実はこの小説、夫婦喧嘩の小説なのである。

「涙の谷。」

それが導火線であつた。この夫婦は既に述べたとほり、手荒なことは勿論、口汚く罵り合つた事さへない頗《すこぶ》るおとなしい一組ではあるが、しかし、それだけまた一触即発の危険にをののいてゐるところもあつた。両方が無言で、相手の悪さの証拠固めをしてゐるやうな危険、一枚の札《ふだ》をちらと見ては伏せ、また一枚ちらと見ては伏せ、いつか、出し抜けに、さあ出来ましたと札をそろへて眼前にひろげられるやうな危険、それが夫婦を互ひに遠慮深くさせてゐたと言つて言へないところが無いでも無かつた。妻のはうはとにかく、夫のはうは、たたけばたたくほど、いくらでもホコリの出さうな男なのである。

「涙の谷。」

さう言はれて、夫は、ひがんだ。しかし、言ひ争ひは好まない。沈黙した。お前はおれに、いくぶんあてつける気持で、さう言つたのだらうが、しかし、泣いてゐるのはお前だけでない。おれだつて、お前に負けず、子供の事は考へてゐる。自分の家庭は大事だと思つてゐる。子供が夜中に、へんな咳一つしても、きつと眼がさめて、たまらない気持になる。もう少し、ましな家に引越して、お前や子供たちをよろこばせてあげたくてならぬが、しかし、おれには、どうしてもそこまで手が廻らないのだ。これでもう、精一ぱいなのだ。おれだつて、兇暴な魔物ではない。妻子を見殺しにして平然、といふやうな「度胸」を持つてはゐないのだ。配給や登録の事だつて、知らないのではない、知るひまが無いのだ。……父は、さう心の中で呟き、しかし、それを言ひ出す自信も無く、また、言ひ出して母から何か切りかへされたら、ぐうの音《ね》も出ないやうな気もして、

「誰か、ひとを雇ひなさい。」

と、ひとりごとみたいに、わづかに主張してみた次第なのだ。

母も、いつたい、無口なはうである。しかし、言ふことに、いつも、つめたい自信を持つてゐた。(この母に限らず、どこの女も、たいていそんなものであるが。)

「でも、なかなか、来てくれるひともありませんから。」

「捜せば、きつと見つかりますよ。来てくれるひとが無いんぢや無い、ゐてくれるひとが無いんぢやないかな?」

「私が、ひとを使ふのが下手だとおつしやるのですか?」

「そんな、……」

父はまた黙した。じつは、さう思つてゐたのだ。しかし、黙した。

ああ、誰かひとり、雇つてくれたらいい。母が末の子を背負つて、用足しに外に出かけると、父はあとの二人の子の世話を見なければならぬ。さうして、来客が毎日、きまつて十人くらゐづつある。

「仕事部屋のはうへ、出かけたいんだけど。」

「これからですか？」

「さう。どうしても、今夜のうちに書き上げなければならない仕事があるんだ。」

それは、嘘でなかつた。しかし、家の中の憂鬱から、のがれたい気もあつたのである。

「今夜は、私、妹のところへ行つて来たいと思つてゐるのですけど。」

それも、私は知つてゐた。妹は重態なのだ。しかし、女房が見舞ひに行けば、私は子供のお守りをしてゐなければならぬ。

「だから、ひとを雇つて、……」

言ひかけて、私は、よした。女房の身内のひとの事に少しでも、ふれると、ひどく二人の気持がややこしくなる。

生きるといふ事は、たいへんな事だ。あちこちから鎖がからまつてゐて、少しでも動くと、血が噴き出す。

私は黙つて立つて、六畳間の机の引出しから稿料のはひつてゐる封筒を取り出し、袂《たもと》につつ込んで、それから原稿用紙と辞典を黒い風呂敷に包み、物体でないみたいに、ふわりと外に出る。

もう、仕事どころではない。自殺の事ばかり考へてゐる。さうして、酒を飲む場所へまつすぐに行く。

「いらつしやい。」

「飲まう。けふはまた、ばかに綺麗な縞を、……」

「わるくないでせう？　あなたの好《す》く縞だと思つてゐたの。」

「けふは、夫婦喧嘩でね、陰《いん》にこもつてやりきれねえんだ。飲まう。今夜は泊るぜ。だんぜん泊る。」

子供より親が大事、と思ひたい。子供よりも、その親のはうが弱いのだ。

桜桃が出た。

私の家では、子供たちに、ぜいたくなものを食べさせない。子供たちは、桜桃など、見た事も無いかも知れない。食べさせたら、よろこぶだらう。父が持つて帰つたら、よろこぶだらう。蔓《つる》を糸でつないで、首にかけると、桜桃は、珊瑚の首飾りのやうに見えるだらう。

しかし、父は、大皿に盛られた桜桃を、極めてまづさうに食べては種を吐き、食べては種を吐き、食べては種を吐き、さうして心の中で虚勢みたいに呟く言葉は、子供よりも親が大事。

如是我聞より

三

謀叛といふ言葉がある。また、官軍、賊軍といふ言葉もある。外国には、それとぴつたり合ふやうな感じの言葉が、あまり使用せられてゐないやうに思はれる。裏切り、クーデタ、そんな言葉が主として使用せられてゐるやうに思はれる。「ご謀叛でござる。ご謀叛でござる。」などと騒ぎまはるのは、日本の本能寺あたりにだけあるやうに思はれる。さうして、所謂官軍は、所謂賊軍を、「すべて烏合の衆なるぞ」と歌つて気勢をあげる。謀叛は、悪徳の中でも最も甚だしいもの、所謂賊軍は最もけがらはしいもの、そのやうに日本の世の中がきめてしまつてゐる様子である。謀叛人も、賊軍も、よしんば勝つたところで、所謂三日天下であつて、つひには滅亡するものの如く、われわれは教へられてきてゐるのである。考へてみると、これこそ陰惨な封建思想の露出である。

むかしも、あんなことをやつた奴があつて、それは権勢慾、或ひは人気とりの軽業に過ぎないのであつて、言はせておいて黙つてゐるうちに、自滅するものだ、太宰も、もうこれでおしまひか、忠告せざるべからず、と心配して下さる先輩もあるやうであるが、しかし古来、負けるにきまつてゐると思はれてゐる所謂謀叛人が、必ずしも、こんどは、負けないところに民主革命の意義も存するのではあるまいか。

民主主義の本質は、それは人によつていろいろに言へるだらうが、私は、「人間は人間に服従しない」あるひは、「人間は人間を征服出来ない、つまり、家来にすることが出来ない」それが民主主義の発祥の思想だと考へてゐる。

先輩といふものがある。さうして、その先輩といふものは、「永遠」に私たちより偉いもののやうである。彼らの、その、「先輩」といふハンデキヤップは、殆ど暴力と同じくらゐに荒々しいものである。例へば、私が、いま所謂先輩たちの悪口を書いてゐるこの姿は、ひよどり越えのさか落しではなくて、ひよどり越えのさか上りの態のやうである。岩、かつら、土くれにしがみついて、ひとりで、よぢ登つて行くのだが、しかし、先輩たちは、山の上に勢ぞろひして、煙草をふかしながら、私のそんな浅間しい姿を見おろし、馬鹿だと言ひ、きたならしいと言ひ、人気とりだと言ひ、逆上気味と言ひ、さうして、私が少し上に登りかけると、極めて無雑作に、彼らの足もとの石ころを一つ蹴落してよこす。たまつたものでない。ぎやつといふ醜態の悲鳴とともに、私は落下する。山の上の先輩たちは、どつと笑ひ、いや、笑ふのはまだいいはうで、蹴落して知らぬふりして、マージヤンの卓を囲んだりなどしてゐるのである。

私たちがいくら声をからして言つても、所謂世の中は、半信半疑のものである。けれども、先輩の、あれは駄目だといふ一言には、ひと頃の、勅語の如き効果がある。彼らは、実にだらしない生活をしてゐるのだけれども、所謂世の中の信用を得るやうな暮し方をしてゐる。さうして彼らは、ぬからず、その世の中の信頼を利用してゐる。

永遠に、私たちは、彼らよりも駄目なのである。私たちの精一ぱいの作品も、彼らの作品にくらべて、読まれたものではないのである。彼らは、その世の中の信頼に便乗し、あれは駄目だと言ひ、世の中の人たちも、やつぱりさうかと容易に合点し、所謂先輩たちがその気ならば、私たちを気狂ひ病院にさへ入れることが出来るのである。

奴隷根性。

彼らは、意識してか或ひは無意識か、その奴隷根性に最大限にもたれかかつてゐる。

彼らのエゴイズム、冷さ、うぬぼれ、それが、読者の奴隷根性と実にぴつたりマッチしてゐるやうである。或る評論家は、ある老大家の作品に三拝九拝し、さうして曰く、「あの先生にはサーヴイスがないから偉い。太宰などは、ただ読者を面白がらせるばかりで、……」

奴隷根性も極まつてゐると思ふ。つまり、自分を、てんで問題にせず恥づかしめてくれる作家が有り難いやうなのである。評論家には、このやうな謂はば「半可通」が多いので、胸がむかつく。墨絵の美しさがわからなければ、高尚な芸術を解してゐないといふことだ、とでも思つてゐるのであらうか。光琳の極彩色は、高尚な芸術でないと思つてゐるのであらうか。渡辺崋山の絵だつて、すべてこれ優しいサーヴイスではないか。

頑固。怒り。冷淡。健康。自己中心。それが、すぐれた芸術家の特質のやうにありがたがつてゐる人もあるやうだ。それらの気質は、すべて、すこぶる男性的のもののやうに受け取られてゐるらしいけれども、それは、かへつて女性の本質なのである。男は、女のやうに容易には怒らず、さうして優しいものである。頑固などといふものは、無教養のおかみさんが、持つてゐる頗《すこぶ》る下等な性質に過ぎない。先輩たちは、も少し、弱いものいぢめを、やめたらどうか。所謂「文明」と、最も遠いものである。それは、腕力でしかない。おかみさんたちの、井戸端会議を、お聞きになつてみると、なにかお気附きになる筈である。

後輩が先輩に対する礼、生徒が先生に対する礼、子が親に対する礼、それらは、いやになるほど私たちは教へられてきたし、また、多少、それを遵奉してきたつもりであるが、しかし先輩が後輩に対する礼、先生が生徒に対する礼、親が子に対する礼、それらは私たちは、一言も教へられたことはなかつた。

民主革命。

私はその必要を痛感してゐる。所謂有能な青年女子を、荒い破壊思想に追ひやるのは、民主革命に無関心なおまへたち先輩の頑固さである。

若いものの言ひ分も聞いてくれ！　さうして、考へてくれ！　私が、こんな如是我聞などといふ拙文をしたためるのは、気が狂つてゐるからでもなく、思ひあがつてゐるからでもなく、人におだてられたからでもなく、況んや人気とりなどではないのである。本気なのである。昔、誰それも、あんなことをしたね、つまり、あんなものさ、などと軽くかたづけないでくれ。昔あつたから、いまもそれと同じやうな運命をたどるものがあるといふやうな、いい気な独断はよしてくれ。

いのちがけで事を行ふのは罪なりや。さうして、手を抜いてごまかして、安楽な家庭生活を目ざしてゐる仕事をするのは、善なりや。おまへたちは、私たちの苦悩について、少しでも考へてみてくれたことがあるだらうか。

結局、私のこんな手記は、愚挙といふことになるのだらうか。私は文を売つてから、既に十五年にもなる。しかし、いまだに私の言葉には何の権威もないやうである。まともに応接せられるには、もう二十年もかかるのだらう。二十年。手を抜いたごまかしの作品でも何でもよい、とにかく抜け目なくジヤアナリズムといふものにねばつて、二十年、先輩に対して礼を尽し、おとなしくしてゐると、どうやら、やつと、「信頼」を得るに到るやうであるが、そこまでは、私にもさすがに、忍耐力の自信が無いのである。

まるで、あの人たちには、苦悩が無い。私が日本の諸先輩に対して、最も不満に思ふ点は、苦悩といふものについて、全くチンプンカンプンであることである。

何処に「暗夜」があるのだらうか。ご自身が人を、許す許さぬで、てんてこ舞ひしてゐるだけではないか。許す許さぬなどといふそんな大それた権利が、ご自身にあると思つていらつしやる。いつたい、ご自身はどうなのか。人を審判出来るがらでもなからう。

志賀直哉といふ作家がある。アマチユアである。六大学リーグ戦である。小説が、もし、絵だとするならば、その人の発表してゐるものは、書《しょ》である、と知人も言つてゐたが、あの「立派さ」みたいなものは、つまり、あの人のうぬぼれに過ぎない。腕力の自信に過ぎない。本質的な「不良性」或ひは、「道楽者」を私はその人の作品に感じるだけである。高貴性とは、弱いものである。へどもどまごつき、赤面しがちのものである。所詮あの人は、成金に過ぎない。

おけらといふものがある。その人を尊敬し、かばひ、その人の悪口を言ふ者をののしり殴ることによつて、自身の、世の中に於ける地位とかいふものを危ふく保たうと汗を流して懸命になつてゐる一群のものの謂《いひ》である。最も下劣なものである。それを、男らしい「正義」かと思つて自己満足してゐるものが大半である。国定忠治の映画の影響かも知れない。

真の正義とは、親分も無し、子分も無し、さうして自身も弱くて、何処かに収容せられてしまふ姿に於いて認められる。重ね重ね言ふやうだが、芸術に於いては、親分も子分も、また友人さへ、無いもののやうに私には思はれる。

全部、種明しをして書いてゐるつもりであるが、私がこの如是我聞といふ世間的に言つて、明らかに愚挙らしい事を書いて発表してゐるのは、何も「個人」を攻撃するためではなくて、反キリスト的なものへの戦ひなのである。

彼らは、キリストと言へば、すぐに軽蔑の笑ひに似た苦笑をもらし、なんだ、ヤソか、といふやうな、安堵に似たものを感ずるらしいが、私の苦悩の殆ど全部は、あのイエスといふ人の、「己れを愛するがごとく、汝の隣人を愛せ」といふ難題一つにかかつてゐると言つてもいいのである。

一言で言はう、おまへたちには、苦悩の能力が無いのと同じ程度に、愛する能力に於いても、全く欠如してゐる。おまへたちは、愛撫するかも知れぬが、愛さない。

おまへたちの持つてゐる道徳は、すべておまへたち自身の、或ひはおまへたちの家族の保全、以外に一歩も出ない。

重ねて問ふ。世の中から、追ひ出されてもよし、いのちがけで事を行ふは罪なりや。私は、自分の利益のために書いてゐるのではないのである。信ぜられないだらうな。最後に問ふ。弱さ、苦悩は罪なりや。

これを書き終へたとき、私は偶然に、ある雑誌の座談会の速記録を読んだ。それによると、志賀直哉といふ人が、「二、三日前に太宰君の『犯人』とかいふのを読んだけれども、実につまらないと思つたね。始めからわかつてゐるんだから、しまひを読まなくたつて落ちはわかつてゐるし……」と、おつしやつて、いや、言つてゐることになつてゐるが、（しかし、座談会の速記録、或ひは、インターヴユーは、そのご本人に覚えのないことが多いものである。いい加減なものであるから、それを取り上げるのはどうかと思ふけれども、志賀といふ個人に対してでなく、さういふ言葉に対して、少し言ひ返したいのである）作品の最後の一行に於いて読者に背負ひ投げを食はせるのは、あまりいい味のものでもなからう。所謂「落ち」を、ひた隠しに隠して、にゆつと出る、それを、並々ならぬ才能と見做す先輩はあはれむべき哉《かな》、芸術は試合でないのである。奉仕である。読むものをして傷つけまいとする奉仕である。けれども、傷つけられて喜ぶ変態者も多いやうだからかなはぬ。あの座談会の速記録が志賀直哉といふ人の言葉そのままでないにしても、もしそれに似たやうなことを言つたとしたなら、それはあの老人の自己破産である。いい気なものだね。うぬぼれ鏡といふものが、おまへの家にもあるやうだね。「落ち」を避けて、しかし、その暗示と興奮で書いて来たのはおまへぢやないか。

なほ、その老人に茶坊主の如く阿諛追従して、まつたく左様でゴゼエマス、大衆小説みたいですね、と言つてゐる卑しく痩せた俗物作家、これは論外。

四

或る雑誌の座談会の速記録を読んでゐたら、志賀直哉といふのが、妙に私の悪口を言つてゐたので、さすがにむつとなり、この雑誌の先月号の小論に、附記みたいにして、こちらも大いに口汚なく言ひ返してやつたが、あれだけではまだ自分も言ひ足りないやうな気がしてゐた。いつたい、あれは、何だつてあんなにえばつたものの言ひ方をしてゐるのか。普通の小説といふものが、将棋だとするならば、あいつの書くものなどは、詰将棋である。王手、王手で、さうして詰むにきまつてゐる将棋である。旦那芸の典型である。勝つか負けるかのをののきなどは、微塵もない。さうして、そののつぺら棒がご自慢らしいのだからおそれ入る。

どだい、この作家などは、思索が粗雑だし、教養はなし、ただ乱暴なだけで、さうして己れひとり得意でたまらず、文壇の片隅にゐて、一部の物好きのひとから愛されるくらゐが関の山であるのに、いつの間にやら、ひさしを借りて、図々しくも母屋に乗り込み、何やら巨匠のやうな構へをつくつて来たのだから失笑せざるを得ない。

今月は、この男のことについて、手加減もせずに、暴露してみるつもりである。孤高とか、節操とか、潔癖とか、さういふ讃辞を得てゐる作家には注意しなければならない。それは、殆んど狐狸性を所有してゐるものたちである。潔癖などといふことは、ただ我儘で、頑固で、おまけに、抜け目無くて、まことにいい気なものである。卑怯でも何でもいいから勝ちたいのである。人間を家来にしたいといふ、フアツシヨ的精神とでもいふべきか。

かういふ作家は、いはゆる軍人精神みたいなものに満されてゐるやうである。手加減しないとさつき言つたが、さすがに、この作家の「シンガポール陥落」の全文章をここに掲げるにしのびない。阿呆の文章である。東条でさへ、こんな無神経なことは書くまい。甚だ、奇怪なることを書いてある。もうこの辺から、この作家は、駄目になつてゐるらしい。

言ふことはいくらでもある。

この者は人間の弱さを軽蔑してゐる。自分に金のあるのを誇つてゐる。「小僧の神様」といふ短篇があるやうだが、その貧しき者への残酷さに自身気がついてゐるだらうかどうか。ひとにものを食はせるといふのは、電車でひとに席を譲る以上に、苦痛なものである。何が神様だ。その神経は、まるで新興成金そつくりではないか。またある座談会で（おまへはまた、どうして僕をそんなに気にするのかね。みつともない。）太宰君の「斜陽」なんていふのも読んだけど、閉口したな。なんて言つてゐるやうだが、「閉口したな」などといふ卑屈な言葉遣ひには、こつちのはうであきれた。どうもあれには閉口、まゐつたよ、さういふ言ひ方は、ヒステリックで無学な、さうして意味なく昂ぶつてゐる道楽者の言ふ口調である。ある座談会の速記を読んだら、その頭の悪い作家が、私のことを、もう少し真面目にやつたらよからうといふ気がするね、と言つてゐたが、唖然とした。おまへこそ、もう少しどうにかならぬものか。

さらにその座談会に於いて、貴族の娘が山出しの女中のやうな言葉を使ふ、とあつたけれども、おまへの「うさぎ」には、「お父さまは、うさぎなどお殺せなさいますの？」とかいふ言葉があつた筈で、まことに奇異なる思ひをしたことがある。「お殺せ」いい言葉だねえ。恥づかしくないか。

おまへはいつたい、貴族だと思つてゐるのか。ブルジヨアでさへないぢやないか。おまへの弟に対して、おまへがどんな態度をとつたか、よかれあしかれ、てんで書けないぢやないか。家内中が、流行性感冒にかかつたことなど一大事の如く書いて、それが作家の本道だと信じて疑はないおまへの馬面《うまづら》がみつともない。

強いといふこと、自信のあるといふこと、それは何も作家たるものの重要な条件ではないのだ。

かつて私は、その作家の高等学校時代だかに、桜の幹のそばで、いやに構へてゐる写真を見たことがあるが、何といふ嫌な学生だらうと思つた。芸術家の弱さが、少しもそこになかつた。ただ無神経に、構へてゐるのである。薄化粧したスポーツマン。弱いものいぢめ。エゴイスト。腕力は強さうである。年とつてからの写真を見たら、何のことはない植木屋のおやぢだ。腹掛丼がよく似合ふだらう。

私の「犯人」といふ小説について、「あれは読んだ。あれはひどいな。あれは初めから落ちが判つてるんだ。こちらが知つてることを作者が知らないと思つて、一生懸命書いてゐる。」と言つてゐるが、あれは、落ちもくそもない、初めから判つてゐるのに、それを自分の慧眼だけがそれを見破つてゐるやうに言つてゐるのは、いかにもまうろくに近い。あれは探偵小説ではないのだ。むしろ、おまへの「雨蛙」のはうが幼い「落ち」ぢやないのか。

いつたい何だつてそんなに、自分でえらがつてゐるのか。自分ももう駄目ではないかといふ反省を感じたことがないのか。強がることはやめなさい。人相が悪いぢやないか。

さらにまた、この作家に就いて悪口を言ふけれども、このひとの最近の佳作だかなんだかと言はれてゐる文章の一行を読んで実に不可解であつた。

すなはち、「東京駅の屋根のなくなつた歩廊に立つてゐると、風はなかつたが、冷え冷えとし、着て来た一重外套で丁度よかつた。」馬鹿らしい。冷え冷えとし、だからふるへてゐるのかと思ふと、着て来た一重外套で丁度よかつた、これはどういふことだらう。まるで滅茶苦茶である。いつたいこの作品には、この少年工に対するシンパシーが少しも現はれてゐない。つつぱなして、愛情を感ぜしめようといふ古くからの俗な手法を用ゐてゐるらしいが、それは失敗である。しかも、最後の一行、昭和二十年十月十六日の事である、に到つては噴飯のほかはない。もう、ごまかしが、きかなくなつた。

私はいまもつて滑稽でたまらぬのは、あの「シンガポール陥落」の筆者が、（遠慮はよさうね。おまへは、一億一心は期せずして実現した。今の日本には親英米などといふ思想はあり得ない。吾々の気持は明るく、非常に落ちついて来た。などと言つてゐたね。）戦後には、まことに突如として、内村鑑三先生などといふ名前が飛び出し、ある雑誌のインターヴユーに、自分が今日まで軍国主義にもならず、節操を保ち得たのは、ひとへに、恩師内村鑑三の教訓によるなどと言つてゐるやうで、インターヴユーは、当てにならないものだけれど、話半分としても、そのおつちよこちよいは笑ふに堪へる。

いつたい、この作家は特別に尊敬せられてゐるやうだが、何故、そのやうに尊敬せられてゐるのか、私には全然、理解出来ない。どんな仕事をして来たのだらう。ただ、大きい活字の本をこさへてゐるやうにだけしか思はれない。「万暦赤絵」とかいふものも読んだけれど、阿呆らしいものであつた。いい気なものだと思つた。自分がおならひとつしたことを書いても、それが大きい活字で組まれて、読者はそれを読み、襟を正すといふナンセンスと少しも違はない。作家もどうかしてゐるけれども、読者もどうかしてゐる。

所詮は、ひさしを借りて母屋にあぐらをかいた狐である。何もない。ここに、あの作家の選集でもあると、いちいち指摘出来るのだらうが、へんなもので、いま、女房と二人で本箱の隅から隅まで探しても一冊もなかつた。縁がないのだらうと私は言つた。夜更けてゐたけれども、それから知人の家に行き、何でもいいから志賀直哉のものを貸してくれと言ひ、「早春」と「暗夜行路」と、それから「灰色の月」の掲載誌とを借りることが出来た。

「暗夜行路」

大袈裟な題をつけたものだ。彼は、よくひとの作品を、ハッタリだの何だのと言つてゐるやうだが、自分のハッタリを知るがよい。その作品が、殆んどハッタリである。詰将棋とはそれを言ふのである。いつたい、この作品の何処に暗夜があるのか。ただ、自己肯定のすさまじさだけである。

何処がうまいのだらう。ただ自惚れてゐるだけではないか。風邪をひいたり、中耳炎を起したり、それが暗夜か。実に不可解であつた。まるでこれは、れいの綴方教室、少年文学では無からうか。それがいつのまにやら、ひさしを借りて、母屋に、無学のくせにてれもせず、でんとをさまつてけろりとしてゐる。

しかし私は、こんな志賀直哉などのことを書き、かなりの鬱陶しさを感じてゐる。何故だらうか。彼は所謂よい家庭人であり、程よい財産もあるやうだし、傍に良妻あり、子供は丈夫で父を尊敬してゐるにちがひないし、自身は風景よろしきところに住み、戦災に遭つたといふ話も聞かぬから、手織りのいい紬《つむぎ》なども着てゐるだらう、おまけに自身が肺病とか何とか不吉な病気も持つてゐないだらうし、訪問客はみな上品、先生、先生と言つて、彼の一言隻句にも感服し、なごやかな空気が一杯で、近頃、太宰といふ思ひ上つたやつが、何やら先生に向つて言つてゐるやうですが、あれはきたならしいやつですから、相手になさらぬやうに、(笑声)それなのに、その嫌らしい、(直哉の曰く、僕にはどうもいい点が見つからないね)その四十歳の作家が、誇張でなしに、血を吐きながらでも、本流の小説を書かうと努め、その努力が却つてみなに嫌はれ、三人の虚弱の幼児をかかへ、夫婦は心から笑ひ合つたことがなく、障子の骨も、襖のシンも、破れ果ててゐる五十円の貸家に住み、戦災を二度も受けたおかげで、もともといい着物も着たい男が、短か過ぎるズボンに下駄ばきの姿で、子供の世話で一杯の女房の代りに、おかずの買物に出るのである。さうして、この志賀直哉などに抗議したおかげで、自分のこれまで附き合つてゐた先輩友人たちと、全部気まづくなつてゐるのである。それでも、私は言はなければならない。狸か狐のにせものが、私の労作に対して「閉口」したなどと言つていい気持になつてをさまつてゐるからだ。

いつたい志賀直哉といふひとの作品は、厳《きび》しいとか、何とか言はれてゐるやうだが、それは嘘で、アマイ家庭生活、主人公の柄でもなく甘つたれた我儘、要するに、その安易で、楽しさうな生活が魅力になつてゐるらしい。成金に過ぎないやうだけれども、とにかく、お金があつて、東京に生れて、東京に育ち、(東京に生れて、東京に育つたといふことの、そのプライドは、私たちからみると、まるでナンセンスで滑稽に見えるが、彼らが、田舎者といふ時には、どれだけ深い軽蔑感が含まれてゐるか、おそらくそれは読者諸君の想像以上のものである。)道楽者、いや、少し不良じみて、骨組頑丈、顔が大きく眉が太く、自身で裸になつて角力をとり、その力の強さがまた自慢らしく、何でも勝ちやいいんだとうそぶき、「不快に思つた」の何のとオールマイティーの如く生意気な口をきいてゐると、田舎出の貧乏人は、とにかく一応は度胆をぬかれるであらう、彼がおならをするのと、田舎出の小者のおならをするのとは、全然意味がちがふらしいのである。「人による」と彼は、言つてゐる。頭の悪く、感受性の鈍く、ただ、おれが、おれがで、明け暮れして、さうして一番になりたいだけで、(しかも、それは、ひさしを借りて母屋をとる式の卑劣な方法でもつて）どだい、目的のためには手段を問はないのは、彼ら腕力家の特徴ではあるが、カンシャクみたいなものを起して、おしつこの出たいのを我慢し、中腰になつて、彼は、くしやくしやと原稿を書き飛ばし、さうして、身辺のものに清書させる。それが、彼の文章のスタイルに歴然と現はれてゐる。残忍な作家である。何度でも繰返して言ひたい。彼は、古くさく、乱暴な作家である。古くさい文学観をもつて、彼は、一寸《いっすん》も身動きしようとしない。頑固。彼は、それを美徳だと思つてゐるらしい。それは、狡猾である。あはよくば、と思つてゐるに過ぎない。いろいろ打算もあることだらう。それだから、嫌になるのだ。倒さなければならないと思ふのだ。頑固とかいふ親爺が、ひとりゐると、その家族たちは、みな不幸の溜息をもらしてゐるものだ。気取りを止めよ。私のことを「いやなポーズがあつて、どうもいい点が見つからないね」とか言つてゐたが、それは、おまへの、もはや石膏のギブスみたいに固定してゐる馬鹿なポーズのせゐなのだ。

も少し弱くなれ。文学者ならば弱くなれ。柔軟になれ。おまへの流儀以外のものを、いや、その苦しさを解るやうに努力せよ。どうしても、解らぬならば、だまつてゐろ。むやみに座談会なんかに出て、恥をさらすな。無学のくせに、カンだの何だの頼りにもクソにもならないものだけに、すがつて、十年一日の如く、ひとの陰口をきいて、笑つて、いい気になつてゐるやうなやつらは、私のはうでも「閉口」である。勝つために、実に卑劣な手段を用ゐる。さうして、俗世に於いて、「あれはいいひとだ、潔癖な立派なひとである」などと言はれることに成功してゐる。殆んど、悪人である。

　君たちの得たものは、（所謂文壇生活何年か知らぬが、）世間的信頼だけである。志賀直哉を愛読してゐます、と言へばそれは、おとなしく、よい趣味人の証拠といふことになつてゐるらしいが、恥づかしくないか。その作家の生前に於いて、「良風俗」とマッチする作家とは、どんな種類の作家か知つてゐるだらう。

　君は、代議士にでも出ればよかつた。その厚顔、自己肯定、代議士などにうつてつけである。君は、あの「シンガポール陥落」の駄文（あの駄文をさへ頬かむりして、ごまかさうとしてゐるらしいのだから、おそるべき良心家である。）の中で、木に竹を継いだやうに、頗る唐突に、「謙譲」なんていふ言葉を用ゐてゐたが、それこそ君に一番欠けてゐる徳である。君の恰好の悪い頭に充満してゐるものは、ただ、思ひ上りだけだ。この「文芸」といふ座談会の記事を一読するに、君は若いものたちの前で甚だいい気になり、やに下り、また若いものたちも、妙なことばかり言つて媚びてゐるが、しかし私は若いものの悪口は言はぬつもりだ。私に何か言はれるといふことは、そのひとたちの必死の行路を無益に困惑させるだけのことだといふ事を知つてゐるからだ。「こつちは太宰の年上だからね」といふ君の言葉は、年上だから悪口を言ふ権利があるといふやうな意味に聞きとれるけれども、私の場合、それは逆で、「こつちが年上だからね」若いひとの悪口は遠慮したいのである。なほまた、その座談会の記事の中に、「どうも、評判のいいひとの悪口を言ふことになつて困るんだけど」といふ箇所があつて、何といふ醜く卑しいひとだらうと思つた。このひとは、案外、「評判」といふものに敏感なのではあるまいか。それならば、かうでも言つたはうがいいだらう。「この頃評判がいいさうだから、苦言を呈して、みたいんだけど」少くともこのはうに愛情がある。彼の言葉は、ただ、ひねこびた虚勢だけで、何の愛情もない。見たまへ、自分で自分の「邦子」やら「子を盗む話」やらを、少しも照れずに自慢し、その長所、美点を講釈してゐる。そのまうろくぶりには、噴き出すほかはない。作家も、かうなつては、もうダメである。

「こしらへ物」「こしらへ物」とさかんに言つてゐるやうだが、それこそ二十年一日の如く、カビの生えてゐる文学論である。こしらへ物のはうが、日常生活の日記みたいな小説よりも、どれくらゐ骨が折れるものか、さうしてその割に所謂批評家たちの気にいられぬといふことは、君も「クローデイアスの日記」などで思ひ知つてゐる筈だ。さうして、骨をしみの横着もので、つまり、自身の日常生活に自惚れてゐるやつだけが、例の日記みたいなものを書くのである。それでは読者にすまぬと、所謂、虚構を案出する、そこにこそ作家の真の苦しみといふものがあるのではなからうか。所詮、君たちは、なまけもので、さうして狡猾にごまかしてゐるだけなのである。だから、生命がけでものを書く作家の悪口を言ひ、それこそ、首くくりの足を引くやうなことをやらかすのである。いつでもさうであるが、私を無意味に苦しめてゐるのは、君たちだけなのである。

君について、うんざりしてゐることは、もう一つある。それは芥川の苦悩がまるで解つてゐないことである。

日蔭者の苦悶。

弱さ。

聖書。

生活の恐怖。

敗者の祈り。

君たちには何も解らず、それの解らぬ自分を、自慢にさへしてゐるやうだ。そんな芸術家があるだらうか。知つてゐるものは世知だけで、思想もなにもチンプンカンプン。開いた口がふさがらぬとはこのことである。ただ、ひとの物腰だけで、ひとを判断しようとしてゐる。下品とはそのことである。君の文学には、どだい、何の伝統もない。チエホフ? 冗談はやめてくれ。何にも読んでやしないぢやないか。本を読まないといふことは、そのひとが孤独でないといふ証拠である。隠者の装ひをしてゐながら、周囲がつねに賑やかでなかつたならば、さいはひである。その文学が、伝統を打ち破つたとも思はれず、つまり、子供の読物を、いい年をして大えばりで書いて、調子に乗つて来たひとのやうにさへ思はれる。しかし、アンデルセンの「あひるの子」ほどの「天才の作品」も、一つもないやうだ。さうして、ただ、えばるのである。腕力の強いガキ大将、お山の大将、乃木将軍。

貴族がどうのかうのと言つてゐたが、（貴族といふと、いやにみなイキリ立つのが不可解）或る新聞の座談会で、宮さまが、「斜陽を愛読してゐる、身につまされるから」とおつしやつてゐた。それで、いいぢやないか。おまへたち成金の奴《やつこ》の知るところでない。ヤキモチ。いいとしをして、恥づかしいね。太宰などお殺せなさいますの？売り言葉に買ひ言葉、いくらでも書くつもり。

檀　一雄

美しき魂の告白

幼時の思い出といえば、多田は先ず庭の此処彼処に聳えていた楡《にれ》を思いだす。思いだすたびにそれが四季の変化にそうてまざまざ眼にうつるのである。不図《ふと》見上げると、木立は不思議なしずもりをもってたっていた。颪に揺れて幹が空いっぱいきしっていたこともある。嵐の翌る朝、祖母にいいつけられて畠の唐辛子を摘みにいった。荒れた庭の真中であの唐辛子を摘んだ鮮明な朱さを今も忘れない。それに庭隅の欅《けやき》の根に咲いていた絹のような黄薔薇。ほんの造り物のような花弁で、それを裂きたいという一心な感動を殺すことに、ひやりとしたよろこびがあった。それほど多田の思い出には純粋な風物の記憶のみがまっ先にくる。あの黄薔薇はおそらくたれも知らなかったにちがいない。ただ一人の秘密な愉悦を味わっていたので、あれを見るたび、それが自分の生命のようにわくわくしていた。多田の生活にくい入っていた人間がたれもいなかったからだ。

そのように祖母の愛情は寛大であった。多田の母を娘にもった祖母は、いつの頃か謙遜な愛情に忍んだのであろう。従って祖母が、多田にじかの交渉をもった出来事というのを思いおこせない。強いて思い浮べるなら祖母の眼にとびだしたほくろのことぐらいである。

一度祖母は多田の脇で鏡を見ているうち、「和久さんや。このほくろは泣ほくろいうて大変いかんものじゃそうな。易者はひどうきろうて、とれいうとった」あの言葉だけは、思いだすたび多田の心をしめつけるように祖母のしんけんな眼がちらついてくる。あの頃から祖母の髪の毛は抜けて抜けてとまらなかった。そばで見ている多田は子供なりに自然と涙ぐんでしまった。それは老いたという感銘からは遠いものであった。むしろその毛髪の抜け方のあまりなすなおさが何となく多田の眼を射たのである。事実また祖母は四十をわずかにこしていたにすぎなかった。

祖母は毎夜仏間の燈明をあげていた。非常に静かな誦経で、多田もあかりに視入っているうち祖母のねがいをかなわせたいものだと思った。併し祖母の誦経の中にはもうねがいなぞなかったかもしれぬ。というのはどんな時にも祖母は中座ができたし、それほど平常の起居と異ならなかった。今でも覚えているのは仏間に置かれていた和蘭陀《オランダ》渡来の燭台である。漆黒の笠のそり加減が異風な寂しさを湛えていて祖母は毎夕入念な手入れを怠らなかった。蠟燭が短くなるにつれて、支えが自然にうきでてゆく――いつ浮くか、いつ動くかと見すましているうち、思わずまばたきした瞬間にのぼっていいた。祖母はそんなときふりかえって多田のけげんな顔を笑いにまぎらわせてくれた。すると多田は祖母にその仕掛を訊きただす勇気を失うのであった。ただその燭台には祖母のかすかな追憶がつながっている。それはたれも識る必要のないものだ。それだけに祖母の幻想はそのなかにいきいきとはびこって、祖母の夢をささえている。多田はまばゆい羨望を感じていた。それと同時にお互の静謐をみだすことが人間の一番おそろしい不幸であることをも自然と覚えこんだのである。

母屋からは南天と躑躅《つつじ》の植え込みを伝うた広い廻廊を亘って四畳半、三畳の離れがあった。峻の病室である。肺を病んでいたので峻自身滅多に多田を寄せつけなかった。それでも祖母はしげしげ峻の部屋に出入して、多田が庭で遊んでいるときなぞ、かんなを透して祖母と峻の華やかな笑い声が洩れていた。多田は峻が好きであった。殊に峻は祖父と女中の間に生れた子であることを後に知って多田は峻のことを思いだすたび不思議な愛着をおぼえるのである。峻も多田を愛していたにちがいないし、それに良い叔父であった。

多田は一度峻が口や鼻一面を真黄色に染めているのに愕ろいたことがある。布団やシーツの上に花びらが散乱して、峻は花粉を浴びているのであった。多田が眼を瞠っていると峻は細い息の下で、「和久は花が好きかい」といった。其の夜は峻の病勢がぶりかえして注射の了えるたびに医師は祖母の前で眼をそばめた。峻が恢復したのはたれの眼にもむしろ不思議なくらいである。相変らず多田を自分の部屋によせつけなかったが、散歩には連れて出た。多田が一番鮮やかに覚えているのははやを掬いに行った一日である。それはまた最もおそろしい出来事の起る前兆のように澄みきった楽しい秋の日であった。いやいや多田の生涯をくつがえした出来事をのべる前に、できるだけ美しく四五日の静かな日日を思いかえさねばいけない。

茶の間と母屋の縁に沿うて南庭が四五間の幅でめぐっていた。庭の端は低い棗《なつめ》などの植え込みがあり、其処から落ちこんで一二間の高さに築かれた石垣の下を渓流がはしっていた。むしろ祖父の珍重した東屋風の湯殿はこの石垣の真上に建てられていて、硝子戸の細窓をあけてのぞくと、枯葉を分けて湧きでている流れの合間合間に白い石が光り、よく鶺鴒《せきれい》が何処からともなくわたっていた。むかえ側は荒れた竹藪で、孟宗の下には熊笹が生い茂り、枳殻《からたち》の枯枝をゆわえた籬には吹き寄せられた笹葉や杉の枝がひっかかって、その隙間を野良犬が往き来していた。

昔は狐がいたのであろう――多田はこの破れ籬を見る毎にこんな感銘にうたれもし、一度は祖母の前で口にした。そのとき祖母の眼の中には明らかに荒々しい追憶がよみがえって、「そうそう和久さんや、あの椋《むく》の木の根に狐がこんな顔をしてたっとったことがある、ひいおじい様が弓で射殺しなされた。矢がささった儘、膚が光って血も出なんだ。こわかった。こわかった。ばあが祟りがあるいうて――」祖母は不意とおそろしい実感で口をつぐんでしまい、多田はその顔の美しさにはっきり祖母の若さを知ったことがある。指さされた椋の大木を仰いで、黝《くろず》んだ幹のきめの不気味さにみいっているうち、根元に立っている猫にぎょっとした。

祖母はまたよく南縁で押絵《おきあげ》を作っていた。心書で弁天の眉をひいているうち突然何かが祖母をいらだたせるらしく、折角出来上りの押絵をくしゃくしゃにもみ捨てることがあって、多田は祖母の泣ほくろを見上げながらいいようのないおそろしさを味わうのだった。陽当りの良い日には折折は峻も南縁にでて古びた釣竿ではやを釣るのである。蚊針で、それは多田の眼をかすめるように素速く瀬多川の早瀬に投げおろされた。みるまに水面からは細い魚がおどり出る。多田はそれを大変おっくうに眺めるのであった。それだけにつりあがった白いはやの感動は鮮明である。多田のこういう眼は無意識のうちに、静粛な規律をもって育くまれた。

頰の染んだときは峻の興奮した日である。そんな日は峻は廻廊をあらあらしく亘ってきて、縁から竹藪をめがけて拳銃を放っていた。祖母はきまったようにふるえる手で多田の帯を締めなおすのだった。寒い風が多田の膚いちめんを吹きとおし、多田は引緊る気持の中で、裾をひく祖母の手によろめいた。

竹藪のはずれには一本の巨大な藤があって瀬多川の磧《かわら》におおいかぶさっていた。水は陽蔭の洩る斑の中をかぼそく流れている。風が吹き上り吹き下ろす度に鉈豆のような実が揺れつづけた。或日藤の頂きに鷹がきていた。其の日も川下ろしが吹きとおして、うすぐもりの空を見上げると鷹はキリリとたっている。多田はそれを台所の押戸から眺めていた。いつのまにか峻が来て猟銃で覗《ねら》っている。黒装《くろづくり》の細身の銃身でそれは多田の眼に異様に冴えた。祖母は長火鉢の側で黙っている。はげしい発砲の音に多田は眼をつむった。見開くと相変らず鷹は立っている。多田の気がゆるんだと同時に鷹の身ごなしが崩れた。藤枝を洩れて磧の上にどうと落ちた。それからはげしく小砂利の間を狂いまわった。それは多田の凝固した視神経の上に、針で傷をきざむほどなまなましい空間の移動であった。三人ともじっと見つめていた。その緊張の中で鷹は片羽をひらいたとみるまに、ほとりと倒れてしまった。多田はそのときこの吐息は祖母にも峻にも気づかれてはいけないぞと思った。黙ったまま峻は殆どうごかない表情で部屋に帰っていった。祖母は峻を見送ると同時に気がゆるんだようで、ちらと河原を流眄《ながし》みてまた針仕事を始めた。たれも鷹を取りに行こうとはしなかった。多田にはそれが少しも不思議には思えなかった。そうしてその後その日の鷹の話が話されたことはない。
一度多田は祖母のいいつけで峻を茶に呼びにいった。暗い夜のことである。多田は離れの鴨居のところで動けなくなり、不思議な戦慄に、固唾をのむ両脇からは汗がにじんだ。電燈の下で眼を光らせたまま峻が立すくんでいる。細い竹の先に縫針をとめ、一心に障子を見つめていた。張りたての障子には時折家守が匍ってきて、峻は眼を輝かせたとみるうち竹の針先でプスリと刺す。其の度鮮かな血が障子を走り、にぶい陰が地に墜ちる。眼が据わって不気味な法悦が峻の全身をゆすっているらしく、多田はその間殆ど動かなかった。多田は峻を呼ぶ勇気を失って、足音をしのばせながら其の儘母屋にひきかえした。

多田が一番気が許せたのは独逸《ドイツ》の捕虜の娘である。峻や祖母はよく名を呼んでいたが、たしかぽーらといった。多田と同年輩の七八歳であったろう。多田のいた村はずれには師団があって、独兵の捕虜がいかめしい塀の中にかくされていた。人間を遮断する塀の高さを今でも思いだす。多田はぽーらとこの塀の側まで来ては、にぎやかな異国の会話の外にたちつくすのであった。折々塀を越えてフットボールの大きい皮球がはずみだし、多田とぽーらは其の度葱畠の中からそれを拾って塀の中に抛りこんだ。勿論多田にはぽーらの言葉がわからなかったし、ぽーらにも日本語が通じなかった。

そうして、いつのまにか二人の毎日の遊戯は繰りかえし繰りかえし同じことにきまっていた。

二人は湯殿のわきから瀬多川におりて石を探すのである。水の中に白いかげがちらちら透き、二人は裾をまくってはその石をおこしにいった。純白な石英を探しあてると、きまって北岸の斜面で乾かした。乾くまが待ちきれず、多田はぽーらの透徹る膚一面をかきむしりたい焦燥だった。ぽーらのスカートに石をくるんで二人は一散に坂をかけのぼった。はぜと小笹の原を抜けると丘があった。野薔薇をかきわけた丘のスロープの洞穴はたれも知らない。二人はあの暗い穽に走りこんだ。おどる胸をおさえて石英を擦る。火花が多田とぽーらの頬を刺した。ひやっこい感触と石の擦れ合う音、華麗な火花。やけるような歓喜だった。きなくさいにおいに酔いながら、闇の中で多田はよりそうぽーらの体温を感じた。火花はぽーらの網膜に輝いたと見える瞬間に消えていた。多田はぽーらの体中をいじりまわった。ぽーらの不思議な叫声。――異国のあやしい叫びは多田の鼓膜をきしって、其の度多田はぽーらを抱きしめた。ぽーらが仰向けにころぶと、多田はその上におどりこみ、はずむ息の中にぽーらは多田の手に嚙みついた。熱い体温が、波のようにお互の膚をゆきかよって、二人はもう狂うようであった。

多田の家の庭は没落しかけた家産と引較べて不相応なほど広々としていた。暗緑のこだかい木立が亭亭と聳え、毛氈を敷きつめたようななめらかな苔一面の木蔭を抜けるとパッと目覚めるばかりの花苑がつづいている。花苑は経営すべて他人の手に移っていた。それだけに荒れた庭の一角に此処だけ手入が行届いて四時美しい花花が咲き乱れていた。ぽーらは真先にこの花の中におどりこむと、陽足が花一杯にむれて、いつのまにか乳色の皮膚が花花の中にとけこんでゆくようであった。多田はくらんでくる眼をおさえて異国の少女の身体の不可思議にうっとり見とれてしまうのである。こうしてぽーらは多田を毎日のように誘いに来た。多田はぽーらの姿を見ると、祖母や峻が叱る気遣いのないことを知りながら、いつも無断で二人の眼をかくれるように駆けだすのであった。

惜むように多田は静かな日日を追想する。追憶は寂しさをたたえきった透明な球面となって多田の脳裡をくるりくるりと廻転する。何時やってきたか、何時どうして消え去ったか――初めと終りの限界は不分明で、そのなかを走ってゆくぽーらの姿だけが夢のようにいきいきと多田の胸によみがえる。不思議な幻だ。そうしてその静粛な毎日が殆ど確然とした足並をとってあのおそろしい一日に歩みよった。多田はふるえてくる自分の息に不気味な生涯の予感を感じるのである。さあ、私達も多田と一緒に眼をつむることにしよう。そうして多田の幼年期を最後の美しい夢でとじようではないか。

木立の葉一面さらさら雨が鳴らしたことを多田ははっきりと思いだす。峻と瀬多川を溯上った前日であったか。前前日であったか。

多田はあれほども澄んだ秋の日についぞめぐりあわせたことがない。多田とぽーらは水に入るのをためらった。そうしてまた清冽な水の冷たさが膝から腰をしみのぼってゆく心地よさに今度は歯の根をふるわせた。多田は帯に魚籠を吊りぽーらの手をひいては峻の後を追った。俘虜の家族の邸宅は多田の家から一丁程瀬多川を上ったところにあって、緑の屋根の下からぽーらの母がハンケチを振った。頬がほてって多田は黙ったままぴちゃぴちゃ川をわたっていった。

此処から瀬多川は急に森の中に入り、粘土の窪や水の淀んだ淵があった。透徹った底を虹のように美麗な魚がおよいでいる。すると峻は不意と水の中におどりこんで、魚がはしったと思う瞬間に手網をあげる。水滴を含んだ光る網の目に魚がキラキラはねるのだった。ぽーらが籠にうつそうとするたび多田はそれを奪い取ってしっかりと手で押え、その感触の美しさにほっと吐息をついた。

よどんだ淵がつきると、急に白い水のたぎる滝があった。翠緑をはらんだ樹樹は川一杯に覆いかぶさり水にひたっている。多田は峻の折ったねむの葉を籠に折りこみながら、ぽーらと籠の底に光る魚を覗くのだった。その辺りから一二寸の浅い瀬がつづいている。はやのはしる細い線がちらつき、歩くたび多田は足の裏に魚をふまえたと思った。いそいでゆく峻の後姿を多田は淋しく眺めて、また逃してしまうのだとかすめるような儚《はか》なさに襲われるのだった。足をすべっていった小魚達へのあきらめは今でも多田の吐息のなかに残っている。

瀬がつきると瀬多川は緩かに反って、白と黄のだんだら縞になった絶壁にきかかる。この禿山の下は粘土の裾が瀬多川に入りこみ、川床が白く水の中に光っていた。その上を鮎のかげが鞭のように点点とはしっている。光の翳るたびに黒いかげが波紋の中にぼけて、峻は不意と空を見上げた。雲が流れている。空いちめんがいつのまにかあつぼったい湿気を帯びて垂れこめてくる。峻は多田とぽーらを呼んで川を下り始めた。サッと雨がかすめてくる。多田は今に大雨になるぞと思った。しのつく雨の中で、腰の籠の魚どもがおどり上って空の中をおよぎ始めるにちがいない。

いかずちの音が聞えだした。秋の空の中を遠くではあるが鋭くせまってくる気配である。はげしい霧が谷一面を流れてきた。流れるけむりの中を縫って三人は教会のなかに走りこんだ。独逸人の住宅はずれにある小さい会堂である。祭礼の都度つどいよることになっていて平常はたれも住んでいなかった。切込のある狭い窓のところに多田とぽーらはよりそった。峻は一人眼を光らせたまま暗い会堂の入口に立竦んでいる。硝子をとおして木立が蛇のようにくねっていた。はげしい雷鳴がつづいた。雨にけぶる土の上からは数条の火柱が立った。螺旋のような光の縞が虚空をキリキリ舞うた。落雷——

見れば一丁も離れないポプラの梢が裂けている。青い煙の立上るのが見えた。三人の感銘はお互の孤独のなかで厳粛に守られた。みんな各己《めいめい》の寂寥にひたりながら申し合わせたように会堂を出た。樹樹はしっとり露を帯びて、多田の眼にははっきりと光って流れるものがあった。多田は涙ではないと思った。それほど、白けたまま底冷えのする美しさであった。黝んだ木立の中を黙って歩いた。触手のように垂れ下った藍青の葉葉。その葉葉を洩れて、露は頬や襟首の中をヒヤヒヤ伝っていた。このときほど外界の自然が、ひたすら感性を通して、冷酷に壮麗に眺められたことはない。

祖母は静かな心遣いで三人をいたわった。濡れた衣裳のまま多田はぽんぷで足を洗っている峻の後姿を刻明に眺めていた。みるまに峻はぽんぷの台と柄に手を挟んだ。小指からは血が流れていた。歯を喰い絞る峻の眼にはおそろしい焦躁がはしった。見ていたのは多田一人である。多田はそっと眼をそらした。すると祖母は白い魚の鱗を一心に剝がしている。とぎれるように微塵な光が多田の眼を射てとまらなかった。多田はそのときこれは祖母を失うのだぞというおそろしい気持がした。そうして峻をふりかえったときに祖母を奪うのは峻にちがいないと思った。それほど峻の顔にはあらわな欲望がうかがわれたのだ。

多田は不思議なくらいあの一日を思いかえすことが出来る。――其の夜多田の眼は充分ねぼけていた筈であるが、精神は猫にひきかかれた傷痕のように不自然に冴えていた。就寝前の規則で多田は清潔な歯にブラシをあてた。自分の歯並が自分の眼にちらつくほど水は歯ぐきにしみとおった。

それぞれの予感がどんなに些末なものであっても、ゆるやかな波紋をたたえてやがて多田の宿命を否応なしにゆすってくる。多田はふりかえる度に自分の役割が如何に卑小であるか、たかだか道化た座興でしかないかということを識るのである。従って心が波のようにゆすられているときに、多田は却ってすべてを如何にも物静かに行うのである。すくなくとも思い出の中ではそうであった。

多田は口を嗽《すす》ぎおわったときに何となく物足りなかった。というより自分の網膜が白くかすんでおりながら、魂だけが不自然にはずんでくるときの寝苦しさをしっているのだ。祖母は仏間にいるらしかった。多田はしばらく息をひそめて竈《かまど》の前に坐っていた。何の為に息をころしたのかわからない。おそらく、不思議な美しさにひたりかけていたので、それを知られるときの不幸をおそれたからであろう。

竈の奥にはまだ一本燃えさしの薪が光っていた。台所全体がぼんやりと暗い。多田は勝手口の扉が一尺ちかくひらいているのを見た。――そこには闇がのぞいている。

「光を闇にうつさねばならぬ」それは言葉となってしばらく多田の耳に響いていた。多田はその耳鳴りにあわせて、「光を闇にうつさねばならぬ」と繰りかえした。それがいつのまにか口の中ではっきりとした音響に昂まった。するともう今度はたちどころに行動にうつさねばならぬという厳粛な命令が轟くのだ。多田の魂の中を妖気がかすめた。突然、多田は燃えさしの薪をつかむと、洪水のようにおどる胸を支えて走りだした。外は暗い夜である。その闇の中に一点の光が咲いた。それは見ているうちにいつしらずせまってきて自分の眼にくいさがる。多田は闇のなかに縦横に廻し始めた。細い光の渦がくるりくるりと廻転する。廻転するたびに虚空の彼方にぼけ去るかと思うと眉近くしのびよった。廻転の度につれ多田の精神の中には不思議な歓喜が高潮していった。「これは地雷の口火だ。この口火に触れると何もかも木端微塵に爆破するぞ」庭隅にたちふさがっている欅の大木が、多田の眼の中で轟然と音を発してくだけとんだ。「光っているのはたった一本の薪の燃えさしだ。だがこれは爆薬の口火だぞ」多田はもう消えかかった薪を剣のように右手にかざして庭一杯を狂いまわった。

やがて多田の心の中にしっとりと夜寒がしのびこんできた。燃えさしを庭の真中に投げ捨てて、追われるように逃げながら「数分のうちに大地が撥ねかえるのだ」と裏木戸から家にしのびこんだ。布団の上に身を横たえるとまだ胸だけはたかく弾んでいる。多田の眼にはいつまでも庭土が燦爛と炸裂しつづけるのだ。それがいつのまにか夢に変っていた。長い夢であった。単調な光のリズムがきらきら旋回をつづけ、追いすがれば追いすがるほど夢はそれなりに不思議な現実をつくって多田の疲れきった魂をひきはずしてゆく。多田はぎょっと眼を見開いた。時間が多田の心の中にたちとどまっている。寝汗が背筋いっぱいを流れた。夜はただシンと音を発して襲いかかり、空間は異様な人間の形相をとってうなりをたててせまってくる。多田の精神は鈍くかすみ、ただ空間だけが凄味を帯びて冴えかえった。

其の夜の出来事を当時多田は殆ど理解しなかった。また出来た筈がない。ただ現象の背後に押寄せていた時間と空間の不可思議な断層が多田の幼い脳髄をきしったのだ。今でもそうなのだが、多田には時間が停止するように感ぜられることがある。言いかえてみれば、今迄流れていた時間の奥行が不意とたちとどこおって、そこにはただだだっぴろい空間のひろがりが漠漠と迫ってくるのである。勿論この夜の出来事の予感というのも、それなり多田の追憶のなかでゆがめられてしまっているかもしれない。併し空時のあのようなおそろしい断層に直面したときには、ふりかえればふりかえるほど一々の瑣細な契機が殆ど予感の形式をそなえて否応なしに最後の破局にまで導いてくるものだ。

多田はじっと動かなかった、何物にも関与しないのだという誓のために。併し布団をかぶって身動きもしない多田を、いつのまにか得体のしれぬ約束がひたひたとゆすってくる。多田は耳鳴りを防ごうと思った。「そうだ、動けば良いのだな」多田は立上った。時間が気流のようにしぶきをあげて流れはじめ、よろめく手足をかすめて奔騰した。多田はくらんでくる眼をおさえて部屋部屋を覗き廻ろうと考えた。何時頃であったろうか。母屋に祖母はいない。「仏間かな？」多田の足の裏をとりにがした小魚達の虹がしつっこくずりぬけていった。眼にしむほど冷たい青畳である。多田は歩くことの心細さをこのときほど感じたことはなかった。仏間の灯は消えていた。そこから欅の廻廊を多田は羽虫のように微かにわたっていった。すべては夢のようである。夢。迫真とは何と夢に似ていることか。諸君は放電を見たことがあろう。暗室の放電はきなくさい恍漾をたたえて夢の本体に酷似してくる。多田は疑るのである。「廻廊には蜘蛛の巣のように青白色の放電が飛び交ってはいはしなかったか」おそろしい追憶だ。多田の眼にはあの廻廊を数年もの長い時間歩きつづけている幻がうかんでくる。

何のために離れに行ったのか、それはわからない。夢遊病者のようにただ約束の掟に引曳られて歩いたままでだ。眼の前には障子がほんのりとかすんでくる。それをあけることはきまりきった多田の宿命であった。その手をふるえさせていたものは眼に見えぬ因縁の司であったろう。多田は殆ど無意識の厳かさではげしく障子をひらいた。明暗は多田の眼にはっきりと冴えて、祖母は峻を抱擁していた。祖母の仄白い内股が素速くかすめ去った。それは殆ど内容の空虚を示すばかりの清潔な風物であった。多田はそれが何であったかを理解しない。ただ少くとも多田の毎日を掠めていたあの光のような予感の導いた最後のものであることだけを知った。凡ゆる因縁の糸はこの一点にひきしぼられてしまったのだ。

　布団の華美な綾模様が多田の眼に烙《や》きついて離れなかった。廻廊を走る自分の跫音はたかだかと追いまとい、それはまたいつのまにか庭一杯の闇となって、その不気味な空間の幅が多田の背後から襲いつづけた。多田は走りながら、自分の足の拇指が今日の小川で傷きはしなかったかという錯覚につかれ始めた。みるまにその錯乱はおそろしい洪水となって、血潮は透徹った水の中に洗われて止まらない。多田は繃帯がゆるんだなと思った。いやもう解けて足裏から土の中に血がにじみはじめているかもしれぬ。多田は蜜柑の植えこみをくぐりぬけ、欅の老樹の側で立止った。黄薔薇の膚が闇の中ではっきり眼にうつるのだ。怪しい幻覚がつづいた。

すべては織りつづられた光の糸となって、多田の心のひだをかすめてゆく。思い出。多田の思い出には凡ゆる現実が火花の様な夢の断続に支えられてうかび上ってくる。約束にゆがめられていつのまにか現実がとる様相は、思い出の中で濾過され、青白のにぶい光を放って夢の香を帯びている。

風は何処にもなかった。何という不思議なことだ。多田は漆黒の葉葉を洩れて風が槍のように射し殺してくれればいいと願った。多田の足裏を苔のしめりがのぼってゆく。多田は最早何処の戸もあけられるものではないと思った。最早どんな処にでも寝むれるものではない——とびたつ鶏の声が耳について離れないのだ。「この世の終りだな」その天変地異の中に多田は自分の静かな息を聞いた。多田は厳かなものを信じた。これはゆらぐものではないと思った。

其の夜をどうして過ごしたか多田の追憶には殆ど無い。ただ夜空に慄えていた欅の葉の不気味さだけが今でも眼の前に浮んでくる。


その後の顚末はどんなにはげしい面貌をとろうと少くとも多田の精神の中では静粛をきわめている。殆ど白けきった水晶体に、それはただざびれた風物に過ぎなかった。鶏小舎の婆がけげんな顔で多田を邸に連れ戻した。多田は終始黙っていた。勝手口からはいっていった婆を多田は外の石タタキで待っていた。踵《くびす》にしみた朝の冷たさを思いおこす。何という白白しい朝だ。婆はふるえながらころげ出た。口のきけぬ婆を多田はただ冷酷に眺めていた。南廊一杯の繰戸を婆と虎造が狂気のように叩きあけていたのを覚えている。いつのまにか警官も混っていた。

祖母はもうひきずりおろされていた。縁の上で蒼白な頬が水のようにキラリと光り、南廊に立ったまま多田はそれをシンと見守った。垂木からは麻縄がたち切られたまま二条下っている。鋭利な刃物で切られたのであろう。それは清潔な高低の二条の緒口であった。祖母はあの麻縄を、よく茶をあぶるほいろの吊りに用っていた。湯気の立つ一番茶をほいろに移して、四本の縄でたんねんにゆすっていた。火気にあおられながら多田もほいろの茶をもんだことがある。

多田は祖母の死に顔に近よらなかった。眉毛がいつもより濃く引緊っていて静かな顔の真中にほくろだけがぽっつりと墨を落したようであった。石の上に反転する瀬多の水をちらちらぬすみみて、多田は思い出の糸を執拗に手繰った。水は白い波をはがしはがし流れている――。

一度、夢を見たことがある。何となく不分明な夢で、多田は夢を見つづけながらそれにはっきりとした形をとらせようとあせっていた。いわば気泡のようなものが空気の中を間断なくちらちらかすめとぶ。シャボン玉に似た白い恰好で、その錯綜がしばらくつづいていた。すると不意にすべてがくらくら溶暗の中にとけて、はっきりと祖母の顔が浮かびだす。くしゃくしゃな顔の中でむせび泣いている姿だ。「お婆様」多田は我しらず声をあげた。祖母は笑ってみせた。眼を覆っていた両手をおろすと笑顔は水を浴びたように涙にぬれている。みるまに祖母の泣ほくろが涙にとけはじめた。とけてゆくほくろをなでながら、祖母は烏賊《いか》墨をかけられたように、涙でよごれた顔の中でまじまじと笑う。多田はその笑顔を、ひきとめておかねばならぬと思った。

夢は丁度そこからとぎれて、多田の思い出にかえらなかった。空の中には羽虫がとんでいるな。眼に見える膠質の空気の中で、それは一点に凝固している。祖母の足裏をみつめながら多田は死んだ祖母の衣裳を一つ一つはがしてゆく思いにかられていた。くらむように白い素膚であろう。多田は行方の知れぬ視線の中にはっきりと空気の密度を感じた。そのゆらめきの中に祖母の死骸が横たわっている。それは水のようにありありと多田の膚近くしのびよってくるのだ。多田は峻が拳銃を放ったときの弾道を思いおこした。白い尾を曳く弾道は、みるまに空気の波に補塡される。多田は空気を泳いでいる人人の姿を淋しく眺めていた。時時不思議な会話がよろめきだす。多田はその可笑しさを蔽うている空間の億万年の不気味さを思った。何というとりとめなさだ、又何という白け方だ。多田は其処のなかで繰りかえされている言葉がどうして自分の鼓膜に迄響いてくるのかということがけげんで堪らなかった。噂は、それぞれのなまった口許で囁やかれていた。多田は物語というものがどんなに行先先でにごってゆくか、——そのおそろしさにただいのりたい気持だった。たれも多田に同じことを訊きただすのであった。それを聞けば総てが明瞭になるとでもいうように。この人達は凡そわからないものはないと思っているのかしら。そうだ、もうたしかに何もかもわかっているのだ。この幸福な顔を見るがいい。ただ安心が得たいものにちがいない。

多田はその安心がたった自分の一言にかかっているのだと思った。

多田はたれにも一言も語らなかった。なだめたりすかしたりする女がいた。然しみんなあきらめたのであろう。検視の言葉を逃すまいと一心に耳をかしげていた。「まだほんの数分しか経っておりませぬ。ただ頸骨が折れたので――」多田はあの言葉の遠さを思いおこす。それは又何という堅い響であったろう。多田はこのしずまりかえった影絵のなかに縦横に餇い廻っている不気味な糸をみた。眼を閉じれば峻の姿が浮んでくる。その糸はひっそりと峻のまわりにひきしぼられている。そうだ。峻がいない。多田は何故たれ一人峻の不在を気にしないのかと思った。口を衝いてくる言葉を嚙みころして、多田は亭亭と聳ゆる椋の梢をあおいでいた。

峻は瀬多川を上った丘の頂きで絶命していた。薬を嚥んだのであろう、足指が丁度蹴合をする軍鶏《しゃも》の爪のように鋭く土を嚙んでいる。多田は運びこまれた峻を見たときに、あの白と黄のだんだら縞になった粘土の禿山にちがいないと思った。そう考えてゆくうちにもう多田の眼にはあの絶壁から見下ろした瀬多の淵や――粘土の裾がほんのりとにじみこんだその川床、果は緩やかにうねっている河原の石つぶてが白白と冴えてくるのだ。

多田は池田のおばにひきとられた。おばは小さい金縁の眼鏡のなかにカッキリとした功利をかくしている。それは却って多田を幸福にした。自分の世界を犯されずにすんだからだ。殆ど了解に苦しむくらい、多田の家とは遠い血縁であった。おばを見るごとにそれはもうはっきりと多田に感ぜられるのだ。「つまり信心が足らんのじゃよ――」おばは祖母の死をこんなふうにあしらって、細巻の煙草をすぱりと吸う。多田はそんなときおばの細い鼻筋をしんからみつめるのであった。家にいる間はおばは殆ど顔をあわせず、客に出るときだけきまって多田を連れだして、話がほぐれだすと、「これは死にましたトヨの孫でございます」とひきあわせるのである。多田は白髪染めしたおばの白い額が狡猾にうごめくのを見た。

庭の立木は正しくかりこまれ、木蔭を細長い庭池がめぐっていた。池の端には何となく白白と咲くぼけがあってその側から石畳を敷いた清い水路がそそぎこむ。花弁はぼそぼそ音をたてては散って青竹を組んだ堰の手前に浮いていた。それはもう静かであった。水底に敷きつめた御影石がちらちら透き、そんなときに多田はじっと身をくるむように坐りこむ。すると多田には不意とはげしい感動が湧いてくる、組まれた青竹の一竿を能う限り手を差しのばして引抜くのだ。水が揺れて、竹の屈折がとれる。ぼけの花片がしばらく渦を巻いた。――と思ううちに池の中に流れ入る。多田は胸をなでおろしたように溜息のまじった喜びを味わった。多田は辺りを見廻した。柴垣の後ろにおばが立っている。多田が見かえった瞬間におばの口許がにやりとくずれた。おばは向うをむくと其の儘すたすた歩いていった。その後ろ姿を眺めながら多田は滅入るようによろめくのだった。

おばは何処に連れてゆくときにも、多田には一言の前触れもないのが普通であった。黒繻子のコートを引懸け多田の前をトットと歩く。

一度筑磨川のへりに行ったことがある。おばは亭に似た料亭に腰をおろした。松柏のたたずまいの正しい庭があって、そこから筑磨川の鮎やなが白白と眺められた。おばは器用な手付で独酌するのである。「和久はわしの養子にならんかな」おばは鮎の塩焼を箸で摘みながらそんなことを云った。そうしてちらちら多田をぬすみ見て柏手を打った。出て来たのは易者であった。白足袋に黒い頭巾をかぶっている。易者は多田の細い手にレンズをあてがって、慄えている身体をじろりと見た。「よいお子じゃ。政治家か軍人。出世しますぞ」多田の両頰が朱く染んだ。宿命にまでのしかかってくる人間への生理的不快のなかで多田は身が遠のくような気持だった。おばは易者と差向いで盃を交わした。何となくおばの口もすべり、多田はそっと席をはずして風のあたる長い渡橋をやなの側まで駆けて行った。白い波が青竹の上に激発して折々鮎がおどり上っていた。

其の夜からおばは多田を湯殿にともなった。小造りのおばの身体は湯の中では浮くように白いのだ。おばは多田の膚いちめん「垢こが、垢こが」と洗いおとすのだった。

多田はおばの愛情が募るにつけそれを手垢のように忌み嫌った。自分だけが衛らねばならぬ厳粛なものを感じたのだ。最早どんなにこまやかな愛情のかげにも自分の物語は忍び入る隙がない。そんなとき、多田はいつも庭に出た。

おばの家は土蔵の二つある家で、丸太の杭で縁どった庭池にはたしか亀の子が浮いていた。多田は一日中この亀の子を眺めくらして、庭池を移ってゆく陽翳と、そこをはげしくわたっている時間に不思議な興奮を催すのである。「つまり亀の子は雲に似ているのだな」それは又馬鹿馬鹿しいほど多田をゆすった感慨であった。

其の頃多田はおばにともなわれて象山の福栄寺に行ったことがある。満福林と呼ばれる広い李林が杉木立の絶える小道から打続いて、緩やかなつづら坂を上る如何にも長い石段であった。「ほう、これがトヨ女の御子か」「いや、孫でございます」多田はおばの弁明を大変小面にくくきくのであった。額のはげ上った和尚は渋茶を啜りながら終始多田とおばの顔を見較べていた。

月がのぼり始める。白い月光が信者の顔顔に差込む頃和尚は灯を消してしんと庭をみつめていた。

「月はむかしもろこしの国で美しい女子《おなご》に譬えられた。月の顔はもろもろ人の顔にうつるが、いかにみめよい女子の顔もとうてい月の顔にはうつらん。いわばはかないかりの姿じゃ。琵琶のさびた糸音に船ひきよせてみれば、昔をしのぶ色香の名残ばかり。

御開祖自在師ももとはといえば俗事に身を失うお武家でいらせられた。花を追い色香を追う。酒に酔いしれては又風流の限りをつくされた。じゃが淫楽というものは追うても追うても底の知れんものでな。

庭に桜の大木があった。伝来の古木で一入《ひとしお》御愛着が深かった。春毎に見事な花じゃ。縁に酒ひきよせては眺められた。春の夜に似ぬよい月夜なのじゃ。月もよし、花もよし、この二つをならべて酒のまんと自在師は思われた。じゃが花をたわわにつけたその桜の枝が丁度庭一杯を覆うて月は見えんのじゃ。口惜しい限りである。どうにかしてこの月、この花をひとときに眺めあかしたいものだと、もう酒の香も消え失せる有様。

月を見るには花を切るより致し方ない。花を賞美するには又月をことかくより仕方はない。つまり逸楽の限りは此処にあるなと、はたと大悟された。

こうして遂に仏門に入られたのじゃ。それからは袈裟一張菅笠一枚。貧しい浪浪の御修行がつづいた。歩いても歩いても真の御安心というものが得られない。汗にまみれ頰おちこけるいたましい御修道なのじゃ。其の日も炎暑を負うて丁度此処に通りかかられた。灼けた胸に冷風を入れて、しばし息をつがれた。永い道じゃ。こし方を思うて自在師もひっそりと胸やすまれた。見れば足許に白蛇がちろちろと輪を巻いている。如何にも愛らしい口許で、去り兼ねる風情寂しく輪を巻きつづけるのじゃ。自在師はじっと見ておられた。そうして莞爾と打笑まれた。行くところ、とどまるところ——、ここじゃ。自在師は初めて諦観を得られた。こうしてこの山を御開きになったのじゃ。じゃが自在師にはその後後までも捨てかねる御執心の愛器があった。この茶壺じゃが、これだけはひきだしては眺め、眺めては手放し得ぬ御心情なのじゃ。或夜すがらもただ一人しんから眺め入っておられた。見れば見るほど形はひっそりと色をあつめて自在師の眼からは消え失せる。あるといえばない。ないといえばある。自在師の胸には最早現世と来世のありかがはっきりと見えてきたのじゃ。このとき自在師は眼をらんらんと見開いて仏のみ姿をおがまれた」

静かな日がつづいていった。竹の葉の穂先が光り、多田は自分の感傷を隈なく点検するのであった。すべてが鳴りを鎮めて見えるときに、多田の心はかえってその一つ一つを追うてはげしく駆けわたっている。多田はよく土蔵の赤錆びした鉄格子から白昼の往還を眺めおろすのであった。砂利一つが堅い土の中にめりこもうとするなまなましい風景だ。多田は、それ見よ、と蒼ざめかえるのである。

おばは母が帰国することを当日まで、多田に語らなかった。多田もまた「母が亜米《アメ》利加《リカ》にいる」ということをいつしらず耳にしたまま、心の中にたたみこんでいたのだ。多田は短い合のマントを着せられ、おばにともなわれた――。それに自分の駒下駄は小さすぎはすまいか。多田はその駒下駄の鼻緒がいつも気にくわぬのであった。ビロードで茶と灰色のとらのこである。遠い縁籍の人人が寄っているなかでおばはいつも多田の肩に手を凭れ、人人を小馬鹿にした口つきであった。

列車は、おばの黒繻子のコートの後ろにかくれている多田を、つきのめすように凄まじくはしりこんだ。待合室に入ると、おばは多田の肩をぐいと押し「和久や、御挨拶は」と母にけしかけるのである。よろめきながら多田は頬をほてらし、絶え入るように果敢ない気持だった。

母は洋装であった。黒い鍔広の帽子で、豊かな母の姿に、それは大変似つかわぬと多田は思った。だがさび徹る低い声はいつかしら聞いたことがある――。多田はその追憶がどうにもたどれなかった。

外はきらきらとまぶしく、駅前の梧桐のかげから用意された俥が来た。その一台に母はひょいとのり、多田はためらった。おばの眼がずるく媚びている。多田はおばのコートに顔を埋めてしがみついてしまった。「和久さんや、今日はお母様とおのり」多田はおばの声が機嫌よくうわずっているのを知った。「いいえ、おば様とおのりなさい」母の俥はもう立上っていた。白白と冴えた風景の中に母はしっかりと顔をもたげ、一度もふりかえらなかった。多田は堅くおさえたおばの腕の中でじっと息をころしていた。

四方山の話の節節でおばは必ず、「みよももう国のことは何もわからんじゃろ」と腰を折る。そんなとき母はじろりと多田を見て異国の煙草をけぶすのであった。多田はその紫煙の流れるのを眼で追いつめる。おばも母にすすめられてそれを一口喫い、「これはけぶい」と吐き棄てるのだ。殊に、多田をひきとることでおばと母の間はきまずかった。母が立った隙におばは「和久はお母さんが好きかえ」ときくのである。多田は黙って物珍しい母の煙草のレッテルをみつめていた。黄赤の華やかな模様が多田に不思議な孤独を味わわせた。

多田は母と、祖母の実家に帰ることになった。「みよも余り放蕩せぬことじゃな」おばは別れしなにこう云った。俥の上で、多田を抱えていた母の手が小刻みにふるえていたことを覚えている。母は多田をゆすって、「おば様にお辞儀をおし」と云った。おばのひたいが何かなし蒼くしまってみえた。

いつとはなく多田は自分の物語を惜むようになった。母とも言葉を交わすことが少なく、瀬多川に下りていっては藤の実を拾うのである。それを鶏小舎のばあに焼いてもらっては食った。何か香の淡い粗味《あらあじ》であった。

またよく石垣の隙に手を差しこんでは蟹を探った。手脚に毛の密生した山蟹である。からげた裾が水にしょっぽりひたり、白くほとびた手にガッと手答えがくる。強い鋏で、折々は多田の指先から血がふきでることもあった。一度多田は小指の頭をかみとられたと思ったほど鋭く挟まれた。手に触れながら蟹は石の間にへばりついて離れないのだ。多田は折れて出た鋏を岩角にのせ、一本一本と脚をもいでいった。どう引いても蟹は離れない。其の度に脚はポキリポキリと折れて、多田の神経を生臭い狂気が奔った。不気味な光沢を放つ脚を十本並べ、多田は胴体だけが岩の隙に残った蟹の幻影に執拗に憑かれながら川をあがった。疲れきって、畳に上ったときに多田は鼻血を噴いていた。

多田は母の豊かな恰幅を眺めていて、折々は堪えがたい動揺を感じることがある。何といおうか――、黒くちぢんだ単衣に朱のしごきをむすび、そのかげから母の姿態がありありとはげしい意欲をはらんで見えるのだ。そんなとき多田は自分の気持をひょいとずらして庭に下りる。すると風は、木立いちめんをかすめて多田の毛髪に吹きつのってくるのである。

明るい午後、多田は便所にいった。日光がキラキラ差しのぞいていて、壺の中には真新しい綿が散乱している。それに血潮がにじんでいるのだ。何とはなく多田はそれを当然のことに思い、母をいたわらねばならぬと考えた。その愛情がどんなにはぐれたところで焦点を結んでいようと、多田はそれが子としての義務にちがいないという気持だった。多田は母に甘えようと決心し、祖母の死を大変物静かに思いおこしていた。暮れてくる庭の中で陽差しは木の葉を洩れてまばらに照り、多田は母の愛情に忍びこむ手だてを反覆しながら、つきのめされるようにぼんやりと、自分自身を顧みていた。

夜は風がわたっていた。電燈の照りかえしに大きい棟が今更のように眺められ、此の家に生きては死んだ一族の末裔とその母であることを多田は静粛に思いめぐらしてみた。時間がたちはだかっている——。そこに翳っては去る自分達のみじめな姿。多田は母の肉体に溺れこんでみようと思った。それは滅入るほどわびしい屈辱にちがいない。多田は自分をゆすってきた淋しい幸福の側らに、母との親愛をも結んでおこうと考えたのだ。多田はふすまの隙間から覗いていた。湯上りの母は大きいタオルを腰に巻いて、ほんのり鏡をのぞいている。寝床の中から多田は素裸になった。ふすまをあけ、道化たしなでヒョコヒョコ腹をそらし、「おかあさま。おかあさま」と歩いてみせた。「つつしみのない——」母の顔は蒼ざめていた。泣いてワッと母の胸に抱きつく多田の尻を母はヒシヒシたたいた。よろめきながら多田は自分の腹をこのときほどみにくく眺めたことはない。

其の頃から戸次《べつぎ》と呼ぶ陸軍中尉が多田の家に寄宿した。北の大座敷を間借りして、多田と母によく青島の物語を聞かせるのである。支那から持ってきたという大きな虎の皮の上に、朱塗りの一閑張を置いて、折々は耳をそがれた男、眼をえぐりぬかれた兵卒、たしか陰部を十文字に切り裂かれた女間諜などの大戦写真を見せることもあった。多田はそんなとき「もう眠い」と言って自分の部屋にひく。床につくと不思議に眼は冴えて、母のゆがんだ笑い声が洩れてくる。多田は罪を犯したように自分の耳がおそろしくなり、眠ろう眠ろう、と眼をつむるのである。

戸次はよく朋輩を連れてきて酒宴になる。母はその真中で、きじや山鳩を調理する。落ちつづける軍人達の座興のなかで、母は不自然に声をはずませ、多田は自分の存在をうらめしくかえりみる。終りには母も酔って、何かしら籤のようなものをみなにひかせていた。戸次達の嫌味な緊張と母のひきつる笑声が多田に出来事の不快さを教え、多田は今でもその謎を忘れない。

母は多田に亜米利加から持帰った服を着せていた。地は藍、縁は幅広の赤い飾で多田はそれを着せられるごとに身がほそる心地だった。その日も青く冴える服に心ほそめて庭の中を歩き廻っていた。樹樹の一つ一つには失いかけた追憶がかげをおとし、空気を翔る鳥の跡にも何かなし忘れかけた思い出がひっそりと後を曳く。多田はそのわびしい糸を紡ぐように歩をすすめていた。ふいと多田の前に巨きな陰が立ちふさがった。見上げると戸次が剣を引抜いてにたりと笑っている。多田は夢中で逃げ始めた。「この独逸人奴が――」「この独逸人奴が――」戸次の声は錆びた鎖のように多田の後を追いまとった。木立をかわしかわし多田の息はほそっていった。くらくらとよろめいた拍子に、多田の眼に木と木の間隔がつながりあって、もう一面真黒な木木の壁が押しひろがってくるのである。

瀬多橋のたもとでぽーらにめぐり会ったときに、多田はまるで別人のような不愛想な顔をした。――それにぽーらはいつのまにかすっかり日本語を覚えこんでいたのだ。然し、後ろ髪をチョンと切って、多田はその髪をいじってみたいとも思い、髪のにおいにふれてみたいとも考えた。

或日二人は多田の家の屋根を匍っていた。柘榴《ざくろ》の木がするすると屋根の側らにのび其の枝には無数の柘榴が赤く裂けている。その裂目からは、美麗な粒がキラキラ覗きだして二人の魂を唆るのだ。ぽーらは屋根の端によっていって、ひょいと飛びうつった。多田はどうしても飛べなかった、そうして泣き始めたのである。庭から母が見上げていた。多田は母を見て、声をのんだ。母は眼を輝やかせ、狂気のように声をはげました――。

卑怯者、

お飛び！

お飛び！

多田はあのときほど母の姿をしんけんに美しいと思ったことはない。

照る陽の庭

一

あの町のことでは、庭先に毎朝夥《おびただ》しいポーコーが啼いていたことを覚えている。もう姿も声もすっかり忘れて終《しま》った。

ただ、ぼんやりと庭の小鳥どもの啼き声を聞いていた、何というか、自分の心の状態だけを、今でもはっきりと覚えている。

寂寞。そんなものであったかも知れない。若し寂寞というものが、世界からの明確な離脱と同時に、自分のいのちのありかを、いきいきと嗅ぎとっていることだ、というのならば、或いは、私の心の状態は、その寂寞という奴に一番似ていた、と言い得るかも知れない。

もう家郷のことを思うてはいなかった。いずこにせよ、投げだされた地点で、自分の生命が描く小さな弧線を、まぎれなく見つめてゆけるような気持がしていた。私の生命が投げだされている周辺に、とめどなく生起消滅する出来事を、己のいのちの計量にかけて、ひっそりとはかってゆけるような気持がしていた。

私は、恵まれていた。私の身柄は、兵士でなく、将校でなく、然し私の行先は、北、中、南支何れの地点に亘り、いかなる期間を過ごしても、問うところではなかった。

何が気に入って、あの家に居ついたわけでもない。

ただ、たどりついた夜のぼんやりとした月の明るさと、目覚めた時の樹々の繁みが幸い私の宿舎の窓の視界を恰好に遮断していたことと、その樹々の枝々に啼き交わしていた鳴禽類の夥しい群とを、見慣れぬままに、却って、何か親しいものに思いこんで終ったのであったろう。

私は何となく、あのテラスに続く一部屋に居ついて終って、動かなかった。旅に馴れ、旅を物憂く感じていたのか？

いや、そうではない。旅に揉まれはてて、何処にでも、自分の身と心を入れるだけの、過不足のないたのしみだけを感じていたわけだ。

私は兵隊が油皿の明りを便りに案内してくれたその部屋の榻《ねだい》の上にドサリと仰向けに寝そべって、しばらく眼を細めながら月の光りをたしかめていたが、そのまま、翌朝迄眠っていた。

例の小鳥共の、喧しい啼き声だった。こんなところに眠っていたのか、と私は自分をいぶかりながら、それでも、とめどなく快活で、朝陽のなかに、白壁の汚染の度合いや、天井板の組み方などを、静かに点検してみるのである。

家具調度の類は一切運び去られているようだった。昨夜身を横たえていた寝台は木製の中国式榻で、後から持ちこまれたふうである。胡桃《くるみ》の床は軍靴の鋲で歩くから、その塗料が通行の形に剝げている。

が、ただ一点、おそらくJ・ミレーの複製だと思われる、オフェリヤの水死の絵が懸けられているのは、誠に奇異な気持を抱かせるものである。オフェリヤは仰向けになり、頭を下流にして流れている。水面に浮ぶでもなく、さりとて沈むでもなく、手にしたイラクサ・キンポウゲの花をすれすれに水が蔽うて純白の長い衣裳が波の形に開いた姿のまま流れている。小川のほとりは春の野花の花盛りのようで、柳か楡《にれ》のような樹の林が、しだれている。

こんな絵の原色版が、懸けられたまま放棄されているのは、オフェリヤの色気が足りないのだろう。それとも、これを奪って私物にするのが、不吉なのか？

どうでも良かった。私はその絵を見て、それから窓を開き、小鳥共の鳴き交わしている、辺りの樹立の深さをのぞき見て、急に空腹を感じ、ドアを抜けてテラスの方に廻ってみた。

昨夜、案内してくれた兵士だろう、ボソリと私の側によってきて、

「飯上げは、鐘を鳴らしますから、この道をまっすぐ、煙突のある煉瓦小屋迄来て下さい。距離は、四〇〇です」

「はあ、有難う」

と私は礼をした。が、何か言い足りぬとでもいうふうに、その下ぶくれの、血色の悪い眼鏡の兵隊は、立ち去りかねるようだったから、

「ここ、客多いの？」

「はあ？　客？　ああ、宿泊の将校ですか？　ありません。近く閉鎖になる筈です」

それでは閉鎖迄いて見ようか、と私の気持は動くのである。

「ついこないだ迄、この町にS軍の司令部がありましたから、大変でしたが、今は飛行隊の方が時々二三人とまるぐらいです。いつでも、がらあきです」

私は、肯《うな》ずいて北叟笑《ほくそえ》んだ。

英国人の住宅か何かだろう。その一集団をゴソリと一まとめにして、各棟に宿泊出来る仕組みになっているようだ。蔓薔薇がアーチにつくられて、すぐそこまで匐うている。が花の時期は過ぎていた。

「ああ」

と兵士は思い出したように私を見て、

「入浴されますか？」

「はあ、有難う」

「風呂は週二回ですが、今日は立つ日です。十七時頃わきますよ」

と重ねて礼をすると、その朴訥な兵隊は、繁みの方に帰っていった。

相変らず喧しい鳥の声である。朝の陽が、そこら木立を洩れて斑らに降り、その光りと陰の中を小鳥共が右往左往して飛んでいた。

二

いわば、ここは戦場のシーズン・オフだった。あわただしげな部隊の通過があるわけでなく、その怒号と号令が聞えてくるわけではなく、また、何よりも幸いなことには、髭をひねり上げた部隊長と、その勿体ぶった取巻連中が宿泊するわけでもなく、全くがらあきのままだった。

定刻に飯上げの合図の鐘が聞えてくるが、一丁近くも離れたその賄いの兵士の処までゆくのは億劫なことである。殊に飯盒を抱えていって、僅かに粥の浮んだ塩湯を貰ってくる時の、渡す人と貰う人両側からおこる気づまりな気持は嫌だった。

私はつい、前の前のS市で手離した写真機の金を持っていたから、五六丁離れた難民区迄出かけていって、豆乳と、何というかネジ棒のようなメリケン粉の油揚を買い、これを朝食代りに摂ることにきめていた。夕食も自分流に炊爨《すいさん》した。

幸い、家屋の裏に濁ってはいるが井戸があり、捲き取りのつるべに頑丈な木桶がつるしてある。燃料は枯枝が豊富にあった。

一二度例の兵士が気づかわしげに見廻りに来たが、

「はあー。これでやっとるですか？　兵站《へいたん》の粥では腹がふくれんですからなあ」

と笑っていた。それではこの兵士達は一体どうしているのかと気の毒だったが、さして羨しがる風情でもなく、ただ淡白に笑うばかりだから、聞くのは止した。兵士は却って向うで安堵したように帰っていった。

私は、時に口笛を吹いたり、オフェリヤの水死の絵の中から故意に淫猥な妄想を描いてみたりしながら、三四日が経っていった。

小鳥の数は多いが、啼いている鳥の種類は大略二種のようである。朝方喧しい奴と、毎夕、熟れたように染っている夕暮の中で心細げに鳴き立てるのとある。

五日目の朝だった。例の通り豆乳に砂糖を入れ固形燃料で沸き立たせて、ネジ棒をポリポリと迄りながら、鳥の声を聞いていると、前庭の繁みの中で、一人の兵隊が何かしきりな所作を繰りかえしている。

水擬《みずはが》だな、と私はすぐ気がついた。私は少年の頃に野鳥を捕える経験があってよく知っているが、これを中国の風土の小鳥共にためして見るほどの勇気はない。

然し何よりも、この兵隊の特異な顔立ちには驚いた。私の居場所からこの男の位置までは、まだかなりの距離があって、表情はつぶさには判らないが、動作の一区劃から、一区劃に移る区節の都度、陰気な、異常な、嗜好のようなものがめらめらと燃え立つようである。それが木立の黒白斑らの光の下に動くから、幽鬼かなんぞのように感じられる。

やがて、水撲を掛け終ったのだろう。男はテラスの上にのぼってきて、私の部屋の、窓の網戸のところにペッタリと身を寄せた。で左の半身は壁の方に凭れているから、右の半身だけが、よく見える。

私は不愉快を感じた。初めにちょっと私の方を覗いたようだから、私に気附いていない筈はない。それとも網目を洩れる逆光で、あちらから私の方は見えないのか？それにしても右半分の網戸は私の存在を証拠立てるように、はっきりと開け放っているのである。

長い旅を経ていると、闖入者が一番耐え難い。いつもこちらの側から感じ、眺める習慣を保っていないと、心身の衰耗が甚だしいわけなのだろう。自然の、保身の道である。

私は用心深くこの男の横顔を眺めやった。不思議な耳である。先端が長くとがっており、この男の思考より先ばしって、鋭敏に、向きを変える。人間の虚弱な悪の側を絶えず嗅ぎとっているふうだった。

それにもかかわらず、私は真近から男の横顔の表情を見て、何とも言えない安堵をも感じたことを言っておこう。その安堵については、ちょっと名状することがむずかしい。

わかりやすく言って終えば、汚れていないのだ。俗世の垢に汚れていない。清らかな悪というものが、果してこの世の中にあるだろうか？　若しあるとすれば、こんな顔を持っているにちがいないと、そう思った。

安堵は、直ちに、新しいもう一段の好奇心に移っていった。

「おい」と窓越しに横柄に呼んでみる。が、聞えないふうだった。

その時、男の耳が素速く波立った。一足飛びに駈けだしてゆくのである。

窓を押し開いて、私ものぞき出した。小鳥が水擹に落ちたようだった。

光りのある生命が、羽毛を散らばすようにキラメかせ一瞬、くるりと水の上に反転して、やがて男の手にパタパタと捕えられた。

「獲れたね。え？　何という鳥だい？」

男は両手に小鳥を握ったまま、まぶしそうに私の方を見上げていたが、何と思ったのか、つかつかとテラスを廻って私の部屋に入って来た。

三

こんな男が、何らか軍隊の階級に属しているというのは不思議なことだった。見れば曹長である。年の頃は二十七八――いや、もっと老けているのかも知れなかった。満洲中国と、軍隊を渡り歩いて、八年になると言っている。

私が榻に腰をおろしている、その真向いの竹製椅子に坐って、逸早く小鳥を右ポケットの中にしまいこんでいる。

「何と言う鳥？　それは」

と私はようやく平静に返って、言った。

「ツンゴー（中国人？）はポーコーと言っているね」

私はどんな鳥だったろう、と手に取って一見したかったが、何事によらず、この男に懇願するのは嫌だった。時々男のポケットが膨れたり縮んだりして、奇妙な小鳥の啼き声がきこえている。

けれども相手の方は、私の生活に関心を持っているらしく、

「何を喰っています？　兵站の汁？」

「ああ」

と私はあいまいに返事をしてこの男に一々生活をのぞかれたくなかった。然し曹長

は、喰べさしの私のネジ棒と豆乳の余りを、もう先程から見つめているので、言葉通りには受け取らなかったに相違ない。

「これ、やりますか?」

男は盃を飲む真似をして、ピクリと例の耳を聳立《そばだ》たせた。瞬間、素速い緊張のようなものが、この男の顔を掠めていって、耳と眼の血管が赤く開放するふうである。

「ああ」

と私は、静かに肯いた。

「ありますよ。ビールなら」

「そう、四五本飲みたいな」

「二千弗《ドル》。二千弗ありゃ、肴迄持ってきましょう」

私は雑嚢から二千五百弗取り出して、男に手渡した。男は素速くその紙幣を右ポケットに捩じ込もうとしたが、小鳥の急な羽搏きと、キョッキョッというような啼き声に気がつくと、あわてて左ポケットを探って、そいつを押し込んだ。もう立ち上っているのである。

耳が例の通りいそがしげに波立って、男はくるりと一回転すると出ていったが、その恰好が、何となしに亡霊をでも追いかけるふうに滑稽に見えてきて、私はしばらく可笑しさが止らなかった。

それでも、待った。私は屢々立ち上り、屢々窓のところまで歩いていって、曹長の消えていった木立の辺りを透し見た。ビールを待っている為ばかりでもないようだった。男への好奇心。いや、男へ繋っているにちがいない、雑多な人間の、弱い悪への好奇心。そんなものが静かに私の心の中に湧いてゆくようだった。

勿論、男は来なかった。昼も、夜も来ない。私は自分の平生の心のテンポを探しながら、オフェリヤの額を眺めくらした。例の通り、空が橙色に染まり、夕方啼く方の小鳥共が、頼りなげにその夕空の中に声を上げている。

来たのは空襲である。月明りのなかに、ボッボッとあわただしい空襲警報が、警戒警報より先ばしってきこえてきて、もう空の中にB25らしい爆音が、腹の底へふるえるように響いていた。

私はテラスの陰に一人で走りだしたが、妙に心許なかった。一日待ちつづけていたせいだろう。今にもあの男がやってきてくれそうで、あの男がやってきてくれれば、万事助かるような気持がする。それにしても昼の間に、空襲の際の納得のゆく隠れ場所を探して置かなかったのは、迂濶だった。

飯上げの煉瓦の倉庫のところまで駈けだそうかと、度々思った。それをこらえていたのは、あの男が、今にも来てくれそうだという、全く当のない幻想だった。

曳光弾のようだった。しばらく空の中がまぶしく照り上って、それからすさまじい爆風が続いた。近い。木立の葉葉が、白く葉裏を見せて、身もだえている。

小鳥共が不安げに啼き立てた。私はベッタリとテラスの窪みにへばりついて、月光に白くさらされる自分の体を恐怖した。

パッと火柱が立ち、落雷を四五本も捩じり合わせたような強圧的な爆発音が続き、私は土砂をかぶった。破片だろう。瓦の上をカラーンと走って行く音が最後に聞えた。何処とわからない。が、ここの周辺に相違なかった。ウォーンウォーンと相変らずB25の爆音は唸っている。私は土砂を払いのける力もなく、テラスの窪みにへばりついた儘だった。何処か遠くで、兵隊達の罵りわめくような声がきこえている。けれども爆弾の音はしばらく止んだ。無闇に喉が渇いた。舌の根がひきつる程である。私はよろよろとよろけおきて、ちょっとテラスの上まで歩いてみた。幸いであった。身体に別条はないようである。すると、今の間に、豆乳の余り物でも、飲んでおこうか。

然し恐怖が、時の経つにつれてかえって増大していった。歯の根が合っていないのである。カチカチと上下に触れ合った。

それでも手摺につかまりながら、意志だけで体をひきずって、自分の部屋に帰ってみた。ガラス戸が破れて、粉微塵に散乱している。肝腎の豆乳はコップが倒れて、流れ出していた。水筒をゆすってみるが、生憎《あいにく》と一滴もない。

何故部屋なぞに帰ったろう。井戸が裏手にあったではないか、と思ったが、もう引き返す勇気はなかった。ベッタリと榻の上に、倒れこんだ。然し飛行機の爆音と一緒に又走りだす心算《つもり》である。が、走れるか、走れないか？

眠るというのではなかったが、神経の濫費の後の虚脱状態におちこんでいた。コクリ、コクリと喉仏の辺りだけが痙攣的に鳴っている。

足音がした。テラスを素速く駈け上っている。それから私の部屋をノックした。

「いますか？」

「ああ」

と私の声がひきつった。あの男である。ドアを引きあけて入ってきた。類い稀な安堵の気持が、私の心の中に湧いていった。

「どうして灯りをつけませんか？」

「空襲だろう？」

私はつとめて横柄に言った。

「もう、済んでますよ。寝てたんですか？」

「ああ」

と私は恐怖心をこの男にかくしたくなって、そう答えた。

四

そいつがいけなかった。自分の弱点と恐怖心をかくしていたことが、其の夜一晩を全くこの男にあやつられるままの結果になった。

それにしてもビールはうまかった。いや、味は何もわからぬように興奮していたが、舌の根がうるおい、喉仏が柔かくゆるんでゆくようで、あれ程の清涼の心地は、もう生涯味わえないかも知れない。

飛行機の部品入れにでも使うのだろう、ズック製の頑丈な鞄から、男は後々とビールをひき出して、ポンポンと威勢よく抜いていった。

勿論、男も飲んでいる。缶詰から、指ごと中味の鮒をつまんでゆき、ビールを飲み乾す度に、またその指先をたんねんに舐めていた。

月の逆光を浴びているから、甚だ気楽である。人と飲み合っているというよりは、妖怪が酒肴を運んで、私に饗応してくれているふうだった。時々ピクピクと例の耳が月光の中にそよいでいた。

「ビールは月明りに限るね」

実は、まだ空襲への恐怖と私の取り乱した表情を見られたくなかったばかりに、灯りをつけさせなかったのだが、酔いにつれて、次第に心のゆとりも湧いてでた。

「どうだろう。今の空襲は？　何処かやられたかな？」

私はおそるおそる言ってみた。男はコップの手を中空にちょっととめ、それからいぶかしそうに私の顔を見て、

「兵站の炊事場がふっ飛んだよ。お蔭で、あんたは明日から、朝の塩湯が飲めないね」

知らなかったのか、とでも言いたげに、おそろしくぞんざいな口をきく。

「あの、煉瓦の？」

こっくりと、男は肯いた。私は動顚した。

「兵隊は？」

「ああ、ふっとんだよ」

「あの、眼鏡の兵隊？」

「死んだ。野郎、米をかすってしこたま現なまを持ってました」

「まさか？」

と私はしきりに不憫な心地が湧いてでた。

「本当だよ。丁度、最後の金は俺が預かっていたから、よかったが」

何を言っているのかわからない。

「ああ、あたしが世話をしてツンゴーに米をわけてやっていましたから」

敬語と暴言が、屈託のない乱雑さで交錯するようだった。然し、何処か私に安堵し

ているのだろう。それとも私の中に何か犯罪のようなものでも仮想して、そこへつながっているとでも思うのか。

どうでもよい。しばらくこの男を手離したくなかった。私も、何か、この男につながる安堵のようなものを感じるのである。

飲んでいった。男はビール瓶を私のコップに逆立てて、コトコトと音をさせていたが、

「無くなったね。もう少し、やるでしょう?」

「ああ」と私は肯いた。

「じゃ出掛けましょう。廉いところがある」

この男の言葉のテンポに、否応なしの迫力があった。私は金入れの雑嚢を肩にして、ちょっと戸外の月光を眺めやった。昂奮の後に注ぎこんだから、可笑しいくらいに体が揺れている。その私の小脇を抱えるようにして、男はテラスを斜めに歩いていったが、立ち止り、挨拶もせずに放尿を始めている。

やがて体をゆすぶってまた歩きはじめると、

「でも、喧嘩しちゃ、いけないよ。剣呑な男がいるからね。うちの、飛行大尉だが」

そう言って、酔いをたしかめでもするように、月光の中にじっと私の顔を透しみた。

五

道は下り坂だった。凹凸のある石甃《いしだたみ》で舗装されている。月光がその不揃いな角々に、光っていた。私がよく買物に来た難民区より、更に右手の方に折れこんだところのようだった。下り切ったところへ、ボッと大きな河が見えている。S江のようだった。

「じゃ、ちょっと」

と言って、男は露路の中に入りこんで終ったが、まもなく、表の戸がコトリとあいた。男の手にひきずられたまま、暗い軒先から入ってゆく。足許が何も見えないのである。一二段階段を上ったり曲ったりした。

ランプであろう。灯りが見える。やがて、談笑の声に混り合って、大きい叱声がきこえてきた。

扉を開ける。十五六歳になるであろうか。金の耳輪を懸けた少女が、ちらりと私達の方を流眄《ながし》みた。いかにも匾平な顔立だが、正面からは真丸で、愛くるしいところがある。光りのせいか莫迦に、その顔が白く見えた。煤けた壁が分厚いので、却って部屋に入ると、落ち着くようである。談笑は全く別な部屋だった。

中央は祭壇だろう。香炉の左右に朱い見すぼらしい対聯《ついれん》が二つかけてある。橙子《とうし》が二つ三つ置かれた儘の土間だった。部屋の中に竈《かまど》がある。

「これ、いるか?」

男は握り拳をつくって見せているが、話の大尉を言うのであろう。少女はコックリと一つ肯いた。曹長の耳朶《みみたぶ》が神経質にふるえて、それから、今度はどうした加減か神妙に、例の鄭重な言葉の調子に変っていった。

「ビールですか。それとも汾酒《フンチュウ》にしますかね?」

「僕はビール」

「花立は汾酒をいただきます」

花立というのか、とこの男の顔を改めてもう一度眺めなおすのである。少女が、ビールと汾酒を運んできた。きたないコップである。よく見ると、ビールの瓶には、一々軍用のレッテルが貼られている。どうせこの男達が流すのだろう、と酔いにゆらめいている相手の男の額際の禿げ具合を面白く見つめるのである。

が、少女はコップにビールを注ぎながら、私の顔をつくづくと覗きこみ、今度は肩をゆすって笑いはじめた。

「やあ、灰だ。砂をかぶっていますぜ、こりゃあ、ひでえ」

と男は頓狂な声を上げて私の側によってくると、肩と毛髪をはたくのである。なるほどひどい土砂である。先程の空襲のあおりを喰ったままにちがいはなかった。

「転ってましたな? 泥の中に。おい、チュウチュウ」

花立曹長は、何かそんな名で少女を呼んで、顔を拭う恰好をして見せた。少女が鏡と濡れ手拭をもってきてくれるのである。

これはひどい。土砂をかぶっている段ではなかった。顔半分が真っ黒に泥まみれているのである。その顔が、花模様の透《すか》しのある手鏡の中へいびつに醜悪に浮き上っていた。

私は少女の手から急いで穢い濡れタオルを受け取って顔中をなでまわした。

その時である。バーンと扉を思い切り開け放って、

「ハナタテ」

驚いてふりかえる私の眼の前に五尺八九寸もあるであろう、長身の飛行服を身に纏った将校が入ってきた。酔いが怒気に発しているようだった。ランランと眼が燃えている。

「ハッ」

と花立曹長はまるで小悪魔が吹き飛ぶような恰好で、この大尉の方に走りよった。

一瞬ジロリとこの将校は私の顔を見据えたが、真中だけ土砂をぬぐったままの間抜け顔だったろう、軽蔑の表情がかくせなかった。

花立曹長は咄嗟に汾酒をコップ一杯注いで大尉の前に差し出すのである。大尉は悪びれる色もなく、そのコップを受け取って、まっすぐ流し込むようにキューッと嚥《の》み

ほした。

「おい、チュウチュウ来い。お前はよし、花立」

花立曹長はいずれにするかと迷うふうにちょっと中腰でふらついたが、又腰をおろした。半長靴で、どしどし土をふみながら、大尉は隣の部屋に帰っていった。チュウチュウが大尉の後に続くのである。

「何という大尉？」

「ああ、あれですか。ダイゴ大尉」

「どういう字？」

「醍醐味の醍醐」

ぽつんとそれだけ言って花立曹長は不愉快そうに耳を隣室の方に聳立たせている。が、この小悪魔も圧倒されているにまちがいないようだった。花立曹長は汾酒をしきりにあおる。私もビールをあおるのである。

「なあに、威張ったって童貞大尉に何が出来るか？」

「それで、年頃は、いくつぐらい？」

「二十五ですよ、五十三期の」

老婆が愛想笑いを泛べながら入ってきた。竈に火を入れている。花立曹長はその耳に一つ二つ囁いた。大鍋に、豚の油がシューンと長い尻上りの音を立てて、とけてゆく。

「なあに、どうせもうすぐ死ぬんでさあ。あの若僧も。するとね、あいつの手風琴で一杯飲めますよ」

ちょっと口をゆがめてそう言って笑ったが、その眼が却って沈着に澄んでゆくのには驚いた。

「君は、一体、軍隊で何をしているの？」

「墓掘りでさあ――」

がらりと投げ出したような言い方だった。

「墓掘り？」

「ええ、遺骨係り。戦死者の遺品整理曹長さ」

なるほどそんな仕事の分担も軍隊には必要なのであろう。

「あの大尉は？」

「あいつは飛行機乗りですよ。近く冥土入りでさあ。それ迄、あんたも見とくがいい」

炒肉片のようなものを老婆が焼き上げて持参した。肉のつなぎは、いやにどぎつく赤い菜だ。が、うまかった。ビールの舌によく媚びる。ランプの灯影の下に索漠とむなしいビールの琥珀の色である。

生死の交替というものが、また執拗に新しい疑問の形で、私を震撼する。この日頃、旅から旅に移っていって、ようやくつなぎとめたようなおのれの生命も、この料理の肉片の中に、他愛なくまぎれはててしまいそうなむなしさだった。

「時に、あんた。女は要りませんか?」

「女?」

と私はいぶかりながら、またがらりと慇懃な調子にかえった花立曹長の顔を見つめると、

「チュウチュウでさあ」

「チュウチュウ?」

「さっきの女、ね、九九という名ですよ九九《チュウチュウ》八《パ》十一《スイ》、さ」

「淫売か?」

「冗談じゃねえ。初物《はつもん》ですよ。が必ず、聞くよ。私が、婆あに言やあね」

九九の金の耳輪がちょっと私の眼の中に揺れるようである。が、それをもぎ取って、この曹長の耳朶に穴をあけてつるしたら、どんなもんだろう、と酔いの上の陰惨な幻覚が湧いてでた。

隣室から大尉の歌声が聞えてきた。九九の笑声が一しきりきこえてくる。

「醍醐の野郎、又はじめやがった」

と、花立曹長の尖った耳が鋭敏にそよぐのである。唄節がちがっている。歌謡のようには思えなかった。祝詞《のりと》かなんぞであろう、ぶるぶると部屋の壁に顫うのである。

「何、あれ？」

「なんだか知らないけど、こいつが過ぎると、いつもきまりもんでさあ」

曹長はそう言って、コップを握りながら自分の汾酒をぐっと乾した。

「馬鹿馬鹿しい。少し、ここに来てるからね」

今度は頭に渦を描いてみせている。

「然し、立派な将校じゃないか？」

と私は先程の威圧感が抜け切らないのである。威張っているとばかりは思えなかった。何か純潔な火柱を負うているふうだった。生の火柱か？　それとも、死の？　私は摸索しようのないその魂に、ちょっと触れ合うて見たかった。

「で、九九どうします？」

「さあー」

と私は表情だけの困惑をつくって見せた。酔ってはいるが、あんな浅墓な媚をうだきとめることもない。

「三千だよ、あんた。話をつけるよ」

「だって、君。醍醐大尉の思われ人じゃないか？」

「冗談じゃねえ。隊長殿はね、その点だけは猫に小判さ」

何の洒落か、よくわからなかった。が、急に隊長殿に変ったところをみると、おそらく大尉の純潔を言うのだろう。すると突然私にはあの大尉の目前で、思いきり少女を侮辱してやろう、と言う思いがけない激情が湧きたってくるのである。

「じゃ、頼む」

私はふるえながら、雑嚢の金をひき抜いて花立曹長の方に差し出した。

「ハナタテー」

隣室から醍醐の大声が響いてくる。

「ハッ」

と度肝を抜かれたふうに曹長は直立したが、あわてて私の金をひったくると、歩きながら内ポケットに納めるのである。が、また、ちょっと私のところまで後がえってきて、耳許に、

「なあに、あんな若僧、今しばらくのサービスですよ。手風琴、ね。手風琴」

言い残して、

「ハッ、花立。すぐ参りまあす」

とわめきながら駈けていった。

六

しばらくシンと鎮まるふうである。おそらく私のことでも喋り合っているのだろう。

一人になると、私は無意味な侘しさを扱い兼ねた。自体何しにこんなところまできたのであろう。ビールが、飲むはしから醒めてゆく。

老婆はふりむきもせずに、又大鍋の中で、何かを炒っている。表からつぎの当ったモンペのようなズボン。そのズボンの先の纏足《てんそく》につっかけた三角の靴が、ヨチヨチといそがしげに左右に動きつづけている。

私は不思議だった。人間の各様の生態という奴が。おそらくこの纏足の婆あだって、もう二十年とは生きるまい。いや、今年死ぬかも知れたもんではないのである。何処で生れて、一体何をしていたか。いや、いや、自分が生きているということを、考えたことすらないだろう。ズボンが破れれば、中からつぎを当てるのか。当てねばならない、ときまりきったことのように。死ぬ時には、死なねばならないとでも思うのか。するると、幸福という奴は何だ。生れなければよかったか。結婚しなければよかったか。日本兵隊が来なければよかったか。そうして今日、日本兵の強要に、豚肉を大鍋で、シュンシュンといためねばならないのか。そこで纏足が、窓の前をいそがしげに、右し左しするというわけか。

私には、纏足につっかけたヨチヨチと歩むその三角の靴が、何かすべてと切り離された独立の生態に見えてくる。奇妙な、不可思議な、原因も結果もない、独立の運動に――。

「纏足の独立王国万歳」と、私は花立曹長の汾酒をかきよせてぐっと乾し、声を挙げてみたい程だった。

　隣室から醍醐大尉の例の歌声が洩れてきた。よく聞いてみる。何のことはない。木梨の軽太子《かるのみこ》が軽大郎女《かるのおおいらつめ》に奸けて道後の湯に逃げ落ちる、道行の歌だろう。戦場に、古代の兄妹心中など持ちこんで、何になる。気取っているのか。馬鹿馬鹿しい。が聞いていると、歌ふしには例によって上古の豪宕《ごうとう》な哀調がにおっていた。

　小竹葉《ささば》に　うつやあられの　たしだしに率寝《ゐね》てむのちは　人議《ひとはか》ゆとも　うるはしと　真寝《さね》し真寝てば　かりこもの　みだればみだれ　真寝し真寝てば

声は壁にぶるぶると吸われながら断続する。私はつけるともなくその朗吟の後を、口の中で追っているのである。汾酒をもう一杯グット喉の中に抛りこむ。

「よし、やってやれ」

と私は立ち上った。

視界が波のように揺れていた。踏みたえて、扉を排《お》す。

醍醐大尉の部屋迄歩いていって、それからドンと扉を開いた。体が崩れているから、そのまま雪崩《なだ》れこむのである。

「誰だ。止れ」

と大尉の威嚇の声がした。はげしく立ち上る。バーンと拳銃が火を放って、私の後の壁の辺りに土崩れがした。

榻の上に、今まで眠っていたのであろう。花立曹長が、起き上ってきょろきょろ辺りを見廻した。九九は腰をおろしている。その榻の枕元に、片膝を立てるようにしていたが、醍醐大尉の手許と、私の顔とを素速く見較べた。

その頬が咄嗟に、この世ならず美しく思われた。

「撃つぞ」

醍醐大尉はまた拳銃の手をさしのべる。が、委細構わなかった。私はまっすぐ九九の足許までよろけていった。足許に倒れるのである。倒れながら効果を狙った。中世風にやってみたかった。

九文もあるまい、馬鹿にきゃしゃな縫い取りの靴だった。そいつをはぎ取る。九九はもだえながら身をかがめたが、私は頭で押しやって、足の指先に接吻した。

全く幸いであったといえるだろう。九九は靴下をはいていなかった。

私は今度は素速く九九を抱き上げて、榻の上に腰をおろした。この少女の四肢は、膝の上に、宛《さなが》ら蝶のように軽く、不安定な心地がした。が、勝利は確実に、私のものだった。

花立曹長は中腰になって、気を嚥まれたように落着きがなかった。醍醐大尉は黙している。化石に似たその面持に、然し、思い做しか嫌悪の表情が去来した。

九九だけが、耳輪をゆすって、きゃあきゃあと膝の中に笑いこけていた。

ようやく気附いたとでも言うふうに、花立曹長は立っていって、卓上の汾酒とコップを持ってきた。コップを九九に手渡して、それに汾酒を注ぎこんでいる。九九は笑いながら、コップを私の口許にそっと寄せてくれるのである。

「貴様は何だ?」

醍醐大尉は静かに言った。

「従軍の小説家らしいですよ」

と花立曹長が、代って答えながら、醍醐大尉のコップに注いでいる。

「小説の種探しか? 戦場の中に余計なものを持ち込むな。生死《いきしに》の修羅場だぞ」

私は九九の小脇を抱きすくめて、大尉の声の調子をはかっていた。甘いが厳粛な響きもある。けれども、これが軍流の教訓調かと思うと、私は笑いだして、

「貴様こそ、記紀歌謡の奸け歌なぞ、余計なものを持ちこむな」

「なに――」

と言ったが、こたえたようだった。

「生死《いきしに》の場に、上代ぶりの装飾も何もあるものか。気取りだぞ」

大尉の顔に途方もない絶望の表情が泛んででた。その苦渋をしばらく整えようとでもするふうに、汾酒をちょっと舐めていたが、

「よし、わかった」

これはまた淡白に肯いた。煙草を抜きとって、しばらく口に啣《くわ》えている。花立曹長がマッチをこすりながら寄ろうとすると、

「いや、よし」

醍醐大尉はライターをポケットから探し出して、自分で点火した。紫煙が、その体力の旺盛さを物語るように、口辺いっぱいに渦を巻いて、拡がってゆくのである。

しばらく誰も黙っている。が、大尉は屹《さ》っと立ち上ると、その眉宇の中には何か凄惨な決意のようなものが湧いてでた。私の方に正対して、

「俺は、帰る」

拳銃を革のケースに押し込んでどんどんと外へ出ていった。

曹長は扉のところまで追うていったが、扉がしまるのと一緒にくるりと後がえった。愉しそうに耳がゆれ、例の清らかな悪の笑顔が頰の辺りに波立った。

「帰りやがった」

「大丈夫かね？」

私はちょっと気がかりに思われたので、こう言ったが、

「何が？」

「大尉さ。危いぞ」

「どっちにせよ、間もなく死ぬ奴さ」

花立曹長はいかにも寛ろいだふうに、汾酒をゆっくりほしながら、そう答えた。

「実は、あの野郎、自分の妹を、くわえこんだ、というんです」

「何？」

「なあに、同じ腹の妹に手をつけたと、いう噂でさあ」

私は九九の耳朶の辺りをそっと唇にふれながら、男の表情をたしかめる。が他愛なく酒に崩れはてた顔だった。大尉が居なくなって、急に酔いが廻ったのだろう。聞くだけが、馬鹿馬鹿しいようなものだった。

「大尉から聞いたのか？」

「同期の矢島軍神が言うてましたぜ。飲んだ時でしたが、醍醐のこれは妹だって」

花立はそう言いながら、小さく小指を出してみせ、私と九九を見上げるのである。見上げてみて、驚いたようだった。急に立ち上って側に寄ってくるのである。今迄気がつかなかったとでも言うのだろうか。

「やあ、こいつはやられました。こりゃ、ひでえ。三千ドルは廉すぎますぜ。五千でなくっちゃあ。五千」

私はわずらわしくなって来た。九九を膝から除けて立ち上った。宿舎に急ぎたいのである。思い立つと片時も、こんなところにいたくはない。

「いくらだ。これの勘定？」

曹長は隣の部屋に当っていった。しばらく愚図ついているようである。九九が白けた顔で立っていた。耳輪が細かく際限もなしに揺れている。何となしに私も咄嗟に荒々しく虜の淋しさを感じていった。

曹長が帰ってきた。

「済んでるさあ」

気抜けしたような顔だった。

「何が？」

「隊長殿が、済まして、ます」

二重取りでもよい筈だ。それでは、この男もやっぱり心の隅で、何処か醍醐大尉を尊敬しているな、と私は今更のようにいぶかしく曹長の顔を見つめるのである。

「帰りますか？」

「ああ、帰る」

「九九は？」

「またにしよう。が金はやるよ」

私は二千ドル、花立曹長の手に積み重ねた。

「あなたは、全体、何といわれます」

例の慇懃な調子である。

「何が？」

「官姓名ですよ」

「ああ、真野だ」

私はそう言って送り出してくれる花立曹長の後から、戸外に出た。

「今夜は、花立、此処に残ります。いや、送りましょうかな。宿舎迄」

迷惑だった。一刻も早くこの男から逃れたい。

「いや、いい。道はよく覚えている」

「月明りだからな。月齢十八点の五ですよ。じゃ、又」

酔いから、急にしびれがかってきた足を、引摺り上げるようにして、私は坂路を登っていった。

七

朝陽が枕許まで廻っている。相変らず喧しいポーコーの声だった。気がついてみると二つ三つガラス窓が破れている。よく見れば、何処から入ったのか、壁面にも爆弾の破片の痕跡が匍《は》っていた。それでも、体の節々が疼くようだから、仲々起き上れぬ。昨日から一変した生活の様態に、何か不安の焦燥がからみよってくるようだった。

オフェリヤの水死の額が、三十度ばかり左の方にゆがんでいた。そいつを、いかにもなつかしい郷土のように、くりかえしくりかえし、眺めやるのである。もう、大分、時が廻っているようだ。思い切って、ようやく起き上り、その額の傾斜を正してみた。が、鈍痛のように、疲労が五体へ寄っている。仕方なく、また、がっくりと床の中に入りこんで眠るのである。

「もーし。真野報道班員殿」

とたるんだ長い兵隊の声が聞えている。

「ああ、どうぞ」

と私は床についたまま、返辞をした。瘦せた兵隊が臆病そうに入ってきた。

「ああ、生きとられたですか？」

私は可笑しくなって笑いはじめると、

「昨夜見えんので、あなたもふっとんだのだろうと言っておりました」

「有難う、少し節々が痛むから、寝たままです」

「何処か、やられました？」

「いや、ちがう。飲みすぎです。ところで、この辺り別条ないですか？」

「炊事場が、ふっとびました」

「じゃ、本当？」

と私は花立曹長の昨夜の言葉を思い出してふるえるのである。

「島田がやられちゃって」

「ああ、あの眼鏡の？」

「ええ、よくこの部屋に来たでしょう。運が悪くって」

「命の方は、大丈夫？」

「いや、お陀仏ですよ。朝迄、死体を燃やしました」

不吉である。そこらを歩くのは嫌だった。私は起き上るまいと決心して、

「今日は終日寝ましょうかな？」

「それがいいですよ。炊事場がなくなって煮炊きが出来ませんから、携帯口糧を持参しました」

「有難い。それの方が、よっぽど有難い」

くすりと善良そうに笑い出して、袋を私の枕許にさしだすのである。

「此処は防空壕は無いですか？」

「いえ、すぐ裏の井戸のわきに、石囲いの立派な奴がありますよ」

「ほーう、作ったの？」

「いや、墓場でしょう」

二人でしばらく笑い合った。生き延びられた者同士の愉悦である。昨夜の夢魔はたわけている、生きるとは、こんなに単純なよろこびだった、と日光の中の平衡のある

思慮ををしみじみ幸福に思うのである。

「今夜も、やっぱり来ますかね」

「いや、来ませんよ。昨夜のは敵さん。情報の月遅れなんですよ。まだ司令部があると思っている。今日はきっと情報訂正がとどくでしょう」

戸外を眺めやりながら、ニコニコと笑っている。

「でも飛行場があるんじゃない？　ここは」

「飛行機が三台ですよ。それも一台はバタ足じゃ——」

「バタ足とは見えんだろう？」

「なあに、飛行機をねらってくれりゃ、尚安心ですよ。ここいらは」

私も、寝たままで、葉々の光りを見つめている。

「じゃ、ごゆっくり」

兵隊はやっぱり笑いながら帰っていった。私は毛布で半眼を静かに埋め、この兵隊の笑顔を拾い取りでもしたように、とめどなく幸福だった。乾麵麭《かんパン》をポリポリ嚙み、唾液のままにゆっくりと喉から食道の方に流しこむのである。

八

正午を少し廻る頃である。ドンドンと部屋をノックする。午睡が足りて、自分にさえ、寛大な愛情が湧いていた。直ぐに榻の上に起き直るのである。

「どなた？」

「ハア、醍醐大尉殿の伝令であります」

「どうぞ、お入り」

扉を排して一人の兵長が入ってきた。息せききっている。

「急用ですか？」

「ハア、隊長殿の書簡であります」

受取った。真野殿と封筒に達筆で書かれてある。封を切った。軍用の罫紙に、軟かい鉛筆で、肉太く、
昨夜は酔余非礼の段重々御海容願い上ぐ。今一度拝眉の栄を得、種々御教説に預り度く、御多用中のこととは被存候《ぞんぜられ》も、御都合如何に候哉。幸に御都合宜敷くば、本日十六時より小生宿舎に待申居候。尚、明日夕弾試射いたすべく、其の節は御同乗如何に候哉。右非礼を顧みず書状にて。御諾否、伝令迄申聞かせられ度。小生宿舎は別紙地図の如し。

不尽　醍醐大尉

私はしばらくためらった。しみじみ今朝の幸福を思うからである。醍醐大尉との昨

夜の思い出が不吉な瞬間の夢魔に思われた。而し文面の裏に見えている新しい親近の情誼《じょうぎ》にはこちらからも答えたい気持がした。この機会に暗雲を綺麗に拭い棄てておきたかった。

「はい、ゆきます」

と私は、醍醐大尉の伝令に、はっきりと肯いて見せるのである。

「お迎えに参上しましょうか？　そのこともお聞きせよと言われました、が」

「いえ、結構です。地図があるから判りましょう」

伝令はすぐに帰っていった。

何となしに愚図ついた。ようやく、舞い戻れた故郷でもあるように、宿舎の一室を離れたくないのである。爆弾の破片は、しらべてみると、西の小窓を打ち破って、榻のすぐ横の壁にかなり大きな亀裂をつくっている。丁度今の恰好で坐っていれば、頭から心臓の辺り迄、ささくれた破片のつぶてを受けたわけである。即死であろう。間違ってもここに坐っていた筈はないが、妄想という奴は他愛のない発展の仕方をする。

爆弾の破片に射抜かれて、前にのめり、床の上を二回転がって、最後にオフェリヤの額にぶらさがろうとしながら悶絶する。朝方直した三十度傾斜が、丁度片手だけ額にふれかかって、さて、崩折れた、自分の頭の上の情景のように蘇える。

旅から旅へと、歩きつづけた後に、この旅宿の一角で、思いがけない十年昔の怠惰の習癖に舞い戻ったのかと、なつかしくも可笑しくもなるのである。

それにしても心という奴のとめどなさばかりはあきれたものだった。ポーコーの啼き声と朝陽の中に、正しく己を計量しつくしたように思った俺が、もうランプの灯影の下で九九の足の指に奇怪な接吻を浴びせている。これでは、もう明日、醍醐大尉と心中をやらかさないとも限らないではないか？

時計を見た。とっくに十六時を廻っている。出迎えが来るのは嫌だった。私はあわてて、例の雑嚢を肩に吊すと、戸外へ出た。幸い、地図の道は、炊事場から真反対の系路である。花立でもふいにやって来そうな時間だった。私は急ぎ足で、棟つづきの煉瓦建築の角から折れるのである。

九

地図上の家はこの辺りだろうと思われる並木道に曲りこんだ。

「見えました――」

と突然大声で呼ばわって、先程の伝令の兵隊が走ってきた。

「やあ、遅くなりまして」

私は恐縮した。見張附の出迎えなぞ、受けたためしがないと、窮屈な思いの方が先に立つのである。

「ここは将校の方が大勢居るんですか?」

「いえ、今は醍醐大尉一人です。後は入院中で——」

階段を上りつめたところの小窓から、網戸を洩れる風が襟首に来る。私はちょっと立ち留まって、その眺望をたのしんでみた。

コツコツと兵隊がノックする。

「おう」

と大尉の大声が辺りに顫い、開けられたドアの戸口に長押《なげし》にとどく程の長身の大尉の姿が現れた。

「よく見えました、さあ」

と騎士のように慇懃な応接ぶりである。然しその礼節には、何か残忍な虚無感がにおうていた。

「昨夜は失礼いたしました。殊に支払い迄していただいて」

「いや——、自分こそ」

と言葉の抑揚に果断な抑制がある。

しばらく黙りあって、私は左側の窓に延び上ったポプラの揺れを見つめていた。部屋の光りにまだ眼が馴れないのである。が、机寄りの壁の上に、一枚の写真の額がかけられているようだった。

ふっと「手風琴、ね、手風琴」を思い出して口がすべり、

「手風琴をお持ちだそうですね？」

「誰から聞きました？　ああ花立？」

私は肯きながら、花立曹長にまつわりつく妄想を、あわてて掻き消すのである。然し部屋の中には、何処にも見当らないようだった。

「古代モンですよ。が、ちょっと来歴がおもしろい。親父が留学中に墺太利《オーストリー》でもらったのです。恋人から」

ふっふ、と追想するような含み笑いを、大尉はしばらくしてから、口にするのである。

「妹が持ってゆけというもんだから……然し、こんなところでは障り、ですよ」

妹、という響の中に、私は新しい罪悪を嗅ぎとろうとでもしている自分が、急に嫌になった。ちょっと立つ。ポプラの窓の方に歩いてみるのである。

「おさしつかえなかったら……」

と鄭重に一度区切って、

「少しやりましょうか。貰ったウィスキーがあるのです」

「はあ——」

私はあいまいな声を装ったが、実は飲んでみたかった。大尉は作りつけの戸棚の方

に歩いて行った。扉をあけて探している。

「フォーン」

と服の釦《ボタン》でも引っ懸ったのか、一つ手風琴が鳴るのである。私はギョッとして、大尉の方をふりかえった。何の為だったかわからない。やがて見附かったのだろう。大尉はウィスキーをちょっと空の方に透し見て、それからグラスと一緒にテーブルの上へ持ってきた。蟹の缶詰を切っている。それを将校飯盒の蓋に入れ、それからポンとウィスキーの栓を抜いた。

「さあ」

トクトクと瓶の口を衝うて、飴色の液体が流れ出した。大尉はグラスを眼の高さまで掲げ、目礼して、それから飲んだ。

「明日は見えますか?」

「はあ。参りましょう。飛行機は乗れるのですか? 二人」

「乗れます。軍偵でやりますから。発射装置をつけておきました」

「それで夕弾というのは、どんなもの?」

「B29を墜そうというのでね。作ったんですが。敵機の真上に上っていって、かぶせるのです。投網のように」

「何処でやりますか?」

「沼ですね」

この大尉の操縦で、空を飛んでみるのは、心地よいように思われた。

夕暮が忍びよっているようだった。この部屋に直射光は入らないが、東側のガラスに、隣家の壁が赤く映っている。

「実は……」

と急に醍醐大尉の声に沈鬱の響きがこもってきた。

「昨夜の続きの話を、承わって見たかったのです」

「昨夜の？」

混濁した擾乱の記憶ばかりで、私には何の話の経過も、今につながらないようだった。

「いや、何も昨夜の話と直接には関係がありません。お目にかかったのを糸口にして、色んなことを考えたから、一つ二つあなたにもお訊ねしてみたいのです」

大尉はこう言って、ウィスキーをぎゅっと乾した。

「何が、生きて残っておらねばならないものとして、在りますか。あなた？　醍醐？　天皇？　国家？　それとも虫けら？　いや？　人類？」

醍醐大尉は急速調にそれだけ言って終うと、ゆっくり煙草を取って点火した。煙が大尉の顔の輪郭を崩すのである。

「私は陸士五十三期です。陛下の為に、飛んで、死ぬのだと誓ってきた。が、変りました。自分だけが変ったのだから、これを普及させようとは思わない」

又、しばらく大尉の言葉がとぎれるのである。私の返答を、必ずしも期待しているようには見えなかった。小窓を越えて黄昏《たそが》れの戸外のモヤモヤが不思議な色合いに、鎮んでいた。もう室内の顔は識別出来ぬ程である。

「私は今でも飛びますよ。昔よりももっと勇敢に飛びますよ。が、国家の為ではない。天皇の為でもない。勝つ為でもない。死ぬ為でもない。死を克服する為です。そういう最も個人的な興味の為ですよ。いや、興味じゃない。そういう宿願の為にです。陸士では克服する信念という空念仏を教わった。が、私は克服するという明確な宿願の為に、死ぬのです。間もないでしょう。が、いいですか、死ぬ根本が違っているのだから、何の為に死んだのか、ということをあなたにだけは伝えてみたいような気持がしたのです。いいですか。私が陸士で教わったのは、大君の為に己を擲《なげう》つ克服心でした。今のはね、何の為でもない。己に克つ克己心ですよ」

「いけない。それは」

と私ははげしく醍醐大尉の方に手をさしのべた。

「いけない、いけない。それは。言葉からおびき寄せられる幻影に、いのちを屠《ほふ》ったら、こんな莫迦げたことはありません」

「莫迦げている？　ええ、莫迦げていることに、命をかけてみたいのです」

「死を克服する為に、死を選ぶ？　死の為の克己心？　いけない。いけない。そんなものがありますか。克己心というのは必ず生の側のものですよ」

「だから、最初の私の問いに戻るわけでしょう。何が、生きて残っておらねばならないものとして、在りますか？」

「在りますよ」

と私は声をはげました。

「親は子を、生きて残っておらねばならないものとして、少なくとも、感じるでしょう。絶対的な生存の価値を言うのは愚劣です。それは、設問じゃない。放棄だ。どんなにとりとめのない自愛の心でもよいでしょう。それを清らかに、そのまま天意を負うた生命に迄昴めれば」

しばらく醍醐大尉は黙していた。立ち上った。窓の風を受けるふうである。いや、壁に懸った暗い額を、手にとってつくづくと透し見ているようだった。

すると、例の噂は真実か、と私の心の中にあやしく哀切な感動が湧いてくるのである。幼い罪悪感に怯えているのだろう。

「よしましょう」

と醍醐大尉は調子を変えた。

「つまらんこった。言葉尻だ。どうしようもないのは、真野さん。あなたと私の負うている運命が、天地のようにかけはなれているということですよ。よし、飲む」

自分に言いきかせるように、大尉はつぶやいてテーブルの前に帰ってきた。卓上ランプに火をともしている。それからまたゆっくり私にさしながら飲みはじめていった。

「私に一人の妹がおりましてね。年は、二つちがいですが……」

大尉の声が、今度はゆるく、うるおいを帯びてきた。

「二人っきりで育ったものですから、離れにくいのですよ」

私は喋りはじめる大尉のその口許を、じっと見つめている。

「先程のあなたの話ではありませんが、生きていてくれ、とこの妹にだけは言いたくなる」

「素晴しいじゃないですか。それこそ天賦の愛と生命を完全に育成するに足る糸口じゃないですか」

私は醍醐大尉を刺戟しないように、つとめて私の言葉を彩った。

「帰られたら、会っていただけないでしょうか? 妹に」

「こちらから願いたい程ですね」

「私はいつ死ぬかわからない。それであなたに、伝言を一つお願いしようと、昨夜から考えた。生きていてくれ。こいつにしましょうね」

大尉はそう言って、今度は正しく私の顔をみるのである。

「妹の写真を、御覧に入れましょうか？」

大尉は立ち上った。想像の通り。壁の小さな額を外してもってくるのである。

此の世に得難いくらいの、よい写真だった。庭先に斜めにかがんで少しうつむき加減のようである。陽射が額から、降りそそいで、眉の上をくっきりと開いている。眼は閉じたように写っていた。

「あなたが？」

と私は問う。大尉は素直に肯いた。額を裏返して醍醐大尉は、押えの板を外している。印画紙のまままとりだして、その裏の方を見せながら静かに私に手渡した。

妹《いも》と二人心に触れて語り合ひし照る陽の庭の忘らえなくに
筆蹟は微かに顫え、一首の甘い音調の美しさは私にも無類のように思われた。

「お帰りなさい、ここへ」

と私はもう一度写真を眺めなおして、その面影の上を指先で軽く叩きつつ、大尉の鋭く収縮してゆく頬の辺りの表情を見つめていた。

十

翌朝はピスト（戦闘指揮所）の約束が九時だった。例の通り私の到着は、二十分ばかり遅れている。

八月九日、タ弾試射。使用機、軍偵二〇八三。九、二〇始動、離陸。九、四〇試射。Y湖上。一〇、三〇着陸。搭乗、醍醐大尉外一。

入口のつき当りの黒板に赤チョークで書かれてある。もう過ぎている、としきりに恥かしかった。

「醍醐大尉、何処です？」

「階上です」

上りかけた時にドラム缶の乱打の音が響いてきた。

「空襲――」

「東方上空――」

その儘、兵隊の声はスッ飛んだ。私も走り出す。もう爆音が上空に轟いているのである。土堤の外に走り出て、石垣の塚にとびこんだ。地位は滑走路よりずっと高いが、比較的安全のような気がされた。

P51四機。超低空の来襲である。ロケーターには入らなかったのか。全くの不意打ちだった。

落下傘爆弾。私は石垣の塚穴の中にへばりついた。すぐ後から、兵隊が二人飛びこんできた。バッバッと炸裂の轟音がしばらく地軸をゆするのである。

続いて地上掃射がはじまった。ヒューンと唸り降りてきて、ダダダダーッと地を払う。

「おい見ろ、醍醐大尉殿」

と一人の兵隊が言っている。

「無茶しとる」

もう一人の兵隊が答えたから、私はおそるおそる、石垣の蔭の間から、覗きおろしてみた。大尉は滑走路の手前の叢《くさむら》の中に、立膝で空を仰いでいるのである。右手に拳銃を持っていた。超低空で掃射してくる度に、身構えて、パッパッとむなしい拳銃を放っている。馬鹿げていた。が、私の理性の嘲笑を尻目に、感情が先走って、この青年の暴挙を畏怖するようだった。危うく故の知れぬ涙が眼蓋を衝き上げてきそうになるのである。

兵隊が一人着色弾の擦過傷を負うただけだった。滑走路清掃がすぐはじまった。

「滑走路異常なし」

と兵隊が叫んでいる。

「やりますか?」

「ああ、飛びましょう。敵さんの幕間《まくあい》で丁度いい」

醍醐大尉は長身から見下ろすようにして、私の顔に肯いた。始動車が軍偵のプロペラに縋りつくのである。やがてプロペラの旋回がはじまった。

「試射準備完了」

と兵隊が醍醐大尉に報告する。

大尉に続いて、私も乗る。搭乗機が滑走路をすべりはじめた。青草がどんどんと後にすぎる。土を蹴る、と思ううちにふわりと飛び上る。城門が見え、城壁が見える。細長い町を半周して、ぐんぐんと高くなる。右手にS江が濁っている。

太陽は右手である。快晴。水田の稲穂の黄様の絨毯。高度千百ぐらいを保って飛翔を続けている。S江が思うままにゆったりと彎曲して、白帆が見える。心地よい涼しさになる。

左前に身じろぎもせぬ醍醐大尉をつっついて、煙草を吸ってよいかと手真似で訊く。肯いている。一服。

至るところに湖沼がある。右手に重畳の丘陵が見えてくる。動揺はない。夥しい水だ。広い。まるで、水の上に島が沢山浮んでいるようなものである。広い。こんな広い台地の上に、彼我入乱れて爆弾を落し合ってみたところで、何になろう、と可笑しくなってくる。次第に高度を上げはじめた。冷気がしみてくる。雄大な俯瞰である。山々がひしめき、ねじれて、その上にくらげのような白雲が浮んでいる。流れている。

まばゆい白雲の群が、きらめく氷山の群のように見えてくる。雲がと切れて紫紺の山膚がのぞいてくる。

高度を落す。相変らずの湖沼が至るところに見えている。葦がそよぎ、湖上にチリメンのような波が皺曲《すうきょく》する。その上に船の水尾が長く伸びている。藻屑を分けた水路である。

その辺りを迂回する。紅白の蓮の花が満開である。明るい。明るすぎる。透明である。

コツーンと、何か底抜けに淋しい気持が湧いてでた。この儘天国にのめりこんで見たいのである。

この辺りではないのか？　まだ試射をやらないのか？　不思議なもどかしさがこみあげる。

機体は、放心でもしたように、何遍も何遍も、繰りかえし同じところを旋回しているのである。

大尉を見る。化石している。試射どころではないようだ。ふいに突然の恐怖が波立った。危い。やる気かな？　俺を道連れに。すると、私は嗚咽のように身が顫えた。

ジロリと大尉が、私を見た。助かった。コースを変えたようだ。二岐に分れた川に沿うて平野に出る。低空である。犬が見える。水牛が見える。人影が見える。何かに集うているようだ。何に怯えたのか、蜂の巣をつついたように逃げはじめた。ぐいと急角度に旋回する。

瞬間、大尉の身が踊るようだった。真下に白煙が裂け、グンと手応えのようなものが機体に顫う。あっ。タ弾が発射されたようだった。バタバタと四五人の人々のよろける有様が目を掠めた。そのまま急角度に上昇してゆくのである。雲界に舞い上る。相も変らぬ、キラキラと眩ゆい白雲の群だった。その白雲の波の上をすれすれに掠めて飛ぶ。

まるで白日の夢魔のようだった。暗い疑いを乗せた機体の投影だけが、ツイツイとその雲界の波を縫っていた。

ようやく雲を抜けて下降する。S江の特徴のある彎曲が見えてきた。彎曲のくびれ目のところの、古い塔が、城壁である。飛行機は高度を落す。細長い町を半周する。家々が、斜めに眼の前に浮んできて、あっと思う間に叢の中の滑走路に、あっけなく着陸した。裸の兵隊がゆるく手旗を振っている。

大尉が降りたから、私も続く。急に熱い。叢の風を受けるふうに大尉はちょっと立ち止った。私の顔を見る。沈鬱な眼だ。

「じゃー」

と醍醐大尉はそれだけ言って、一人で大股に、風の方へ歩いていった。

十一

にがい夕暮だった。一人取残されて終ったような苦渋である。昨夕から一歩も出ない。ひきこもって、折々オフェリヤの死体を流し去っている、夕暮の水膚の色を見つめている。

昨日の白日の夢魔が蘇える。稲穂の中に、よろけるゴマ粒程の黒い蔭が。それから小波の皺曲の上の紅白の蓮の花が。藻屑を分けている、小舟の細くて長い水の尾が。キラキラまばゆい雲海を縫うている自分の飛行機の投影が。この濛々たる繁茂を司る終局の宰領者は、神か？　馬鹿げている。

すると照る陽の庭の、醍醐大尉の妹が見えてきた。妹のくっきりと抜けでるような額の色が。ほつれ毛が。

醍醐大尉なぞ、死のうと生きようと知ったことではないではないか。まだしも、あいつは帰るべきところを持っている。死の間際にあそこへ、帰ると思うのだろう。あの甘くておそろしい悲哀の場に。あいつの甘い苦悩が流れ出すその根源に。畜生。だからやすやすと感傷の死を口ばしる。

では、俺は。さしずめ九九の足指の先あたりか？　どこに帰ったらいいというのだろう。

はげしくいらだって戸外に出る。テラスの木柵に凭れてみた。例の啼き上げるような暮れの小鳥の感傷がはじまった。昼と夜の、紙のようにつながっている、あわいである。

鳩程の見覚えのない鳥が、ベランダと右手に近い木立の間に斜に張られた蜘蛛の巣の側へ飛んできて、まるで空間に佇立するように、しばらく一所にハタハタ、ハタハタと空気を顫わせながら浮んでいたが、さっとその蜘蛛を捕えて飛び去った。

私はこの瞬時のいきいきとした情景に、洗われるように蘇えるのである。

花立曹長が、やってきた。

「ああ、居るね」

無遠慮に部屋の中に入りこんできて、蠟燭の灯りの側に坐るのである。

「昨日は、夕弾の試射だったって?」

「ああ、行った」

「やったろう?」

「ああ、やった」

何をやったろうと言っているのかと思ったが、こいつ本能的に嗅ぎ知っているに相違ない。

「野郎、死ぬよ。今度だけは見ときなさい」

「ふーむ」

「でね——。真野さん。明日白竜まで飛びましょう。うちの前進基地ですよ。秘密命令で、今日、醍醐も飛んでいった」

「え？　醍醐大尉が出かけたって」

「ああ、出かけた。あっちで決戦をやるんだとさ。オンボロ飛行機を掻き集めて。きっと面白い程、バタバタ、墜ちるよ。見にゆこう」

「そいつは君の商売だ。俺は知らんよ」

花立はしばらく黙って、陰気に耳を揺っている。

「だって、真野さんに来てもらいたい、というんですよ。今日乗りこむ時に、醍醐大尉殿の伝言でさあ」

乱脈な言葉の高下である。

「来てくれって、嘘だろう？」

「嘘なもんか。明日オンボロ爆撃機で、弾丸輸送がある筈だから、その時一緒に連れてこいと言ったのは、まぎれもないこった」

「いや、何れにせよ、やめにしよう」

「信用しねえのか。ほらここへ、ちゃんと手紙があるじゃねえか」

花立曹長はそう言って、ポケットから封書を抜き出した。真野殿と大書してあるが、勝手に開封して持っている。

「真野さん、居なかったから、間に合わんといかんと思って、用件だけあけて見たがね」

勝手な理窟を言っている。が、どうでも良かった。

一筆書留め置き候。御家に御手交戴き度き物品有之、御迷惑ながら明日連絡便にて白竜迄御来駕願上候。怱卒に思いつき、ここにてお預けせんと一度は決心候も、依頼いたすべき人物いかがわしく、先ずは書状を以って、御光来懇願迄
醍醐
私は花立を見つめながら哄笑があとあとと身をゆすって、とまらなかったが、曹長は別に何とも意にする風には見えなかった。信念を貫いて、何事にも屈せぬ男なのだろう。私は笑い止むのである。

「行くでしょう?」

「よし」

と私は肯いた。花立曹長は、蠟燭の火の中に、ニヤニヤと笑ってから、ちょっと盃をふくむふりをして、

「やりませんか、一杯？」

「飲みたいね」

と率直に肯いた。

「じゃ、はじめから、今夜は九九だ」

花立曹長は、勇むように私の前にどんどんと歩み降っていって、

「月齢二十一・五だ、拝めないね」

又例の月齢をつぶやいた。

十二

例の輸送用に改装された爆撃機は、夕暮のあわいを抜けて飛ぶことになっている。敵機の追撃をおそれるわけだ。

暮れかかっている。花立曹長は桜花模様を散らした日本手拭で、しきりに鼻をかんでいる。帰れというのに、昨夜、私の部屋の寝台の下にころがって、風邪をひいて終ったのだろう。

「機上は寒いから」

そう言って、首にバスタオルを巻き、合羽を着こんでいる。が、これもまた戦死者の遺留品にちがいはない。

十九時何分ぐらいだろう。重爆のプロペラが廻りはじめるので胴体の扉をあけて乗りこんだ。なるほど胴体の中は弾丸の山である。操縦席の後のクッションが一つあいていて、私はそこに坐りこんだ。花立は後部の胴体の弾丸の上にころがりながら寝そべっている。ちょっと熱があるそうだ。

場内の草が白くはじかれ、やがて滑走、大地を蹴る。S江が雄大に彎曲して、その果が朱雲の天際に没している。有難い。心がしーんと鎮まる程である。もやもやと紫の靄が、S江と湖沼と大地の上に立こめてくる。

時々前の部屋から、紙片が副操縦士に廻される。〔敵機変化なし〕操縦士がそれを見てうなずいている。その紙片を私にも見せてくれるのである。それからゆっくりと破り棄てている。

太陽の余光が層状の靄の皮膜の上にほんのりとうす明っている。飛行機の速度が実に遅く感じられる。地上を鈍く匍っている感じである。右手に巨大な沼沢が見えてきた。

「洞庭湖ですか?」

副操縦士に訊いてみる。聞きとれぬふうである。

「洞庭湖ですか?」

飛行帽の耳の辺りをめくりながらどなってみる。

「いや、ちがいます。H湖でーす」と飛行地図を出して指し示してくれた。

どうやら飛行場のようである。江岸にうすぼんやりと滑走路が見えてくる。翼燈が点いたり消えたりする。急角度に旋回した。パッと赤青白のスピリオが滑走路を浮き出しにした。機首をぐんぐん下げて、ズシンと軽い衝撃が感じられる。そのまま地上に滑りこんだ。ガラスの蔽を開け、副操縦士が立ち上って、滑走路を誘導する。止る。私は胴体を開いて、花立曹長を探してみるが、もう降りたようだった。下に居た。暗闇の滑走路を横切って、曹長について歩む。


「ほら」

と曹長は合羽を開き、自慢そうに私の手に押しつけてみせる。一升瓶が二本のようだった。


「弾薬箱の後なんぞにかくしやがって」

眼の前を何か黒い動物が横切った。鼬《いたち》か兎にちがいない。それを曹長は幽霊かなんぞのようにたまげたふうだった。


歩いて十分。白竜山の山蔭に、こんもりと繁る寺社か廟のような建物だった。ここが空勤宿舎だという。階上からギターかウクレレの物憂い響きが聞えてくる。

悪びれる色もなく、曹長は先に立ってドンドンと階段を上っていった。私も黙ってその後に続くのである。

扉を開く。

「おうお、花立。何しに来た。まあだ、俺は死なんぞ」

一人の中尉が立ち上り、大声でそう言うと、ドッと笑声がわき上った。又一人の将校が言う。

「おい、俺が死んだら、花立。褌《ふんどし》は貴様に全部やるぞ」

ワッと新しい喚声である。

「おうお、手土産か。でかしたぞ」

寄ってきた。湯呑みで、みんな飲みはじめた。私も度胸を決めて、勝手に坐りこんで終っているのである。生命が朝夕交替するところには、紹介も何もないようだった。迷いこんできたものを、怪しむものは一人もない。消えてゆくものも、やっぱり同じことだろう。

無常迅速な、生命の交替のプールである。

「花立。今度はお蔭で、貴様は用無しじゃ。乗る飛行機が無うなったわい。ゆうべ集結したところを、みんな焼かれて終って、のう」

「が、安心しろ、俺が、馬に蹴られて死んでやる」

また、わっと哄笑が上っている。

然し、酔いが廻ってゆくにつれて、焦慮と放埒のからみあった、耐え難い陰惨な風景に変っていった。生命が故意に圧縮され、歪曲される日の、喪失感から発する悲哀だろう。

そこここの隅で、一人二人ずつ、集っては歌い、歌っては踊っている。ウクレレを弾いている。ギターを掻きなでる。その音色は残忍に人の心を逆撫でる。

部屋は床を上げ、アンペラが張られてあった。あちこちにランプが吊られ雑誌や豆本が散らばっている。その本の表紙には必ず、購入者の名前を自筆で入れる慣わしだそうな。

だから、一冊、分厚い合本が綴られて、「思い出の雑誌集」と表記してある。購入者が墜ちてゆく度に新しく綴り合わせられてゆくのだろう。これも又、花立曹長の発案か？

一人の恰幅のよい豊頬の准尉が私の側によってきた。飲んでいない様子である。ズボンの上から左脛をしきりにさすりながら、

「あなた、見慣れない方ですね。もしや、醍醐大尉殿の？」

静かな口調である。

「そうです。真野です。醍醐大尉を追うて、やってきたのですが」

「そうでしたか。大変失礼いたしました。花立が紹介でもすれば直ぐわかったのに。自分は醍醐大尉殿の部下で、霧島准尉であります」

言葉がしっとりと私の胸の中にはまりこむ。よく練れた飛行士だ、と私は想像するのである。平静で正確な軍人も稀にはある、とはじめて私はこの准尉の顔を、しみじみと眺めやった。

「それで醍醐さんは、どうしました？　見えないようですね」

実は、私は先程から、大尉の姿が見えないのを気にしていた。

「はあ。昨夕十六機集結して飛行場に並べたところを、戦爆連合で十二機燃されて終いましてね。迂潤ですよ。それで焼け残りの四機を指揮して、今朝方、大尉殿は湘潭までゆかれました。明朝は必ず帰って来られますよ」

「そうですか、大変ですね」

「若いが、立派な人ですよ。あの人は。が、何かこの頃、焦られ気味ですね。私は気にしているんですが」

霧島准尉はそう言って、ちょっと視線をはずし、脛の辺りをさすっている。

「死ぬのは、いつだって死ねるんですから。ああ、そうそう。預り物をしていますよ。きっとあなたが見えられるからというんで」

「でも明日帰って見えるのでしょう？」

「はあ。帰られます。然し私達はね、刻々用件を片附けとかないと。いつ――」

そう言って、また脛をさすりはじめている。

「失礼ですが、大きい物ですか？」

私は、いささか、旅の迷惑をも思ったわけだが、それよりもその品物が何だろうという好奇心の方をかくせなかった。

「いえ、靴でしょう。御妹ごへの。小さな繻子《しゅす》の支那靴ですよ。実はね、大尉殿は、妹御の足形を両方ともきっちりと、紙にとっておられましてね、それは丁寧に註文されたのですよ。可愛い足でして」

「ほう？」

准尉は好色そうではなく、ほんとうにその足に感嘆するような声をだした。

私もうなずくのである。

「その靴の上にね、手風琴の模様をそっくり移して自分でたんねんに刺繍されたのですよ。一ヵ月余りかかりましてね」

これは大切なものだと、私は責任の重大を感じるのである。

先程まであちらで声高く談笑していた花立曹長が、ひょっこり側にやってきた。ぎょっとする。が、そんなことに気附いている道理はなく、

「おお、霧島准尉殿か。真野さん。これが日本の撃墜王ですよ」

瞬間、霧島准尉の顔が女の子のように初々しく染った。

「どうです、戦闘は？」

私も興味が湧いて、つまらぬことを訊く。

「いや、嫌ですね」

「そうでもねえさ」

花立が口を挿む。

「ほんとに嫌ーな気持ですよ。自分が墜ちた方がよっぽどいい。人の顔が見えないからまだしもですよ。自分はいつもほんとうに、射的の豆飛行機の心算ですよ。でも空の戦争の方が、まだましですね。地上なら撃てない。人を狙ってなんか」

「足の傷、癒った？」

と花立が訊いている。

「ああ癒った。段々弾丸が、私の真中の方に近寄ってきましてね。そろそろ年貢の納め時ですよ」

そう言って、霧島准尉は大きな顔をくしゃくしゃに綻ばせながら笑うのである。

その晩はすすめられるので、霧島准尉の脇に眠った。すぐ、すやすやと赤子のような寝息が立つ。私は仲々寝つかれなかった。階段を降り、戸外に小便をしに出ると、暗い闇の中に、何かつるべを汲みあげるような、キリキリキリキリという夜鳥の声がきこえてきた。沼でも近いのか、何かぼんやりと夜眼に照っているものがある。

十三

翌朝目覚めてみると案の条、すぐ家の裏に沼がある。葦葭の間々にまで白い靄がたっていた。その靄が次々と日光に吸い上げられていって、最後にぶるぶると葭が顫え、それから素晴しい天気になった。

飛行場迄、朝のトラックが出るという。空勤者は全員乗り、私と花立も一緒に乗る。

ピストに到着すると、間もなく爆音が聞えてきた。

「爆音は友軍機。サクラ、サクラ。サクラ四機。着陸しまーす」

無線室の方から拡声機に乗った声が響いてくる。

滑走路に立ち、空を仰ぐと隼四機が、もうくるくると旋回をはじめている。雲一片ない空だ。

一旋回ずつ遅れて、次々と着陸している。醍醐大尉が降りてきた。

「やあ、よく来てくれました。花立。貴様もか？」

花立を見て笑っている。

「はあ」

と花立も耳を立てながら、笑った。

「真野さん。ひとつ、ここでゆっくりしていってくれませんか。ここはにぎやかで面白いですよ。敵さんがひっきりなしに見舞いにきます」

控室に入る。朝食に寿司が出ている。

「少し歯が痛みましてね」

醍醐大尉はそう言いながら海苔巻を一つだけしか口にしない。

「歯ですか？　軍医殿を呼んできましょうか」

花立は素早く立ち上って出ていった。霧島准尉が側へよってきた。

「隊長殿。お預けの品物、たしかにお手渡しておきました」

「ああ、そうそう、たしかにお預りしておりますよ」

醍醐大尉は私の顔をしっかり見て、

「戦場ですからね。余り責任を持たないで、もし運べたらというぐらいで結構ですよ。つまらぬもんだから」

「いえ、きっと」

答えながら、私の眼に、照る陽の庭が眼に泛んだ。静かな女人の肩と、白い足のくるぶしが。届けたら、あの庭先で陽を浴びながら、コトコトと履いて見るだろう――。

軍医が控室に入ってきた。花立は何処かへまぎれて終った様子である。

「どんなです？」

「いや、大したことはない」

「治療をしましょうか？」

「めんどうだな。飲み薬でもないのかね？」

「じゃ、注射を一本やりましょうか、葡萄糖と一緒に」

「葡萄糖？　よし、打とう」

大尉は左腕をまくっている。

「注射は、大の嫌いだが」

机のはしに毛布を敷き自分の右手で肱のところを押えている。軍医がプスリと針を射す。馬鹿に白い青年の腕だった。童貞か？　それとも血族との姦淫というのは事実か？　何か不思議な感傷を誘う腕だった。軍医は静かに針を抜いて、ヨーチンを塗っている。脱脂綿に吸わせすぎたせいか、ヨーチンが、塗られたところから少し流れて腕を匐った。

「やあ、有難う」

大尉は屈託なく服をのばした。

「永州特監、五十キロ。戦爆連合三十機。白竹輔東進中——」

無線室から、突然不気味な拡声機の大声が響いてきた。

「来た」

と醍醐大尉は棒立ちに立ち上るのである。

「直ちに要撃。田沢中尉、橋野少尉、霧島准尉。出勤報告は要らぬ。そのまま飛べ」

「ハッ」

と一斉に青ざめた。走り出しているのである。走りながら飛行服の吊革ボタンをはめている。霧島准尉の軽いビッコが私に見えた。

「此処は爆撃の目標だ。真野さん河岸まで逃げなさい。花立。案内しろ。あすこの真上でやる。じゃー」

醍醐大尉はそれだけ言い残して滑走路にとびだした。始動機のトラックが駈け廻って、もうプロペラが廻っている。

「永州特監、三十キロ。戦爆連合二十七機、嘉善東進中」

次々と離陸している。

「危ねえ、危ねえ、さあ逃げようぜ」

と花立曹長が駈けだした。私は後に続くのである。無二無三に走った。江岸が見えてくる。駈け上って堤防の上に横に寝た。

「ここなら、あんた、いい見物さ」

笑いながら、花立はそれでも砂と草をかぶるのである。四機はくるくると旋回急上昇をつづけている。

西方の上空にキラキラと敵機の姿が見えはじめた。三つの梯団に分れている。よく見るとその上にまた二梯団が、爆撃機らしい。近接してきた。轟々たる爆音である。編隊をくずす。友軍の四機はまだ上昇しきっていない様子である。

が、入り混れた。

爆撃。私は地にしがみついた。草をごそごそ掻きよせるのである。巨大な爆発音と爆風が間断なしに続いている。飛行場は滅茶滅茶のようだった。濛々と煙が上っている。

けれども済んだ。爆撃機は次々と離脱してゆくようだ。

「やってるよ。見なさい」

と花立曹長は立ち上っている。寝たままだが私も仰向になって空を見た。のどかな眺めだった。爆音だけが腹にふるえている。高い空の中に、ケシ粒ほどの飛行機がのび上ったり、旋回したりしている。もう三三五五というふうだった。ほんの時々、ババババーンと遠い掃射の音が聞えていた。見ていて、状況がちっとも分らない。

何処からか一機、かなりの低空で戻ってきたようだった。日の丸である。が、突然火を噴いた。危うく落下傘で飛びだした。すーっと一直線に降りてくる。男は二三度腿をふって身もだえた。おや、いつ開くのかと思ううちに、そのままストーンと地に吸われた。

「誰だ、誰だ。間抜け野郎が」

花立曹長は手拭で水洟をかみながら立っている。私も立ち上った。が、何となしに知り合った人である筈はないような気持がした。

「あれ。また一機墜ちてくるぜ。敵機らしい」

なるほどもう一機、滑るような角度で流れてきて、向うの丘陵の中に呑まれていった。

「さあ帰ろう。もう済んだ」

花立は駈けだした。私はぼんやり後から歩いていったが、途中で、頭上に一機帰ってきた。もう他には空の中に機影はない。

飛行場は、大混乱のようである。死傷者の運搬のようだった。が、控室とピストは案外に残っている。先程の一機が着陸して、兵隊に抱かれるように囲まれながら、中尉が、一人帰ってきた。

花立が寄ってきて私に言う。

「落下傘はね、霧島准尉だよ。今、搬ばれていった。それから山の中さ。ダ、イ、ゴ」

何故か、そう区切って言って横をむいた。

「単公路の近くだから、現場にね、トラックが、急行する。行くかい？」

言葉を継いで、花立は例の水洟をまた拭った。

確認するのは嫌だったが、私も発車間際になって飛びのった。やけにトラックをぶっとばす。考えが少しもまとまらなかった。稲穂ばかりが眼の中に流れていった。沼を廻って丘陵である。丘陵の中をうねる公路を、かなりの道のりだった。

そこから歩いた。二つ目の丘の南斜面に大破した飛行機が見えている。薄《すすき》と萩の丘だった。ところどころ小松が混り、地膚の赧土《あかつち》が赤く眼に残る。

機上には死骸はなかった。二三間離れた萩の中に、蹲《うずくま》った形で倒れている。焼けながらはね出されたのか？

袖がもぎれて、左腕が異様な色にふくれ上り、萩の枝を抱いていた。

突然、花立のヒイヒイという泣声がはじまった。ふりかえると、例の手拭で、真赤になった眼と鼻を交互に、はげしく拭っているのである。

埋葬者

四月十四日。妻リツ子の葬儀。柳河《やながわ》の父の家で執り行う。

私は平素父から勘当同様に放逐されているから、この葬儀は、私と父との取り敢えずの双務契約に従って、私が種油一升と粳米《うるち》三升を用意する。現金の出費は大体、親戚の香華料、御仏前等をあてにして、その金の集積でまかなう予定に決ったようだ。但し事前に入用の現金は、三百円を限度として、父が立替払をすることになっている。

どうでもよい。私は大体葬儀などに何の関心をも持っていない。リツ子の骨片は海に撒こうが山に棄てようが、なるべく清々と太郎が喜ぶ流儀に従いたい。人が埋めよというから埋めるまでだ。葬儀をせよというから葬儀に決った。

よろず倹約を立前にしている父の家は、迷惑がふりかかった様子で、怯えている。私も迷惑だ。人様さえ異存が無ければ、太郎と二人、海ぎしの河口に行ってリツ子の骨をパラパラと撒き散らしてしまいたい。それとも、この儘、リツ子の骨壺を帯革にぶら下げて、生涯持って廻ってもよいのである。床飾りに花瓶の脇にでも据え、時々その骨片を覗かせてみせたなら、太郎が母の行衛を見まちがえずに、正しく納得がゆくだろう。

葬儀をせよとは、彼等が思いついて、さて、その出費を賄えない私を嘲罵するのである。

「日頃のおまえのやりっぱなしが、今度はよく思い当ったじゃろうが――」

と親戚縁者の長老方が口を揃えて言っている。まだ、そんなことが言いたいのか。却って私こそ、すべての死者の正確な腐朽の有様を知っている。坊主がわめこうが、牧師が勿体ぶろうが、美人は化して黄土となりいささかの車塵が舞うばかりのことである。

柳州迄の街道には彼我百千の屍が怨みを噉んで横臥していた。腐爛したその下腿骨が几帳面に、筍状の巻脚絆を巻いていた。

いかなる大法要であれ、蛆虫の匐う彼等の肉塊の一片をでも、極楽の方に浮ばせ得たら幸いだ。

が、今は故意に黙している。

仏壇は、押入の上段をあけて急造した。父の新家に、仏壇が無いからだ。洗いさらしの敷布を展べ、それを押鋲でキッチリとめると、仔細らしく仏壇風に仕上ったのが不思議である。全部、父が引受けて、やっている。

私は一切手伝わない。道楽息子がそんな殊勝な仕草を始めれば、親父の方が困るのである。我々はよく己の分を知っている。早くから私は放逸の脱線息子とはっきりとした身分上の相場がきまっている。律儀なのは親父である。だからすべての迷惑は親父だけが蒙って、もう間もなく七十に手がとどこうというのに安らうひまが無いのだろう。

そんなことを語りたげに、父の偏執的な手足が、ぶるぶると顫えながら、息子の嫁の新仏を飾る祭壇に、熱狂しているわけだ。

私は黙って、戸外の飛びぬけるように明るい陽春の芽立ちの有様を見つめている。逆光から父の挙動が、どうもフィルムの影絵かなんぞを見るようなあんばいだ。高い鷲鼻。半白の髪。

「俺が死ぬまで、まさか仏壇は要るまいと思うとった」

向うを向いた儘で、父がぶつぶつと口ごもる。その声の終らぬうちに、今度は自分で勝手に激していって、

「しかし、一雄。俺が死んでも、金輪際、おまえの世話にはならんから、安心せよ」

もっともな話である。出来ないことに相違ない。こんな息子に委せておけば、死にかかった親父の体ごと海の中に投げ棄てないと、誰が保証出来ようか。父の昂奮が手にとるようによくわかる。

相変らず、私はまばゆいばかりの戸外の陽光を見つめている。

「俺は、おまえの為にこげな葬式ば思いたっとらんぞ。リツ子さんが可愛想じゃったからたい」

そう云えば、私がリツ子と結婚の直後二人して父に会った折、この父も何となく上わずって、

「リツ子さん。一つあんたに死に水を取って貰おうか。死に水を——」

「まあ——、死に水なんかって。御父様、きっと私なんかよりずっとずっと御長命でしょう。きっと、そうですよ」

わはははとそれでも父は嬉しそうで、

「いや。冗談では無いぞ。ほんとうに。死に水は、あんたから取って貰うことに決めとこう——今のヤツからじゃ、俺も死にきれん」

などと、言っていた。

脇からは皆目好悪の判断がつきにくいこの父も、或いはリツ子が何となしに気に入っていたのかも知れなかった。不思議なことである。

勝手の方から義母が座敷に上ってきた。ちょっと祭壇の飾りつけをながし見て、

「よう出来《でけ》ましたたい。お父さん」

「出来《でく》るもんか」

と父が手をぶるぶる顫わせて言っている。

「少し、一雄さんに手伝うてもろうたら、早く済もうとに」

「要らん。こいつがやると、何もかもぶちこわしたい」

「ほんとに、一雄さん。もう少し何事《なんごつ》でん気をつけてやり召さんと、大事仕出かし召すばい」

そろそろ義母の鉾が私に向ってきたようだ。

「お父さんば、六十になる迄働かせて。少しは、楽ばさせてやり召さんね。迷惑ばーっかり、お父さんのとこさん、尻ば持込んで来召さんちゃ。可愛そうに、なあ、リツ子さん」

終りのところを祭壇の方に向ってぼかしてくれたのが幸いだ。然し父は当年六十七になる筈だ。七十まで、と言わずに六十までと言ったところが、この若い義母の見栄だろうか。それならば不憫である。

「もうお勝手の用意の方は出来ましたばい。やっぱり配ると、米が一升足らんよ。立替えといたから、後から持ってきてね。一雄さんは、何でもすぐ後ば構い無しじゃけ

ん、困るもん」

「立替ゆるな。持ってきてから炊け」

と父が驚くような大声を挙げた。

「いえ、よか。よかけんきっと持ってきなさいね」

義母がなだめ顔で言ってから、

「そうそう。早う油ば買うて来召さんと、天婦羅が間に合わん。すぐ、走って呉れ召せ」

私は肯いた。母の差出してくれた油の一升瓶を受取ると、瓶の口の油がネットリ掌の肌にこびりつくのである。私は義母を見下ろしながら、その掌の油を舐めてみた。

大声を挙げて太郎を呼ぶ。

「ハーイ」

と声だけが聞えている。一番裾の私の異母妹と裏の畑で遊んでいるのにちがいない。勝手の辺り、少年の頃見慣れた老婢達の鄙びた顔が、私を見るたび、ちょっと怯えたように頭を垂れている。その暗い厨《くりや》を私は急いで畑の方に抜けていった。

馬鹿馬鹿しい程のまばゆい陽射だった。いっそ、なまめかしい。何かドキドキと私の血管をうずかせるような暖気である。

ピースがぎっしりとなっていた。それは私の身の丈を越え、微風に葉々が揺いでいる。その畝《うね》の葉蔭を異母妹と太郎がキャアキャアと笑いながら見えつかくれつして遊んでいた。私の姿を認めると、

「チチ、何ん？」

と言っている。こんなことなら呼ばねばよかった。赤い椿の花を一杯貫き通して、首から、懸けて見上げている。

「油買いに行くと、たい」

高く、一升瓶を上げて見せた。油のまつわる瓶の中が、春陽射を浴びたまばゆい外光を屈折させて、ゆらゆらとゆらめき揺れている。それを透すと、太郎の椿の花の首輪が殊更面白く見えてくる。

「なーん？　チチ——」

「面白い——面白い」

太郎が私のズボンに縋り上るから、私も、その一升瓶の万華鏡を、太郎の眼許にくっつけて見るのである。

「なーん？　ん、チチ——」

「キレイ、キレイ、たい。面白い面白い、たーい」

太郎も相好を崩している。

「うん。キレイ、キレイ。うん。面白い、面白い」

「太郎、油買いに行くか？」

「いく、いく――」と言っている。

　私は例の通り、その太郎を肩車に負うのである。

　向うから、オフイ婆アがやってきた。真昼の明る過ぎる光をまともに喰《くら》ってよろめきそうに歩いてくる。ばかに髪ばかり白くなった。その油の切れた頭髪をバサバサと揺っている。

「おろー（おやーの意）。一雄坊ちゃまー。何処さん、のーも？」

「油買い、たい」

「何事《なんごと》のーも？」

「俺の嫁御が死んだ、たい」

「おろー、如何《どげん》しまっしゅう？」

　老婆は身をもだえるように、一二度くるくる舞って、それからしばらく私に向って合掌した。

「ジョンジョンガッタン（肩車）に乗っとり召すとは、坊ちゃまかんも？」

「うん、息子たい」

「おろー、如何《どげん》しまっしゅう?」

また、くるくる舞って、今度は太郎の方に合掌した。

オフイ婆アは私の昔の家の家婢である。二十年ばかり前から、少し頭が狂ってきた。神憑《かみがか》りをはじめたようだ。巫女《みこ》のように予言もする。自分では夢のお告だと言っている。天災、地変、水難、火災すべて夢のお告で卜《うらな》って歩くのである。

洪水が近いからと言って家毎に酒をねだる。その酒を橋の上に持って行って、惜しげもなくゴボゴボと川の中に流し棄て、水神の怒りを鎮めるのである。

またよく米を蒐《あつ》める。厄ばらいだと言って戸毎に零細な米を蒐め、その都度琴平神社に奉納にゆくのである。米は統制物資だから、何度も警察にあげられた。が、屈しない。惜しげもなく米を地に撒いて、諸神の怒りを鎮めるのだそうである。

私の家の界隈は漁村である。漁猟の卜い、船舶の安危をも、近頃ではこのオフイ婆アが司っているようだ。

が、根は心情に厚い女である。先程から、もうボロボロと涙を落して泣いている。

「そうして、何時のもー? 御葬式は」

「今日たい。今から、たい」

「拝みに上りまっしゅう。お供えば都合して、すぐにでも上りまっしゅう」

「ああ、拝んでくれ」

と私は逆わなかった。真実の悲みを頒ってくれるのは、或いはこの神憑りの婆ア一人だけかも知れなかった。

「ほんに、美しか、優しか、奥様であり召したつに、のーも」

と素朴な哀切の声を長く引っぱった。

そう言えば、結婚の直後に、一度リツ子はこの婆アに会っている。リツ子も、よろず、信心は見過せない性《たち》だったから、オフイ婆アとは長いこと話し合って、たしか其の時相当の御布施も包んだろう。私が、それを不愉快がった記憶がある。

「一雄坊ちゃま——」

とオフイ婆アはまた一二度くるくる舞ってしばらく眼をつむって合掌していたが、

「今から、貴方様《あなつつあん》の運の開けまっするばんも——奥様はくさんも（ですね）貴方様《あなつつあん》と坊ちゃまの厄ば担いで、身代りしとり召すと、たんも（ですよ）。ばってん（でも）、奥様も、今は、ほんに御安楽ばんも。にこにこ笑うとり召す」

「何処でだね？　極楽でかね？」

「なんの、貴方様《あなつつあん》。ここの空の中にふわーっとひろがっとり召すたんも？　ほうら、シレシレ笑うて、見え召さんかんも？」

と婆は光りの方の空の中を手でゆらゆらと揺るから、私も他愛ない幻視にもてあそばれるふうで、

「太郎。母が笑うとると。ほら、そこの空の中で。お婆ちゃんが手を振ってる、とこで。見えるか？」

「うん、うん」

と太郎は面白そうにオフイ婆アと私の顔を見較べてから、今度は空の中に自分でも手をゆらゆらとさせはじめた。眼を細めて、春の陽射を笑いながらぼんやりと透視しているようだった。

濠《ほり》の水面には反射の春の陽がキラキラユラユラとまばゆくもつれ合い、重なって、しばらく私も、リツ子生前の白い裸像をまぼろしのように、空いっぱいに拡げてゆくのである。

断っても、オフイ婆アは油買いについてきた。太郎を負うと言ってきかないから、これも負わせる。別段太郎は嫌がるふうでもなく背の上で、とりとめのない質問を、しきりとオフイ婆アに浴せている。

「ハハ、ほんとに居る？」

「ハハち何かんも？」

オフイ婆アがあわてている。

「死んだ、太郎のお母さん、たい」

と私が註釈すると、老婆は仰天するふうに、太郎の尻を叩いて感嘆して、

「ええ。お母さんのも――賢こか坊ちゃん。お母さんは、おり召す。おり召す」

太郎を負うたまま、例の通り二三遍くるくる廻って、

「ほうら、ほら。そこにもここにも、空の中にねんねして、シレシレ笑うて、坊ちゃまを見とり召すたんも」

太郎が老婆の肩を叩いて、キャアキャアと笑ってよろこぶ有様だ。

「そうして、この良か坊ちゃんは、大《ふと》うなかして何になし召すか？」

オフイ婆アは今度は私の方をふりかえった。卜ってくれるというのだろう。

「何が良かろうか？」

「何になり召すが良かじゃい、のーも」

「皿焼きはどうだろう」

「何ちのーも？」

とオフイ婆アがけげんな顔で私を見つめるから、

「ほーら、お皿ば焼くとたい」

「皿焼きちのーも。待っとり召せ」

太郎を下に降ろして、しばらく老婆は神妙に瞑目する。それからくるくると廻って、太郎に向って合掌したと思ったら、にこにこと眼を見開き、今度は狂気のように声をあげ、

「万歳ばんも、坊ちゃま——。竈《かまど》の中に虹の立ちますげな。金の立ちますげな。坊ちゃまの尻からくさんも（ですね）、火の神、土の神が尻押ししまするげなたんも（そうです）。坊ちゃまの造り召すお皿にゃ、お母《つか》さんが美しかお顔ばいちいち映し召すげなたんも。天竺辺りから、坊ちゃまのお皿ば、バサロ（沢山）買いに来まっするげな」

老婆はくるくると舞踏のようにまた廻って、太郎に合掌を繰りかえす。私は可笑しさが容易に消せず、しばらくはげしい哄笑に移るのである。

種油は遠縁の家で分けてくれると聞いていた。例の俄闇商人の類だろう。

昔の儘の、古いナマコの壁と、格子窓が見えていた。ここの娘は実は血縁も繋り、私と同年の幼友達なのである。もう随分昔から婿を取って、一二度会ったような気もするが、近頃は絶えて往来もせず、何といっても思いおこすのは六七歳の頃のアゲマキを結った少女の姿だった。

「もーし」

と訪なう。太郎とオフイ婆アは表に待たせたままである。

「どなたさん、かんも？」

出てきたのは当の少女の成人の姿だった。

いたく、荒《すさ》んだ。眼はどんよりとにぶくゆがんで、脂肪ばかりが皮膚の下にブヨブ

ヨひろがっているようだ。昔の面影は何処にもなかった。前垂れにしみる汚点も現世の汚れをまぶしつけたようで、手を拭き拭き、

「どなたさん、かねの-も?」

「一雄です」

と私は侘しかった。油はこの家にあると聞いて、半ばは志願して買いに来たようなものだった。

「ああ、一雄さん」

認識はしたようだった。ちょっと遠い鬼火のようなものが表情の奥の方で燃えたったが、すぐ消えた。

「油をわけて下さい」

「油の-も。瓶ば呉れ召せ」

女は油瓶を握ったまま、さっさと奥に入っていったが、瓶の口許に油を垂らしたまま現れた。

「いくら?」

「さあ、いくらで上げまっしゅうか? 父ちゃん」

と奥を呼んで、

「油、いくらかね?」

「なんな、初めてな？」

「ええ、初めて」

「初めてなら、やっぱり三百円は貰わんと、でくるめ」

奥から訛《だ》み声が戻ってくる。

「少し上りましたけん、三百円たんも。そん代りよか油じゃん。ほら」

と揺って透してみせている。殊によると私は太郎を裏の倉の前からせどわの辺りに迄連れて行って、暫時遊べるかとも思っていたが女の表情を見てあきらめた。

そこには昔、巨大な漏斗状の渦が巻いていた。横濠に落ちる水である。七つ八つの頃だろう。この少女と遊んだ通りに、桜の花弁を投げ入れて、ゴーッとそいつが吸い取られる有様を見せたら、さぞかし太郎が喜ぶだろう。いや、自分で古い夢を辿ってみたかった。が、馬鹿馬鹿しい。

女が差出している油の垂れる瓶を黙って受取って、ある限りの金を手渡す。

「砂糖もあるばんも、斤の百六十円たんも、黒うして、バサロ（大変）甘か」

なるほど黒砂糖は甘いに相違ない。それよりこの女の幼年の日に二人して喰った桃の節句のボタ餅の方が甘かった。

私は、この家の大箪笥のことを、その新しさと光り加減まで、はっきりと思いおこした。少女と二人して歳末の福引に出かけていって、私がこの少女に引当ててやったものだった。今も有るか、無いか——。

「この畜生がの、オフイ婆アがの」

突然金切声を挙げ、女が砂利を握って門口に走っていったから、夢は破れた。

私は急いで、オフイ婆アに負われている太郎の方へひきかえした。ちょっと女の方をふりかえる。女には、呆れたというよりは明らかな軽侮の表情が現れて、それからくるりと門口の方に入っていった。

土橋の上でオフイ婆アと別れる。

「じゃ坊ちゃま。すぐ後から拝みげ行きまっするばんも。皿坊ちゃまのもーし」

「ああ、おいで」

私は、しかつめらしい参集者達の間に必ず湧くだろう擾乱が、却って、待たれた。

オフイ婆アはクルクルめぐりながら、何度も振りかえっては手を挙げて、明るい春の陽射の中をよろけてゆく。

「オバチャーン。さよなら」

太郎がオフイ婆アに対して、私の首の上で相変らず高く両手を挙げている。

父の急造の仏壇はようやく完成に近づいたようだった。

中央に位牌。春光院花月妙照信女が少し弱過ぎるような綺麗な字体で墨書され、左右の花立に大ぶりの白蓮と、コゴメの花が白かった。父が鋏を入れる度に、パラパラパラパラと無心の色をこぼしている。

この白蓮、コゴメの類は私の生母が自分で、剪《き》り取って、今朝方私に呉れたものだ。

「お金の方が、きっとあなたは助かるでしょうけど――今、無いのよ。庭のお花で御免なさい。こう落ぶれて終《しま》ってはね――」

と言っていた。私の父母は、私の十歳の折離別している。よろず吝嗇《りんしょく》の私の父と、よろず放漫な母とは、気質の上からも最後迄一緒にやってゆける道理もなかろうが、直接には母の余りに移りやすい女の情が原因だ。

離別後も転々と人の愛情を流浪して、それでもようやくたどりついたような最後の夫に死なれている。わずかな遺産を継承して、兎にも角にも生涯凌げそうな気配だったが、この戦争で何も彼も失った。

もともと私とリツ子とは、私の満洲放浪の後に、この母の世話で結婚した。しかし、離別した父母が、一つ所に集るわけにもゆかないのだろう。この葬儀に参列するのはよしにして、母は今朝早くから庭に降り、まだ朝露にしめっている抱えきれぬ野の花を剪り取った。

「じゃーね。よくよく、拝んで頂戴ね」

平生人を送り出すのを嫌いな母が珍しく駅まで見送り、汽車の窓から私の手の中に抱えこませたものである。

父は花が大き過ぎると言っている。何度も鋏を入れ、あらかた半分に近く剪り縮めたが、なるほど押入の中に納めると、何といっても大き過ぎた。試みに生け終って、父が手離すと、花瓶が前にぐらりとかしぐのである。

しかし、父は思い切って一遍に剪り縮めることが出来にくい性分だ。その都度コゴメの花をパラパラと辺りに散らすのである。

「いいか、一雄。やっぱりリッ子さんを殺ろしたのは、おまえだぞ」

何にいらだったのか、父はもう一度鋏を入れ、もう一度コゴメを散らしながら、こう言った。

「恒心無く、恒産無く、浮浪人のようにぶらぶらして、毎日、リッ子さんが泣きくらしとったろう」

私は黙って、妄執からコゴメの枝のふりに深入りし過ぎた、父の姿を眺めている。

が、また父は勝手に昂奮して、

「しかし敗けてしもうて、ぬしのごたる道楽者《もん》どんがはびこる世の中たい」

三十何年か教職に齧りつき、ようやく零細な恩給にありついて、この敗戦に会いこれまた徒労の生涯を重ねている。喰うものも喰わず、着るものも着ず、何万貯めたか、それも今の奔騰するインフレに追いこまれて、余生が果して持ち越せるか。

この日本国中の悪現状が、みんな私のせいのように、この父は昔から思いたがる性分なのだ――。

それでも父の丹精をこめた仏壇は完成したようだった。最後に骨壺を位牌の後ろに安置した。押入の上段が、雛壇のように更に二段に分けられて、左右に花。中央に骨壺と位牌の類、本家から持参した古い香焚きの左右に、大小の燭台、数々の線香立が並んでいる。

父は舞台効果でも見るふうで、ちょっと燈明をあげ、それから香をくゆらして、しばらく黙禱に耽っていたが、ややあって、ボロリと大粒の涙を垂らしたのには、驚いた。

それを片手で押しぬぐい、

「が、まあ。死んだもんの方が、生きとるよりは、増しかも知れんたい」

私は黙って答えない。微風がすべりこんできて、ゆらゆら瞬く燈明と、白蓮、コゴメのぼーっと白い辺りを見つめている。

「俺ももう喰われんけん、春画なっとん(なりと)書こうかと思うとる。お前は何か？暴露小説か？　あんまり身うちの恥かしか事《こつ》ば書くな」

言い残して父はノソリノソリと出ていった。

しばらく私は空虚な酩酊にのめり込んだままだった。

微風がある。それが感じられる。まばゆ過ぎる窓外の光輝がある。そうして、この俺という異様な生物の、放たれた一瞬の酩酊が――。

何から与えられたというのか。何処へ帰結を急ぐというのか。

このむなしい、はけ口のない横暴な血の指向するものは？　神か？　馬鹿馬鹿しい。一体、何に繋がろうというのか？

仔細げに、大事げに、ひそひそと囁き合い、裏切り、指弾し、さて、いつのまにか縦横の枷《かせ》をつくって、己の足を喰いつめてゆく、この人間という夥しい、とめどのない章魚《たこ》の族は、果してまだ見込みがあるのか？

すると、彼等の手の翻弄にゆだねられた、一年の回顧があった。慚愧《ざんき》があった。いや、三十五年の半生の慚愧が。

俺は奪回しなければならない――己の生命を。己の生命の上に躊躇なく、君臨しなければならない。

それには、何という転機――何と、予期していたような時期の到来。

もう俺には、同伴者は要らないのだ。孤独の分担は要らないのだ。永遠に亡んでいってしまった、俺の足枷。リツ子。これこそ、俺が足蹴《あしげ》にかけてつき落してしまわねばならなかった、先ず最初の俺の中の恥部ではなかったのか。

俺はもう俺の生命が放たれたままの姿で、この天然の、めくるめく深淵のような均衡と運行の中に帰ってゆく。蘇生する。

そうだ。俺の生命に帰結はない。当然のことだ。が、あり能う力をふるって、俺の中の細胞の一片に至る迄、崩壊を防げ。武装せよ。満目荒廃の中に、この帰結のない生命のまばゆいばかりの一瞬の光輝をつくれ。

それがよし幻影であろうと、虹であろうと、過ぎてゆく長大な時間の中の必敗の戦士であれ。

無限のものが有限のものを翻弄する日の手口に乗るな。必敗であるからこそ、有限の生命を鍛冶《たんや》して、この帰結のない戦いをいどめ。

相変らず、微風の中に、コゴメの微塵の花が顫えている。粗悪な蠟燭の火が瞬き、香煙が絶えようとしては、またゆらりと立昇る。私は眼を閉じて、もうリツ子の面影もさだかではないことに気がついた。

「よし」とこの暫時の道草にまつわる、微弱な肉の思い出をたどるばかりである。

そろそろ弔問の客が来たようだった。私は売りつくして、着ている紺の国民服一着しか無いから、着換えない。

義母が黒い絽の腕章を持ってきたから、そいつは、坐った儘とめさせる。

「太郎はね。一雄さんの宮詣りの時のノシメの紋附があるから、出して上げようか」

これも肯く。大声で太郎を呼ぶ。着せてみるとよく似合った。下着の重ねが無いから、肌に直接袈裟をでも打ちかけたあんばいで、小さなスベスベの肉がはみ出しているところが面白い。

着換えさせている間も、手にバッタの類を手離さない。

「捨てんね。いやらしか。太郎ちゃん」

と義母が言っている。

「なーん？　ん、なーん」

「捨てんね。お母さんのお葬式じゃろが」

が、太郎はバラバラとバッタの脚をもぎとって解体してしまったようだ。そいつを畳に並べてひろげている。

「悪かねー。男の子は」

義母が言い残してさっさと座敷をでていった、私も愉快ではないが、しばらく、ただ冷淡に太郎の悪行《あくぎょう》を見守っているだけだ。

太郎を抱き上げて控えの間に出ていった。濛々と煙草の煙がこもっている。

「おーう。いつ帰ったかい？」

「この度は、どうも」

などと横柄な顔、慇懃な顔、見馴れた父方の縁者どもが、とりどりの顔に、もっともらしい表情を寄せている。

せっかちに煙管《きせる》を瀬戸の火鉢に叩きつける者。粗悪な手巻を横くわえにした男達。膝に手を揃えた女。ヒステリーの眼。質屋がどうの、古着屋がどうの、銭湯屋がどうの、と没落小地主とその妻女共が転業の摸索を語り合い、また狡そうにお互の現状を探り合っている。

みんな身近な縁者共だ。これらの縁者共の汚れ果てた均衡の中から自分が生れ出しているというみじめな敗北感にいたたまれぬ。

「一雄。相変らず小説かい？」

「はあ」

「儲かろう、のう？　小説は」

「はあ」

「一雄さんも、白秋ぐらいなり召すと倉の立ったんも」

「はあ」

が、みんな無名の半乞食だと承知して、ひそかに安堵しているわけだ。

「こいつが帰ってくると、俺は手足のカタカタ顫うたい」

今迄黙っていた父が、周囲を見廻しながら、大声を上げた。一座の失笑の中に、父が威嚇の虚勢を、煙草の煙の中にまき散らすのである。

まだリツ子方の親戚が来ていない。早く坊主の到来と、式の終了を待ちこがれる。

が、その時、眼の色を変えた義母が、声をとがらして、

「一雄さん。あんた、オフイ婆アば呼んだつね？」

「ああ」

「呼んだつね？　まあ呆るる。どうするね？　鯛ば下げて裏口に来とるばい。知らん、知らん」

後は泣くような呻き声である。

「オフイ？」

「鯛？」

と一座の驚愕と動揺が募ってゆく。

「知らん、知らん。一雄さん。自分で追出しなさい」

「いいじゃないの。リツ子と仲良しだったんだ」

「何ち(と)言い召すか。相手は気違いよ。大事なお葬式に。早う行って、追い帰しめせ」

私は立ち上った。一座はちょっと固唾《かたず》を呑むふうに鳴りをしずめる。が、後ろに襖を立てると、どっと失笑が湧きたった。

なるほど裏口の閾《しきい》のところに、オフイが大鯛を抱えて半白の髪を揺すぶっている。が、私を見るとニッコリと肯いた。

「おう。来たね。拝んでくれるの？」

「何《なあん》もお供えもんの見付からんけん、遅うなりました、たい」

「いいよ。今から始まりだ。何だ、その鯛は？」

二尺位もある大鯛だ。

「盆ば呉れ召せ。供ゆるたんも。ほんに優しか、良か御寮《ごりょん》（奥様）じゃったもん」

そうだろう。真情はよくわかる。が、この鯛も、どうせ漁師にねだって、貰ってきたものだろう。

「ああ盆」

と私は土間に立って、棚の上のブリキの盆を差出した。オフイは最敬礼をして、その上に鯛をのせている。

いつのまにか太郎が側へ寄っていた。

「ジジ。――ワアージジ」

と眼を丸くして驚嘆しているようだ。指先で怖しそうに鱗の辺りをつついている。

「さあ、坊ちゃま。お母さんに上げ召せ、のもー」

が仏の前に供えるのは、私ですらためらわれる。

「オフイさん。有難いけど、仏壇にそなえるのはちょっとまずいぞ」

「何《なあん》ちのもー？（何て仰言るか）何ちのもー？」

「坊主が嫌がるからさ」

「供えて呉れ召せ。是非《ぜえひ》。喜び召すが。お願いしまっする」

合掌に移るから、私は戸惑った。何の処置も考えつかぬ。ただゆさゆさと揺れる半白の髪の下の、泣いている老婆の顔を見まもるばかりである。

義母がまた血相を変えて現れた。

「早う追い出し召せ。早う」

おろおろと身もだえて、然しオフイに正対も出来ないのか、足も地につかぬようにして引込んだ。

父が来た。ジロリと私を見て、それからオフイの鯛に眼を移し、

「何か？」

「お供えたんも。御寮《ごりよん》の」

「一雄、呼んだのか？　オフイを」

と今度は私をふりかえるから、

「はあ、呼びました」

「そんなら供えさせんか。おまえがした事《こつ》じゃないか——馬鹿」

その「馬鹿」を露骨な絶望と侮蔑の声で言い棄てると、父はまた向うの部屋に帰っていった。

「じゃ、拝んでくれ。オフイさん」

オフイの眼に狂喜の表情が波立っている。澄んだ綺麗な眼である。老耄《ろうもう》の表情に似合わない。

自分の足を手拭でしきりに拭って、それから例の通りクルッと一廻りすると、何度も体をかがめながら畳に上った。

盆の鯛を捧げている。私はふりかえりふりかえりそのオフイを案内してゆきながら、昂奮が飛んで終った後の、何かひきちぎられるようなむなしい感動だ。

座敷に通すとオフイはまっすぐ仏壇の方に進んでいった。ためらわず鯛を供え、それからチーンと鐘を叩いて、立った儘合掌に移っている。

くるくると二三度まう。

戸外の白い桜花の照りかえしが、その都度キラキラとオフイの眼に映るのである。

然し控えの間に連れこむと、オフイは妙にかしこまって、神妙に、片隅の薄暗いあたりへ坐りこんだ。

リツ子方が、同じ電車だろう、一斉に来た。母。姉夫妻。弟。親戚一同。今日は敵地に乗込んだ風情で、慇懃の挨拶である。

しばらく彼我、リツ子生前の恩顧に謝する勿体ぶった儀礼の応酬だ。

坊主が来た。三人だ。スルスルと襖が明けられる。一間越えて、座敷に通る。

しかし、いつのまにか仏壇の前の鯛の供えは持去られてしまっていた。

燈明が一斉につけられる。読経である。部屋は相変らず暗いが、戸外は冴えている。

「良い戒名をいただいて、檀さん。あなたがおつけになったと？」

思いがけずすぐ後ろからリツ子の母の優しい声で、私はふりかえった。が、すぐ私から眼をそらした。感傷にひたりきったうつけた眼で、天井を見上げながら、もう一二滴涙が光っている。

この母が、リツ子の死の間際まで、私を苛《さいな》んでいたとは思えなかった。ようやく、娘の死の昂奮から鎮静したとでもいうのだろう。

「良い戒名だすたい、良い戒名」

いつまでも、私の耳許で念仏のふうに繰りかえしている。

が、私がつけた戒名では勿論無い。然し、或いは、父か？

寺に出向いて一切の処理をし、戒名をこんなように嘆願したのかも知れなかった。

平素虚勢を張りながら、こっそりこんな甘い感傷の造作をやりかねない父だ。その性情は今の私にもつながっている。

そう言えば、春光院花月妙照信女などと、どこか浅香社時代の文人臭いところがにおっている。

父も明治の中葉の頃は文士にあこがれた。それは倉の中に数々の証拠が残っている。それから南画。それから教師。三十年の沈滞忍従の果が、今の父の姿だろう。

読経の声が、参集者のバラバラの感傷をおしなべ、洗っている。

チーンと鐘が鳴らされ、燈明が明滅して、リツ子の死が類似の普遍的な、死者を葬る儀礼一般になり代ってゆく。

私は太郎を引連れて立上った。香を炉の中につまみこむ。しばらく立ちこめる香煙にむせるのである。

参集者の焼香がつづいていった。リツ子の母が、香を眼と鼻の間までつまみあげて、涙を垂らしこむように焚きくべるのが眼に残った。

最後にオフイがくるくる舞うた。誰も笑わない。誰もとがめない。相変わらずその眼に戸外の桜花の反照が白く掠《かす》めるのである。

鯛が持去られたのには、オフイは全く無関心のようだった。それが私には少からぬ安堵に感じられる。

しかし、配膳の時には、もうオフイ婆アの姿は見えなかった。

弔問の客は四散した。リツ子の母方の一行だけが残っている。リツ子の母が言いにくそうに口を切るから、何事かとふりかえると、

「あのう、申し上げにくい事だすが、リツ子のお骨だすなあ」

「はア」

と父が応対した。

「こちらのお寺さん迄はとても遠ゆして、私のような年寄りはお詣りきりまっせんけん、あのう――」

もう一度口ごもって、

「半分貰われまっせめえか？　お父さんの脇にいけてやりたいとですよ」

「いいですとも。おい、一雄」

勿論私に何の異存もない。骨が欲しいなどとは現世の母達の、にくめぬあわれさであった。

「一雄はとても墓守りなどしきらん奴ですよ。そちら様の方で行届いた御供養を願わぬと」

父が私を顧みながら言っている。その通りだ。

「じゃ――そうさせてもらいまっしょうか」

リツ子の母の眼の表情が湧きたっている。

私は骨壺を持参した。リツ子の母は部屋の隅にかくし持っていた風呂敷包みを、中風気味の指先をふるわせながら、もどかしげにほどいていった。骨壺に添えて箸迄、行届いて用意しているようだ。

蓋をあける。いちいち拝みながら、母はたんねんに骨のきれぎれを移してゆく。何度見ても、砕けはてた白い骨片ばかりだが、母はもう一度骨壺をのぞきこみ、もう一度骨片を拾い上げるというふうに、それを際限もなく自分の壺に移し換えていって思い止まれぬようだった。

「もう、よかろうが」

とリツ子の弟が、母を見上げてからも、また一片拾いとり、カチャリと蓋が閉じられると、無念そうに涙するのである。

そのままリツ子の母の一行は帰っていった。

さすがに人々が四散して終うと、自分でも、自分の中の無意味な空虚を扱いかねる心地である。

が、これで何も彼も終った。人々が私を包囲し、私を嘲弄する唯一の手懸りが消滅したわけだ。私は自分の身裡の中にふくれ上ってくる思いきり大きな自由を、先ず感じた。

リツ子の発病以来、絶えて無いことである。

私は無人の座敷に一人坐って、屈託の無い物思いに沈んでいる。

庭先の桜の花は、今度は、右半分から斜めの陽を浴びて、右端がギラギラ照り、それから半乳色、薄桃、と驚くほど不思議な色彩の諧調を見せている。殊にその蔭の部分は、幽暗とでも言うか、半透明のライトブルウの靄がかかって、花全体が、不思議な独立した、全裸の女人像に見えてくる。

一人で爛熟して、肌が孤立した無際限の夢を空間の中に拡げつづけているようだ。それが思いがけなく、池に映ってボウと照りかえっている。

寂寞――深沈――いかなる言葉で置き換えても、私と桜を包むこの一区劃の飛び抜けるほど華やかな生の孤独の表情を語ることはむずかしい。

いずれ明日は太郎を負うて千里の外に歩み去ればよい。この父の庭先に、復帰《また》ること、有りや無しや。

「おい、一雄」

父の声が聞えてくる。答えない。

「おい、一雄」

ともう一度声がして、算盤《そろばん》と書附と香奠の包み紙の集積を抱えてきた父が、私の側に坐りこんだ。

「全部を集計してみたら二百七十円余った。おまえにやる。が、香奠返しは俺は知らんぞ」

「何を配れば、いいのかな?」

「どうせ、おまえの事だ。誰も相手にしてはおらん」私は黙って二百七十円をポケットにねじこむのである。先にそう言ってくれればよいではないか。これで太郎と二人、当座の五六日は凌げるだろう。有難い。

「誰もおまえは相手にしておらんが、俺のするだけのことは俺がする」

尚更、先にそれだけのことを言ってくれれば、よいではないか。無言で父の顔を眺めかえすだけである。

「それでおまえは、これから何をする?」

「まだリツ子が死んだばかりで、あては無いですよ」

「何処に行く?」

「さあ、何処か山の中へでも入りましょう」

「いいか。あんまり馬鹿な真似はよせ」

ちょっと二様に聞きとれた。どちらに真意があるかわからない。いや、二様にとれるように父も言ってみたのだろう。が、まさか檀一雄がリツ子を慕って首は吊るまい——。

「行先をはっきりさせろ。どんなことがあるかも知れんじゃないか」

「自分でわからんのだから、わからんですよ。第一、此処には置いてくれんのでしょう」

「馬鹿。おまえが当り前の人間なら居って貰う。が、見ろ。今日もオフイなんかを引っ張りこんできたりして」

「拝みたがるものを、拝ませんこともないでしょう」

「何だ。馬鹿。自分の家内の葬式の真際中に、なまの鯛など持ちこませて。今から直ぐ返して来い」

「喰べたらいいじゃないですか?」

「おまえも狂うとるのか?」

父は立上って部屋の中をぐるぐる廻っていたが、

「直ぐ、かえして来い」

大声でどなって、勝手の方に行って終った。

直ぐ義母が盆に乗せた先程の鯛を持参して来たが、それを置くと、

「ほんとに、あんまり思いがけ無か事《こつ》ばかり、し召すな。すぐ、返して来召せ。村中噂の立つばんも」

「うん。じゃ、返して来よう」

実はオフイのところに一度行って見ようと思っていた。

今日中の仕事で、まだリツ子の埋骨が残っている。埋骨に誰も立ち合ってくれると言わないのが、せめて、何よりの仕合せだ。この土地の風習でも何でもない。私の破倫の故に、葬儀が済めば、誰でもさっさと家に急ぐわけだ。いや、これは人を拒む父の性情の故もある。それに私は、誰にとっても全く行衛の知れぬ旅人だ。

埋骨に人が立合ってくれぬのは結構だが、どんなにして埋めるのか、自分だけでは皆目心細かった。だから、オフイの助言をかりてみたい。

半狂人といってもオフイは普段は大変な働き手なのである。ただ間歇的に、例の夢のお告を受けると、しばらくあたりを彷徨する。狂人には相違ないが、しかも当面の私にとっては、頼りになるのはこの狂人だ。

「じゃ、魚を返してくるよ」

私は勝手元の母をのぞく。

「早う返して来召せ。早う。道々人に見られるといかんから乳母車に乗せてゆき召せ、太郎ちゃんと」

「ああ、そうしよう」

何年昔の乳母車か。もう籐は除けられ、大きな木箱にすげかえられている。鯛は入れると丁度横幅一杯で納まるのが何よりだ。

太郎を呼んで、

「太郎、乳母車に乗らないか？」

「ノルーノルー」

と大はしゃぎの様子である。

「ワアージジ。ドウスル？　チチー」

「アモアモしよう。太郎とね」

「アモする？　オイシイ、オイシイ、って？」

「うん」

なるほど乳母車というものは、どんなに古ぼけていても、便益が限りないものだ。これさえあったなら、糸島の小田でくらしたリツ子看病の頃も随分と私の能率が違っていただろう。

「ねえ、お父様。乳母車を一つ買いましょか？」

「ばか。要るか。乳母車なんぞ。歩けない間は家におく。歩けるようになったら、歩かせろ」

リツ子と二人そんな殺伐な会話を交わしたのは、太郎生後五六ヵ月の頃だったろうか。

掘割の柳の枝が芽吹いている。このしだれ柳の枝々になぶられながらリツ子と二人歩いたのは、結婚早々の挨拶廻りの夕べのことだったろう。

水の明りに沿うて、乳母車を押して進むと、その緩慢な手押の心地よいテンポから か、しきりにリツ子の面影がさわぎたった。

畔道《あぜみち》に少しかかり、田を少し抜けると、オフイの家の門口に当のオフイが立ってい た。

「おろー。来召したのーも。皿坊ちゃん」

とオフイは下にもおけぬように大事げに走り寄ってきた。

「何かんも? どうし（て）、来召した?」

「鯛ば返しに来た。たい」

「おろー（おや）。どうし（て）のも?」

「親父がおごる（叱る）けんたい」

「いや、いやー」

と泣きべそでもかくようにオフイは半白の髪を揺すぶって、左右の手を交互にひら ひら泳がせながら、ひどくしょげ返ってしまったのが、却って気の毒に思われた。

「私ゃ泣こうごたる。そげんか事《こつ》ば言い召すなら（そんなことを仰言るなら）。この鯛は 私のつじゃ無かもん。拝領もんたんも。御寮《ごりょん》（奥様）と坊ちゃんに。上ってくれ召せ ――」

声が尻上りに哀切に顫えている。

「でも、とても二人じゃ喰べきらんよ。こんな大きい奴は。それに俺は明日から息子と二人で山に籠る」

オフイの眼がキラキラと輝いて、

「山に行き召す？　何処の山のーも？」

「清水たい。山籠りたい」

「清水ちのーも？　山籠りちのーも？」

「うん」

「行き召せ。登り召せ。普門院さんじゃろのーも？」

「うん、普門院。手紙は出しといたけど、置いてくれるじゃろね」

「置き召すくさんも（置くに決っている）――貴方様《あなつつあん》。私が、何でん運ぶたんも、此処から」

「いや、いいよ。そんな心配はせんでも」

「いいえ持って上りまっする。米でん、味噌でん。そうたんも（そう、そう）、この鯛は味噌漬にして上ぐう（上げよう）」

味噌漬？　そうだ、これは有難い。味噌漬なら山籠りの食料にしてどんなに重宝するかも知れないことだ。

「よかろだんも？（宜敷いでしょう）味噌漬なら」

「うん。味噌漬なら、有難い」

「よかのも。よかのも」

眼をきらめかせて、飛び上るのである。

「詰めまっする、詰めまっする。味噌鯛、味噌鯛」

その好意をしてやれるというのが、余程嬉しいことに相違なく、オフイは鯛を盆ごと抱えたと思うと、それを二三度ヒョイヒョイと空に浮かせ、それから私達親子に向って、叩頭《こうとう》すると舞踏でもするような足踏みで、家の中に這入っていった。

オフイは爺と二人すぐ現れ、門前に出迎えの整列でもやるふうで、

「入って呉れ召せ。お茶ば飲んで呉れ召せ」

爺はただかしこまってオフイの声と一緒に頭を何度も下げるだけである。

「有難う。でも、もう上れんたい。忙がしかったい。今から嫁御の骨ば埋めんならん。一人でせんならんが、俺はようと埋《い》け方ば知らんけん、オフイさん。よかったら教えて呉れんかね？」

「お骨埋《い》けちのーも？　今から、のーも？」

「うん、もうすぐ暮れるからね」

「させて呉れ召す？　私ば？」

「済まんけどね」

「やっぱり、あの御寮《ごりよん》（奥様）と私ゃ（は）きょうだいち（と）お告げのあっとりましたが、違わん違わん。有難さ、有難さ。そんなら直ぐ用意ばしますけん」

私と太郎は招じ入れられる儘に上り框《かまち》のところに腰をおろした。思ったよりは清潔に家の中が片づけられている。ただ何のお札か、箪笥、長持、柱、壁と、所きらわずべたべたはりつけられているのが、少し奇異に感じられる。中年の娘が一人いた筈だが、今日はよそへ出たのか見当らない。

礼装のつもりだろう。オフイは異様な黒のモンペ風の着物をつけてきた。肩と袖口に共布だが、襞《ひだ》を入れたビラビラをつけている。丁度中世の騎士の服飾のようだった。

それから、例の通り二三度舞う。ビラビラがオフイの律動につれて、これまた舞い立って、うす暗い部屋の中で、不思議な舞踏を見る感じだ。

「あれ、なーん？　なん、踊ると」

太郎が眼をみはって不思議がっている。

右手よりの部屋に彼女の祭壇でもあるのか、その部屋の中に進んで行っては後戻り、後戻っては舞って叩頭するといった有様だ。

しかし一二分で、すぐ終った。

ポーッと紅潮したような頰の色で、オフイは嬉しそうに私達の処へ戻ってきた。

「貴方様《あなつつあん》な、お寺へお供えの米ば持って来とんなはるめ？」

「いや、要るの？　米なんか？」

「そんなら私が……」

とオフイが言うから、私はあわてて遮って、

「いや、もう一度家に寄るから、家で用意するよ」

「貴方様《あなつつあん》の所が百姓ばししとり召すごつ（貴方の家が百姓をしているわけでもあるまいに）」

何度断っても、袋に米を入れてきて、それを先ずドサリと上り框の処におくのである。

それから唐鍬を一本、スコップを一挺。オフイは土間の奥から下げてきて、それから一緒に出たが、爺の最敬礼の見送りを受けるのである。爺の方はどうやら軽い中気のように見受けられた。

太郎をまた乳母車に坐らせる。オフイはその太郎に先程の米袋を抱えさせた。ようやく傾きかかった西陽の方を気にしながら眺めると、逆光を浴びた桜の樹々が、遠く日蝕か金環蝕のような美しい光の輪をかぶっていた。

「オフイさん。鍬も乳母車に入れないか？」

何度も私が言ったが、

「いいえ、貴方様《あなつつあん》」

オフイは何か緊張した表情で、鍬とスコップを兵隊のように負うて歩く。ユサユサと大タブサの半白の毛髪が、西陽に染められ、例の肩と手首のところの中世風のビラビラが微風になびいて、それを見ながら、乳母車を押して進むと、私の胸の中にも掻きむしられる程の否応のない旅愁が波立った。

オフイを土橋の上にしばらく待たせた。乳母車の太郎を押して父の家にちょっと戻る。

「もうお骨をいけて来ますよ」

コゴメの花をよけながら、私は祭壇の白布の骨壺を抱えとるのである。するとその久しく手馴れた骨壺の故《せい》であろうか、ふいに胸をつきあげるような瞬間の嗚咽に見舞われた。

「俺も行こう」

親父の声なので、私はあわててその父をふりかえり、

「いや――オフイが手伝って呉れますから」

「ふん。馬鹿が」

父が仏頂面で押し黙る。しかし、いつ用意したのか、埋骨料を入れた紙袋を、父は

私の両手に抱えた骨壺の上にそっとのせてから、合掌して、しばらく立ったままの姿で、拝んでいた。

「この白布も一緒に埋めるんでしょうね?」

「いや埋めることは要らん」

私は骨壺を乳母車の太郎の前に乗せ、

「じゃ——」

その儘出掛けた。私達が近づくとオフイはひどく嬉しそうな顔をして、乳母車の脇により添った。今気がついたが、オフイは幾分跛《びっこ》を曳くようだ。片方の紅緒の藁草履をもつれるように、引摺り、たぐっている。

次第に黄昏《たそが》れかけている。桜並木の桜がボーッと照り明って、オフイと並びながら、乳母車を押し押し、その花の下をゆっくりと抜けてゆくと、宛《さなが》ら、天地混沌の薄明の中をでも歩み進んでゆくようで私達のこの花の中の影絵のような歩行の姿は、長大な時間の中に烙印される最も不思議な印象的な人間の一瞬であろうと、何かそんな法悦めいた酩酊の心地すら湧いてゆく。

月の出にでも近いのか、行手の空の方が、モヤモヤと薄ら明っているのも、私達の今の心にかなっている。

やがて寺門を入って、くねりひろがった巨大な松の下に乳母車をとめると、

「私が和尚さんに頼んで来うかのも?」

オフイが言った。私はものうくて、オフイの声にただうなずくばかりである。こんな半狂人に埋骨の事務がゆだねられるか心許ないが、今は誰にも会いたくない。私は黙ったまま父から貰ったお布施の紙包を差出して、オフイが米袋と一緒にそれを握り、ヒョイヒョイと松と桜の下蔭を跳んでゆくのを眺めやっている。

小半時。

おそろしく真んまるく大きな月が浮び出た。私はそれを太郎にも見せようと、乳母車を少しくきしませる。松と桜の黒白が、重い明暗を描いて、その明暗の上に、春の満月が荒絹のようなぼんやりと明るい光の被幕を打ちかぶせたあんばいである。

それにしても遅い。何をしているのかと坊主とオフイにまつわる奇怪な妄想も湧いたが、やがて墓標を抱いたオフイが、狐憑きのような律動のある舞踏の足取で帰ってきた。

「ほーら、お母さんが出来《でけ》ましたばんも、皿坊ちゃん」

白木の墓標の肌を、太郎にも月明りの中でなでさせてから、自分は月を仰いでくるりとめぐり、一揖《いちゆう》した。嬉しくて顫えやまぬといったような際限のない手足の律動を繰返している。

すぐ後ろから坊主が来た。老耄の姿で、表情は細かには見えないながら、私と太郎に鄭重な最敬礼をした。

「御案内しまっしゅう」

　ぞろぞろとその坊主に続いて歩いてゆく。高低の墓石が重り合い月に光って、まま沈丁のような甘い香りが漂ってくる。

　一つ松の下だった。

「ここは良か墓所じゃん。殿《とん》さんの脇でのもーし」

　坊主は代々の藩主の墓所だと言う辺りを指して見せた。が、ここに埋《い》けろというところは荒れている。新しく墓地に繰入れたのだろうか。ついこの頃までは雑木の茂り合っていた気配がある。然しまだ墓はなく、広々と空いているのが私の気にかなった。

　オフイが先ず一鍬を入れる。

「ごゆっくり、のもーし」

　言い残して坊主が去る。後は月下の墓掘りだが、媚《なま》めいた春の暖気が、さまざまな花の香気を運びつづけて、私には絶え間のない、幻覚が湧いて出る。

　それでも一汗かこうかと私がスコップに手をかけると、

「旦那さんな、いかん、いかん、いかん」

オフイがあわてて私の手を押えるから、私はスコップを地に置いてただぼんやりとオフイの為すが儘を見つめている。

余程石が多いようだった。その砂礫をかき集めるように、オフイの思いがけぬ早い手が穴をさぐって、やがて、バラバラと松の根に抛り出す。袖はまくり上げているが、肩のあたりに、例のビラビラの中世飾りが、その都度ヒラメクわけである。然し石の多いのは表皮だけのようだった。

どうやら終った。三尺四方位。深さは四五尺もあるか。

「埋《い》け召すとは、貴方様《あなつあん》」

そう言って、オフイは薄ぼんやりと照る額の汗をぬぐいあげる。

「よーし、有難う」

私は乳母車の骨壺を取出すと、その白布をほどいて、

「太郎。母を埋けるよ」

「タロも、タロも」

とばたつくから、骨壺をオフイに預けて、太郎を抱えおろし、墓穴の縁に立たせてやる。

私は穴の中に降りてみた。よく掘れた。思ったよりずっと深いのである。穴の中から見上げる月と松が馬鹿に面白かった。

穴底の中央に骨壺を安置する。小説で読んだ西洋の物語風に、太郎に一握りの土を、

先ずかけさせる。それからオフイがどしどしと土をかぶせていった。

これで終った。全く閑寂な、申し分のない埋葬である。

墓標を立てる。線香も、花立も持参して来なかったことに気がついた。

「よーし。有難う」

私はオフイに言って太郎と二人、しばらく墓前にぬかずくのである。オフイは庫裡《くり》に廻って手桶に水を掬《く》んできた。何をするのかと見ていると、それをヒシャクに掬《すく》って、ヒョイヒョイと新しい土にかけていった。

最後にザブリと白木の墓標に浴せてから、今度は例のオフイ式の拝礼に移るようだった。私はその舞い立つオフイの舞踏の足を、よしと見て、しばらく松と花のたたずまいにふりかかっている、朧ろな春の月の模様をむさぼるように感じ取っている。

詩人と死

一

蚊屋を吊り、そのなかに机を入れて、原稿用紙をいかにも大切な仕事半ばのように散らばしている。実は夜昼を問わぬ己の懶惰をむさぼりたい貧しい心の性からである。うつらうつらと机の側らで眠ってばかりいる。

蛙が鳴いている。時々子供が眼をさます。母を失うた子供を抱えて、やもめの父が縁から闇の中に子供の小便をさせる。燃え残りの蛍が一匹ゆっくりと左に流れる。

あれは何処だ。岳州の辺りだったかな。十月というのにおそろしく大きい支那蛍が叢の中に燃えていた。不気味な叢の中にだ。不馴れな土地の闇の中にだ。そういえば雲渓という駅だったかな、駅をすべり出た列車が、小雨の中をすぐ又後戻りをした。地雷が敷設されているというのである。

爆死。ああいう思いがけぬ陥穽の中に否応なしに自分の生命がたたき込まれるというような光栄は、今後もうちょっと見込がなくなったわけだ。有難い太平の御代である。

蛙が鳴いている。涼しいのが何よりのことだ。三時半である。蚊屋の丁度電燈の真下に虫が一匹とまっている。そのシルエットが拡げられた原稿用紙の上に大写しになっている。ガチャガチャか、松虫か、鈴虫か、何か知らぬ。半透明の稀薄な影になって、動く度に足の文様が沢山に揺れる。

シルエット、ロッテの影絵、シュタイン夫人の影絵、莫迦莫迦しい話である。女房の影絵が俺の心の果の方に虫の影絵の文様のように稀薄に揺れる。

一昨年の今夜が抜けでるように明るい月夜だったということを克明に覚えているのに、今夜は闇の夜である。闇の夜に潮のような蛙の声だ。

あれは白螺磯《はくらぎ》の土民の家の二階だった。死んだ別府少佐達が漢口に集結していたので、白螺磯の空勤宿舎は、風来坊の私一人だった。アンペラの上に眠っていた。いや、丁度今晩のように、半分覚め、半分眠っていたのである。珍しく敵機が来ない。陣中蚊屋の表裏に月光が白く流れている。ぼんやりと家郷のことを考えていたろう。

蛙の声がはじまった。よく聞いていると、一匹の蛙が指揮を取っているのである。

くるっ　くるっ

とそいつが云う。気取った声だ。すると、

があがあ

と合唱が続く。

くる　くる　くるーっ

と又指揮の蛙が声をしぼる。

があがあ　があがあ

と一斉に合唱の雨である。それが実に一糸乱れぬ統率された合奏になっていたのを不思議に思った。夜明け迄、不思議な合唱はつづいていた。何処の蛙もそうなのだろうか。丁度二年の間戦乱に追われてついぞ確かめて見なかった。

が、郷里の蛙は、ただ潮のようにざわざわと啼いているばかりのようである。それとも、一集団毎の蛙は指揮者に統率されているのかも知れないが、こう沢山田があっては各合唱がもつれ合って、潮の声のようにきこえるのだろう。

涼しい。虫のシルエットは相変らず原稿用紙の上に輪廓のぼけた屈伸の文様を描いている。女房が迷うて虫になって来たのかも知れない。よろしい、今夜は俺の蚊屋の中に入って、太郎の体に添うがよい。俺は又浮世の文章を綴らねばならぬ。

二

さて一体、何を書く心算なのだろう。「詩人と死」などとつまらぬ煽情的な題名を真鍋君に云って終った。もう目次を組んで、おろして終ったというのだから、題名は不動である。

もともと、何も詩人の死について語って見ようと思ったわけでも、或いは又詩人と死の因果関係について叙べて見ようというのでもない。

二年ばかり筆を絶って終うと、考えることが妙に気遅れする。思うことが流露しない。

「中原や津村や立原、矢山などと詩人の思い出でも書いて見ましょう」「書く、書く」と確約しながら、真鍋君を余りだますのも、自分をあざむくようで残念である。

但し死んだ友人の思い出など、書いてみたい気持はない。

意味のない表題を掲げて、己のかたくなな心緒を紡ごうというさもしい魂胆からだ。断っておくが、どうせ人様に納得のゆく解題には終らない。

さて詩人は死んだ。莫迦莫迦しいことだが、詩は残っている。体験と錯誤と、肉感と憤怒と、湿度と風速のなかに偶々一つの我流の情緒が定着されたと、だまされる。形象されたと自惚れる。この秘かな愉悦の為に、詩人という途方もない人間の営みがくりかえされてきた。今後も性こりなく繰りかえされるにちがいない。さて詩を残そうと思って書いた奴はいないだろう。けれども莫迦莫迦しいことに詩は残っている。音律の中に巧まれた作者の肉感が、時に読者の肉感をくすぐるのである。色々の男や女が様々の感傷の中で読むだろう。作者と近似の愉悦を味わったと自惚れる。それでよい。うまくゆけばお手拍子喝采である。間違ってもよい。死んだ奴の詩なんぞは、せいぜい冒瀆するに限るのである。

今更これらの詩の生産に費やされた莫大な原価計算をしてみてもはじまるまい。有能な企業家ならこれほど愚劣な生産の行程があり得ることを信じまい。驚くより想像の外である。

それでよい。揃いも揃った大馬鹿者どもの徒労の痴夢である。さてその企業家の奥さんも又詩を読むだろう。読んで何応の反応を示すだろう。時に御主人との会話に我々の詩人達の名前が召喚されるかも知れない。目出度い風景としてだ。それでよい。だから詩人の思い出など語らぬに越したことはない。思い出す側がカロッサほどの詩人ならば、すべての渓流に膝まずいて、豊穣に汲み取り、やがて取捨してゆくだろう。

我国の今日に於ては一人の詩人が一人の詩人にひそかな影響を与えることすら困難である。暗い盲亀が波に浮んで翻弄され翻弄されるだけのことである。一緒に押流される。あやめも知れぬのである。

三島由紀夫君。林富士馬君。真鍋呉夫君。この国では一人の美しい男が、一人の美しい女を当然のように呼びなつかしむことすらむずかしいのである。

君等の仕事は、だから一人の詩人が一人の詩人に、息吹のように甘い切ない耳語を語り伝え得るような環境を作りたまえ。承け、承け渡してゆく生粋の詩人の系譜を作りたまえ。やがて五十年後の君等の議場演説に、壮大な文明が語られ、同時にその文明がささえられている小さな数限りのない星と菫の詩人達の交友が編みこまれることを切望しよう。

私の世代では死者を冒瀆する以外に彼等を顕彰する表現の方法がないのである。

夏草や　つはものどもが夢の跡

とここに長大息しておこう。

三

私は生来人の死に目に会うことが少かった。少くも一昨年支那に旅立つ迄、死人の姿を見たことは皆無である。

近親者の不幸が少かったせいもあろうが、生れつき怯懦《きょうだ》な私が人の死に会うことを心の底で極力避けていたのかも知れない。いや実際注意深く避けてきた。私は少年の日から、溺死や轢死を聞けば、いつも能う限りの遠路を迂回した。

父方の祖父は七年前に死んだが、これは満洲に旅行中のことで、電報を受け取っても、何となく愚図ついて、旧家にたどりついたのは式後十日過ぎのことである。祖母は在支中に死んでいた。祖父が九十歳で死に、祖母が八十六歳で死んでいるから、私にとっては死というものは心と日の衰耗の果に、丁度たそがれのように静かにすべりよるというあいまいな自覚しか持合せなかった。

もっとも母方の祖母が納屋の中でくびれて死んでいるが、これは私が母や祖母と十五年も別れていた日の出来事で、後日母との再会の日に聞かされ、祖母の性情を静かに回顧しながら、その死を私の心の中でゆっくりと重ねて見たばかりであった。

このような死に対する自覚の薄弱というものは、結局死に対する誘惑と危険から自分を救うもののようである。私も青年の日に、かりそめの焦慮から、時に思いがけぬ不吉な妄想を描いたこともあったが、死の現実的な感覚を知らぬものにとって、死というものは結局童話風の幻想に終るのがならわしのようだった。もっともこの救済は私の現世享楽的な根本の性情によっているのかも知れない。

さて三十三年の間用心深く死者の表情を見ることを避けてきた私が、これはまたこの二年の間におそらく数百を越える死の諸相を目のあたりした。

その皮切りは漢口市の街角でである。一昨年の八月の半頃のことだったろう。暑い日だった。往還の舗装のタールがとろけていた。

麻袋を積んだ馬車が進んでいる。その馬車の後ろを乞食のような少年達が手に手に袋を下げて追っている。わめく。馬車の麻袋に小刀か何かがつきさされた。純白の粉末がこぼれはじめる。少年達がその粉末を袋に掬いながら馬車を追う。

四辻の巡捕が呼びとめた。はげしく罵る。一散に少年達が散る。一人の浅黒い少年ばかり立止り振返って口喧しく答えている。巡捕が少年を捕える。その手の中を少年はするりと逃げて、ふりかえって又わめく。その指先と口と歯が、何か白昼の狼火《のろし》のように感じられた。

「ドン」

と異様な音がして、少年がひきつるように延び上り今度は前のめりにうち倒れた。巡捕が発砲したようである。血糊がタールの上を流れていった。こと切れているのである。袋の中は塩であった。私は何の予想も、又意志もなく白昼の死の顚末を克明に見たわけだ。

この事件をきっかけとして、爾来私はむしろ死者の間をほんろうされつづけてきたようなものである。最後に妻が私の腕の中で死んでいった。

この二年の間に行会うた死は、祖父や祖母の黄昏がすべりよるような死とは全く反対のものだった。生への妄執と歎願と祈禱の声を尻目に、死の巨大なハンマーが、丁度金槌で甲虫を押しつぶすように、うちおろされた。

何の構想も装飾もない。死そのものは生物に襲いよる全く原始の形で襲いかかった。そうして昨日迄語り、愛撫し、凡ゆる形而上の語彙を以て、かけがえのないようにいきいきと関連していると信じていたものが、むくろになり、冷え、二昼夜を出でずして、たるみ、腹部の皮膚は醜い斑の紫に変色した。

「この唇をあざむき、この四肢を玩弄した」

と私は湯かんのタオルを運びつつ生の側のとりとめのない粉飾に竦然とした。私は此処で道義的な反省を考えているのではない。妻の屍の裡の表情を忘れないことにしたまでだ。この死の正確な現実の相を以て、生の側の着実な再建を試みなければならない。生命の狼火として打上げる詩歌の当然あらねばならぬ骨格と、不動の根拠を考えたまでのことである。

四

死が現実に我々にもたらすものは個体の単純な解体と消滅である。この消滅は勿論精神と肉体の両面から瞬時に到来するだろう。勇者も匹夫も美人も醜婦も、同じように旬日を出でずして蛆がわき、糜爛《びらん》し、解体するだろう。

従って我々に提起されているあらゆる課題は総てその生の側にある。凡ゆる人類の課題は生の側に於てのみ当然の意義を帯びるのである。

然も尚且つ我々が偉大な詩人の死の周辺を修飾するのは、その詩人の生命の創建が無比の規模であったことを讃仰するからである。

それぞれの詩人の生命の建設の規模は、今日に於ては紙と印刷という特定の耐久力にゆだねられて、特定の時間の範囲内に転々流布するだろう。不滅のものとしてではない。必滅の遺品としてである。

芭蕉の短い詩形を口誦んで、芭蕉の持った特定の時間と生命が、我々の眼前に再び持続し或いは再現されたように感ずることがある。けれども芭蕉は詩が流布してゆく時間の限界を考えたわけではない。己の詩業を不朽のものと信じたわけではない。詩の生成に関して己の精神の中に不易の詩魂をつちかい得ると信じたのである。

芭蕉は美の決定を一途に己の生命の上に建立することを急いだ。己の肉体を鍛冶して、森羅の姿をこの異常なトランスによって圧縮する。彼が不易というたのは、人が到達し得るこの異常な生命の創建の規模にかかわる安堵であった。即ち人とこれを囲繞する自然が存続する限り、詩の生成の側に何等か不易の基盤がなりたちはしないか。精神と肉体の鍛冶の方式として之に反して紙の耐久力を時間で押しはかって、さて詩業の流布に任じるというような慰戯の果の切ないすさびを行った人は支考であった。

芭蕉は生滅する外界の事象を、彼の肉体の中に設定した不易の享受の方式によって掬うのである。泡沫の生命を未曾有の規模に鍛冶して、梅花を白く永遠の相のように捉えるのである。このとき自然の容量は、芭蕉の精神の威容を通して不易万代の相貌を帯びる迄に立至る。詩の生成というものはこのような瞬時の生命の跳躍である。

繰り返すが、詩は不朽のものでは勿論ない。いや、生成された瞬時を除けば、詩は既に大半の意義を喪失している。この一筋につながるとは、亡びやすい詩のはかなさを了知して、尚且つ己の中に不易の詩人の確立を急いだ芭蕉の言葉である。詩の生成に関する愉悦とその不幸にのみつながってゆこうという云い難い孤独と優越の信念の吐露である。

人々が言葉と気分を按配して詩句を玩弄していた日に、直に詩の生成の本源に立還って、己の亡びやすい肉のなかに不易の詩人の確立を急いだ。「この道や」と己の修羅道の厳粛と不幸と光栄を思うたのである。

当然のように、彼は美の決定を後代にゆだねない。真に今日の己の肉体の上に設定しようと急ぐのである。夢魔につかれ、その最後の瞬間迄、この実現を希求する妄執の異様な魂は苦悶する。そうして遂に最後の日が来る。詩人は壊滅し、腐爛する。詩の伝承は夫々の勝手な流儀で進行する。流布し、冒瀆し、讃仰し、改変し、やがて波紋は時間の波の中に全く呑まれ去るだろう。もともと芭蕉という詩人の詩の生成の妄執とは無縁の享受がうけわたされるからである。

結論を急ぐ。詩は志賀直哉氏が夢見るように作者と遊離して存在する日に其の意義の大半を喪失している。詩はその生成の瞬時にのみ重大な意義を帯びる。勿論氏はその結果の例から云うているので、私の詩論とは又別の事である。万葉や希臘の作者不詳の詩篇が、今日作者と独立の典雅を保存しているということを否定はしない。私は詩の生成を厳粛に思って、詩人の新しい確立を考えたまでのことである。不滅の詩というものを考える代りに不易の詩人の確立を亡びやすい肉の上に考えて、生命の創建の規模にかかわる新しい安堵が得たかったのである。

ここに己の肉を以て無双の生命を描く詩人が出現し、雪片を鋼の如く見るに至る迄、我々末流の詩人は、炎暑と酷寒の道を、丁度相撲の三下のように跣足で歩けばよいと、いつも思うからである。

友人としての太宰治

太宰治は、大学の制服制帽を大変に愛好いたしました。

東大生としてのひそかな自負があったかも知れませんが、それよりも、太宰はその見せかけの服飾を、身を以て愚弄すると云ったふうな、バカバカしい可笑しさを存分に感じたいのだと云うふうに、振舞っていたのです。少なくとも、私には、そう思われました。

東大の仏文科に在籍はしていたものの、奇蹟でも起こらない限り、卒業の見込みはまったく無かった頃でした。

例えば、私の家などに、その制服制帽でやってきます。大声で、

「檀君。そろそろ出掛けようか?」

「あら、太宰さん。学校?」

などと、妹が私より先に顔を出したりすると

「なーんだ。寿美ちゃん、居たのか？　寿美ちゃんがサボるくらいなら、オレ達もサボる」

「まあー、私は今から出かけるとこよ」

と女子美術の妹があわてるのを尻目にして、

「そう言えば、腹がへった。寿美ちゃん、何かない」

そのままドカドカと上がり込んでしまうと言った有様でした。

そこで太宰は食卓の前に坐りこんで、妹が並べてくれる品々を眺めまわしながら、やれ、塗箸は赤くなくっちゃいけないだとか、やれ、シジミは汁だけを吸うのだとか、やれ、海苔はこうやって、揉んでゴハンの上にフワリと振りかけるのが一番だとか、何よりも味の素だとか、地上で信じていいものは味の素だけだとか……、とりとめない出まかせを口走った揚句、

「じゃ、檀君、出かけようか？　出かけるなら、早い程、いい」

と、まったく巧みな頃合を見はからって、家の中から滑り出してしまうのが常でありました。

おそらく、太宰自身、細君（初代さん）の家からぬけ出す時にも、おなじように、アテにならない期待（大学を卒業すると言う）と、淋し過ぎるような余韻を残しながら、身を揉むようにして、逃れ出して来たわけでしょう。

さて、私達は省線に乗り、東大を正門から入るには入りますが、三四郎池の脇で、一、二本煙草をくゆらせるのが、関の山で、あとは脱兎の如く、浅草のノレンになり、玉ノ井の居酒屋になり、娼婦の店と言うことになるのが、きまりでした。

そうして、つぶやく言葉は、

「万人に通じた女は、これはもう、処女だ」

私達の制服は、このようにして、むしろ娼婦の店に通う制服のようなものでありました。

太宰は、大変なオシャレであったと思います。

例えば、パンツは刺子のパンツ。お腹には、いつも侠客でも巻くように長いサラシの布を巻きつけておりました。

制服でなかったら、久留米絣。その久留米絣の上に、冬分だったら、きまって、二重廻しを羽織っておりました。

帽子は大抵ハンチングを、斜めにかぶっておりました。

太宰が大変なオシャレであったと言うことは、その場であり能う限りの工夫をこらすと言うことですが、一たん事が破れてしまうと、あとは破れかぶれ、もうどうでもいいと、大口をあけて笑い棄ててしまうところがありました。

笑うと口いっぱいに、金歯がきらめくのです。

この破れかぶれ、笑い棄ててしまう最後のところに、太宰治のユーモアがあり、土性骨が感じられ、太宰治の洒脱で、剽軽な、人となりの一面が、存分に感じられたものでした。

女々しく思い惑っているのは、彼の申し開きの出来ないほどの一身上の破綻に関する、むしろ対外的なやるせない表情であって、いっそ思い棄てた時に見せる彼の放胆な陽気さと、ウィットは今でも目に浮かぶほど、不敵な自由さに満ちておりました。

詩篇

悪夢

何かしら改悪された夢のなかで
てんてんとわしが歩むとき
狐狸はちよろ火を燃やす
行衛もなく禿げちよろけた風物の底に
とろとろ薄氷のはぜる音もあつて
その鬼火は

くらいくらい

何かしら改善したい希願もあつて
たんたん夜道をはしるのだが
はや八方から火は放つてあつて
その夜道は
とほいとほい

梟の夢にもたける鬼火哉

虚空象嵌

この夢は
白い頁に折りこめ
ああ　この夢も
白い頁に折りこめ

その頁頁　夢にくらみ
皎皎
皚皚
舞ひのぼるもの
遂に虚空に満つと

烟《けむ》のなかに

魚《いを》ら清水に
蒼く棲み
幼き夢の
清かりし
やがて三十路《みそぢ》の
春も過ぎ
わがいきいとど
すさみたり

さはれいのちの
懸崖《きりはし》に
笛吹き鳴らし
をめきたち
よぶぞまよひの
烟《けむ》の歌

恋歌

君をし思《も》へば
舞ひのぼる鶴千羽
君をし恋ふれば
今宵弓筈の音
うてなは高く
月は遠く

君をし忍《しぬ》べば
嗚呼
若水に鯉もをどるか

かはづの唄

かはづ　かはづ
淋しくて
汝《な》が青き膚光りやすぎん
ゐのままに
声たかぶり
くつくつと笑ひもすれど
壁かたく
音くづれては
はやしらじらと
空を見る　空を見る

五月雨や井のままにゐるかはづ哉

渤海戯唱

なべてみな　ものは凍れど
ひとのみぞ　あつくうるみて
月の出に　酒くみかはし
よひのまち　馬車はしらする

キムキムと　道はおらべど
むらぎもの　うつけごころよ
追はれゆく　満馬さながら
よごれたる　吐息せはしく
よろめくや　町のをちこち

さもあらばあれ　都は千里
風きよき　月のいらかに
繁　淵　孝雄や治
慵斎先生　檀　與重郎
めことゐて　ゆふげさびしく
とぼしきに　さんまを喰ふか

註　繁（外村繁）淵（浅見淵）孝雄（中谷孝雄）治（太宰治）慵斎先生（佐藤春夫）
檀（芳賀檀）與重郎（保田與重郎）

岳陽秋月

佐藤春夫先生に

石ぶすまいらか破れて
たはぶるる月の影ぞも
おどろしきいねがての夢

二つ三つ裂くや夜の鳥

己が影踏みつ迷ひつ
きざはしを登りて立てば

洞庭の一千余里
凜々として氷を鋪《し》けり

　　誰も知らぬ

誰も知らぬ
その原っぱの餓鬼の蓬髪に
ああ　何という青い空深い時間

さだめの風が
さだめの時に

吹いて過ぎていって
ああ 何という青い空深い時間
その不思議な真昼は
誰も知らぬ

旅

足曳の山が嶺《ね》おろす
つむじ風衣をあふり
切立てる曲折八坂路《つづらやさかぢ》
あへぎゆく旅人一人
山峡《かひ》は千尋《ちひろ》をえぐり
まそぎ立つ鋼《はがね》のはしら
ゆく径《みち》は繞《めぐ》りて峻《たか》く
蒼穹にのぼりゆくがに

鉄堂峡

山風吹遊子　縹緲乗険絶
峡形蔵堂隍　壁色立積鉄
径摩穹蒼蟠　石与厚地裂
修纖無垠竹　嵌空太始雪
威遅哀壑底　徒旅惨不悦
水寒長氷横　我馬骨正折
生涯抵弧矢　盗賊殊未滅
飄蓬踰三年　回首肝肺熱

げに巌　大地と裂くる
谿陰《たにかげ》に生ふるなよ竹
さ青みてするどく細く
神さぶる劫初の雪は
天つそら碧《あを》きに冴ゆる

鳴る谷の回《めぐ》り落ちゆき
一人旅げにもおそろし
水さむく氷河はかかり
乗る馬の骨もくだけぬ

うたてしやわが身のさだめ
ひまもなくいくさに逐はれ
おぞわざのぬすびと絶えず
ここかしこ三とせをまよふ
かへりみてはらわた煮ゆる

あつき思ひぞ

秋の浦浪

この春造ったばかしの家だが
さよなら　お前ともお別れ
秋風は帆を吹いて
狂おしく帰心を掻き立てる
作りかけの庭の野菜は
まだ眼の底にちろめくが
もうはや　浦浪は
オレの衣をあおっている
いやはや生きる術《すべ》のふらりと拙く
老いてははがゆいが
思うこと為すこと
みなばらばらのていたらく

登舟将適浦陽
春宅棄汝去　秋帆催客帰
庭蔬尚在眼　浦浪已吹衣
生理飄蕩拙　有心遅暮違
中原戎馬盛　遠道素書稀
寒雁与時集　檣烏終歳飛
鹿門自此往　永息漢陰機

国ぬちにいくさは熄まず
道遠くては
友はらからの消息も通わない
北の雁は群れ集って
どこぞ南へ飛び去るけはい
けれども　帆柱の頂きに彫られた烏は
オレと一緒に歳の瀬をまだどこまでも駈けめぐる
ようし今度こそ鹿門あたりに
ほどよい幽棲の地を探しあて
小ざかしい浮世のしわざ
さらりとやめにしよう

さみだれ挽歌

太宰　治に

むかしわれきみと並びて　書《ふみ》もたずそが手のうへに　質草のくさぐさ
うだき　銀杏生ふる朱門を入らず　学び舎《や》の庭に這入らず　よれよれの

角帽かむり　いづこぞや大川端の　おどろしき溝《どぶ》蚊のほとり　いき鬻《ひさ》ぐをみなを漁り　酒あふりいのちをあふり　かきゆらぐたまゆらの夜をたふとしとい寝ずてありき　やがてわれいくさに問はれ　盃を交はさん友の　つつがなく都に残り　目覚しや文のまことの　高きにもいや高き声　鬼神をもゆるがす不思議　世の人の賞《め》づるを聞きて　うべうべとうべなひ去りぬ　旅を行き旅に逐《お》はれて　さすらひの十年を経たり。いかさまに国は破れて　うつし世の妻焚《た》き葬《はふ》り　きみをるといふを頼りに東《ひむがし》の都に来《こ》しを　文書きのしばし忘れて　世のみなのうつろひゆけるおもしろくをかしきさまを　思ふままに嗤ひ嘲り　ひと夜また酒掬みあはん　それをしも頼みて来しを　いかにせむおよづれとかも　君ゆきて水に沈むと　遅《おそ》読みの一号活字　寝ぼけ眼《まなこ》こすり疑り　毎日や朝日読売　かきあつめ胡坐《あぐら》にふまへ　うつしゑの薄れしすがた　見つつわれ酒を啖《くら》へば　はや三筋あつき涙の　たぎりゆき活字は見えず　早くしてきみが才《ざえ》知る　春夫師の嘆きやいかに　よしえやしその悲みの　師の重きこころに似ねど　わがなみだくろ土を匐ひ　さみだれのみだるるがまま流れ疾《と》き水をくぐらん。良き友は君がり行きて　必ずやきみ帰るべし　そを念じしぶかふ雨に　肝《きも》ぎらし待ちつつをらん　悪しき友ただわ

れ
人 十歳《とせ》前君と語りし 池の辺《へ》の藤棚の蔭 四阿《あづまや》の板莫座《いたござ》の上に
葦葭《あしよし》の青きをみつめ そが上を矢迅《ばや》に奔《はし》る たしだしの雨垂《あまた》らす見て
にがくまたからきカストリ 腸《はらわた》に燃えよとあふる 君がため香華《かうげ》を積ま
ず君がため柩《ひつぎ》かたげず 酔ひ酔ひの酔ひ痴れの唄 聞きたまへ水にご
るとも

池水は濁りににごり藤なみの影もうつらず雨ふりしきる

右短歌一首は伊馬春部に与へたる遺書の末尾に書かれし左千夫の歌とききき、
そを借りてみだりに結ぶ。

わが為に薦むる鎮魂歌

わが宿のいささむら竹
ささと またさいさいと
夕されば西の空すこし明りて
明れるが むら竹に透き

吹く風の誘ふがまま
しばし鳴りこまかにそよぎ
啼きひそむ雀らのあるかなきかに
やがてまた　さやぎ鎮もる

不思議やな　ここにして
坪にも足りぬ鎮魂の仮現の憩ひ

すずろなるこころの行方
たまきはる命のありか
生きつぎてふいに目覚むる
ひとときの　まさしき祈り
誰が為ならむ

恩寵

西の窓に
　うすら陽の洩れる也
スリガラスに
過ぎし日のキララ燃ゆる也
女房はかたく黙《もだ》しつつ
　釜の底をこする也

おのがじし　遠く杳《はる》かなる
われらが　嘆き
蕭条たり
ここら　空間
時はチロチロと
　うすら陽の窓に翳りて去ると云ふか
はたまた　女房は

煤《すす》けたる釜の底を磨き足らずと云ふか

げにも　かなしや
木の葉ふりしく　一期《いちご》の合縁
なべての誓ひは
ことごとく　目前の廃墟にして
足らざるは　神の恩寵か

梅　つぼめるや
春　近きや

拙《つたな》きは　人の咎に非ざるべし

落　下

その人は　汀をさすらっていた　と云うのですか？

いいえ　丁度そこを　通り合わせていたのでしょう。ええ　こんなふうに……。あっち向きに……。

どこからですか？

どこからだか　そんなことが　わかりそうなら　訊いてみたんですけどね。アテなしの　実にどうでもいいような　歩きざまで　汀の崖の上をヒョコ　ヒョコ　ヒョコ　ヒョコ　千鳥の散らばってる方に向って　歩いていったのです。

おや　崖？　汀じゃ　なかったのですか？

ナギサなんて　云いましたかね？　ガケですよ。百米のガケですよ。

ガケの上に　砂の浜があるのですか？

砂じゃ　なかったですかね。でも　奴さん　砂の上をでも踏んでるみたいに　ヒョコ　ヒョコ　ヒョコ　ヒョコ　歩いていったんですよ。

千鳥が　そんなガケの上に　いるのですか？

千鳥でなかったとしたら　ピンタ・シルゴだね。そう　ピンタの奴が実に沢山　その人のまわりを　送り迎えでもするように　啼き交わしたり　翔び交ったりして　ヒラヒラ　と　まるで　もつれそうに　その人の足どりと　にぎわい合ってる　みたいなんですね……。

あなたは　とめなかったの？

そっちは　ガケだよ　行けないよ　って　何度も　云おうとしたんですけど　何しろ　先のことは　チャンと心得ているような　足取でしょう。声をかける　スキがありませんや。

そのまま　飛んだのかね？

いいえ　まっすぐ　歩いていっちゃったって　云ってるでしょう。

抱きとめる　ヒマは無かったの？

いいえ　南無　も　阿弥　も　ありゃしませんや。まるで　宇宙船みたいに　フンワリ開いてさ　落ちていってさ　その落下が　無限を語るように　実に長い長い　軌跡を曳いていっただけですよ。

酔っていたのでしょうね？

いいえ　酔った気配なんか　ミジンも　感じられませんでした。

それとも　自殺？

冗談じゃない　あんな自殺ってあるもんですか。見事な水シブキが　音もなく　その男のまわりに　口をあけただけでした。

あなたは　見たわけね？　その男の　落ちてゆく姿を？

咄嗟に　私は泣いちゃった。何が　悲しいって　云うんですかね？　あ

んなに　キレイな　軌跡と　水シブキを　見たって　云うのにさ。だから　あの男は　死んでなんぞ　いませんよ。

おや　どうして？

どうしてって　お日様を呑みこむようにしながら　ヒョコ　ヒョコ　ヒョコ　ヒョコ　歩いていっただけですもの。

どこへ　ですか？

さあ　どこへって　どこへでもいいようにさ。あっち向きに　さ。

註　ピンタ・シルゴ（紅ヒワ）大西洋岸の芦の蔭にいくらでもいる
啼声は淋しい　羽と羽を擦り合わせるような声である

無音歌

その軽い光の中に遍在する
わずかなひろがりを占《し》めて
そこにただよっていたもの

今　去るというか

明けわたすものなにもなく
かすかに光り浮遊していた
その微塵の空間だけでしか
なかったもの
今　去るというか

その乾いて消えてしまった
むなしい空隙が残り
そこらうつろの涸れ目に
移ってゆく時と
したたる涙を濺《そそ》ぐというか

さはあれ
寂寞《じゃくまく》の光たゆとうがままに
まぼろしの妖精おどる

ものういその永劫の
朝まだきにかえそう

太宰　治（だざい　おさむ）

明治四十二年、青森県に生れる。生家は富裕な大地主で、それを反って引け目とするなかで、東京帝大仏文科に入学した頃から左翼の非合法活動に関わり、やがて離脱する。昭和八年、処女作「思ひ出」に続いて「魚服記」を書いた後、同人となった「日本浪曼派」に発表の「道化の華」他で認められ、同十一年に第一創作集「晩年」刊行。その後は、「老ハイデルベルヒ」「走れメロス」はじめ、人間への愛情と人生の敗北感が屈折して交差するところに、繊細で過剰な自意識をしなやかな文章に託した短篇は、特に若い読者を捉え、戦後は斜陽族の語を生んだ「斜陽」等で流行の作家として迎えられるも、「人間失格」の作を最後に、昭和二十三年、入水して卒る。

檀　一雄（だん　かずお）

明治四十五年、山梨県に生れるが、出自を福岡県とする。東京帝大経済学部に在学中の昭和八年、処女作「此家の性格」が周囲の注目を浴び、同十年、太宰治らと「日本浪曼派」に加わって「夕張胡亭塾景観」他を同誌に発表、同十二年には作品集「花筐」を上梓する。氾濫する情熱と行方の知れぬ寂寥を簡勁な文に包んだ作品は、小説において「日本浪曼派」を代表したが、戦中は軍隊生活を含めて大陸の各地に行する歳月を多く送った。戦後の同二十五年、亡妻との間を描いた「リツ子・その愛」「リツ子・その死」が好評を博すると、「真説石川五右衛門」「夕日と拳銃」等を多作する一方、二十年に亘って書き継いだ大作「火宅の人」の業を同五十年に遂げ、翌年歿。

近代浪漫派文庫 40 太宰 治 檀 一雄
二〇〇五年四月十二日 第一刷発行
著者 太宰 治 檀 一雄／発行者 小林忠照／発行所 株式会社新学社 〒六〇七―八五〇一 京都市山科区東野中井ノ上町一一―三九
印刷・製本＝天理時報社／DTP＝昭英社／編集協力＝風日舎

ISBN 4-7868-0098-8
落丁本、乱丁本は左記の小社近代浪漫派文庫係までお送り下さい。送料小社負担でお取り替えいたします。
お問い合わせは、〒二〇六―八六〇二 東京都多摩市唐木田一―一六―二 新学社 東京支社
TEL〇四二―三五六―七七五〇までお願いします。

◉近代浪漫派文庫刊行のことば

文芸の変質と近年の文芸書出版の不振は、出版界のみならず、多くの人たちの夙に認めるところであろう。そうした状況にもかかわらず、先に『保田與重郎文庫』(全三十二冊)を送り出した小社は、日本の文芸に敬意と愛情を懐き、その系譜を信じる確かな読書人の存在を確認することができた。

その結果に励まされて、専ら時代に追従し、徒らに新奇を追うごとき文芸ジャーナリズムから一歩距離をおいた新しい文芸書シリーズの刊行を小社は思い立った。即ち、狭義の文学史や文壇に捉われることなく、浪漫的心性に富んだ近代の文学者・芸術家を選んで四十二冊とし、小説、詩歌、エッセイなど、それぞれの作家精神を窺うにたる作品を文庫本という小宇宙に収めるものである。

以って近代日本が生んだ文芸精神の一系譜を伝え得る、類例のない出版活動と信じる。

新学社

新学社近代浪漫派文庫（全42冊）

❶維新草莽詩文集
❷富岡鉄斎／大田垣蓮月
❸西郷隆盛／乃木希典
④内村鑑三／岡倉天心
⑤徳富蘇峰／黒岩涙香
❻幸田露伴
❼正岡子規／高浜虚子
⑧北村透谷／高山樗牛
9宮崎滔天
⑩樋口一葉／一宮操子
⓫島崎藤村
⓬土井晩翠／上田敏
⓭与謝野鉄幹／与謝野晶子
⓮登張竹風／生田長江
⓯蒲原有明／薄田泣菫
⑯柳田国男
⑰伊藤左千夫／佐佐木信綱
⓲山田孝雄／新村出
⓳島木赤彦／斎藤茂吉
⓴北原白秋／吉井勇
㉑萩原朔太郎
㉒前田普羅／原石鼎
㉓大手拓次／佐藤惣之助
㉔折口信夫
㉕宮沢賢治／早川孝太郎
㉖岡本かの子／上村松園
㉗佐藤春夫
㉘河井寛次郎／棟方志功
㉙大木惇夫／蔵原伸二郎
㉚中河与一／横光利一
㉛尾崎士郎／中谷孝雄
㉜川端康成
㉝「日本浪曼派」集
㉞立原道造／津村信夫
㉟蓮田善明／伊東静雄
㊱大東亜戦争詩文集
㊲岡潔／胡蘭成
㊳小林秀雄
㊴前川佐美雄／清水比庵
㊵太宰治／檀一雄
㊶今東光／五味康祐
㊷三島由紀夫